太阳坠落

THE SPACE WAR

张 冉等 著

台海出版社

图书在版编目（CIP）数据

太阳坠落 / 张冉等著． -- 北京 ： 台海出版社，
2020.6
ISBN 978-7-5168-2542-6

Ⅰ．①太… Ⅱ．①张… Ⅲ．①幻想小说－小说集－
中国－当代 Ⅳ．① I247.7

中国版本图书馆 CIP 数据核字（2019）第 286583 号

太阳坠落

著　者：张　冉等	
出版人：蔡　旭	责任编辑：王　艳
策划编辑：李　雷　刘　琦	封面设计：天下书装

出版发行　台海出版社

地　　址：北京市东城区景山东街20号　　邮政编码：100009

电　　话：010-64041652（发行，邮购）

传　　真：010-84045799（总编室）

网　　址：http://www.taimeng.org.cn/thcbs/default.htm

E-mail：thcbs@126.com

经　　销：全国各地新华书店

印　　刷：三河市嘉科万达彩色印刷有限公司

本书如有破损、缺页、装订错误，请与本社联系调换

开　　本：880毫米×1230毫米		1/32	
字　　数：210千字		印　张：9.5	
版　　次：2020年6月第1版		印　次：2020年6月第1次印刷	
书　　号：ISBN 978-7-5168-2542-6			
定　　价：45.00元			

时间幻想小说的枯竭与丰盈

文/宝 树

科幻的时间想象是否已经枯竭？是否已经穷尽了所有的可能？在回答这个问题之前，首先要指出的是，关于时间的幻想并不一定是通常意义上的"科幻"。有大量关于时间的幻想作品并不被视为严格的科幻，譬如马克·吐温早期的时间旅行小说《亚瑟王宫廷的康涅迪克佬》，格林伍德的时间循环奇幻小说《倒带》，或者米切尔·恩德美丽的时间童话《毛毛》。在时间幻想的科幻、奇幻或其他类型上进行区分并没有太大的意义。很明显，读者感兴趣的是时间幻想本身的设定，而不是造成它们的机制。我们并不是特别在乎被一道闪电打回到古代，还是乘坐某种高科技的机器回去。

对时间幻想的这种需求来自何处？可以说，来自一个永恒的现实：人类作为在时间中生存的生命在自身最深处的、超越时代和国别的困惑与渴望。在一切时代和民族中，时间分为过去、现在和未来三相，它们都或隐或现地限制着人类：过去无法追回，现在不断流逝、终归于死，以及未来不可知晓。相应地，对时间的幻想也有三种心理需求：找回过去，延续现在，预知未来。这些需求三位一体，彼此缠绕并生。

在古代，已经有形形色色的幻想故事在满足这些需求，比如和已故之人的灵魂相见，服下丹药后得到永生，或者从先知的神谕中知晓未来。但是这些又都不直接触及时间本身。古人没有我们今天的时间概念。时间幻想小说是随着现代社会和生活方式的形成而兴起的。古代几乎没有人想到倒溯的时间旅行，在其概念系统中，时间并不是一个独立的物理量，不如说是万物运动的内在节律。对时间的幻想建立在时间本身的客体化基础之上，而这恰恰是现代科学带来的世界观。从这个角度讲，时间幻想属于大科幻——或者说思幻小说（Speculative Fiction）——的范畴。

时间的科学概念不断推陈出新，这为时间的幻想提供了源源不断的素材和灵感。威尔斯的《时间机器》是以牛顿的绝对时间观为基础的；二十世纪的科幻作家更多地依赖相对论和量子力学的时空理论，譬如光速旅行、虫洞和平行世界；较晚近的科学进展也出现在与时俱进的科幻中，比如斯蒂芬·霍金的"虚时间"理论就在斯蒂芬·巴克斯特的《时间船》中扮演了重要角色。可以推论，任何一种时间研究方面的新进展都会为时间幻想小说带来新的灵感。

但正如我们开头所指出的那样，科学的理论概念并不构成时间幻想的内核，而只是一种解释。更重要的是现代人精细、时间化的生活方式，这才是时间幻想的心理基础。农民的耕作和收获只需看日头，现代人的一切工作、学习、娱乐和约会都有赖于对时间的精确把握。恰是对时间的精确控制，才让复杂多元的社会生活成了可能。时令是古代人的律法，而现代人为时间立法。在想象中，这种对时间的控制可以自然上升到更为随心所欲的层面。

许多表面上和时间并无直接关系的发明创造和社会活动，实际上也推动了我们对时间的想象，比如留声机和电影能够让过去纤毫毕现地呈现，而不只停留在史书上模糊简短的记叙。新技术产品的宣传者对未来通过声光电化的描绘，让原本虚无缥缈的未来变得似乎触手可及。举一个具体的例子。最近几十年中，时间循环题材的日益流行（比如电影《土拨鼠日》《明日边缘》，柳文扬的《一日囚》以及拙作《时间之墟》），其实部分植根于电脑游戏所带来的体验。被困在某一时间区间之内永远也出不来的情景，在现实中很难找到对应经验，但在游戏中却司空见惯：当你某一关无法打过而只能不断读取存档时，就会出现这类情况。当然我并不是主张，作家的灵感直接来自电脑游戏，或者玩了游戏才欣赏小说的设定，但这些新颖的生活体验却潜移默化地推动着我们的想象。

如上文所说，时间幻想的魅力在于颠覆和重组我们的时间体验，而不依赖于某种解释性的设定。在弗诺·文奇的《循环》中，表面上是时间不断循环，但其实主人公只是在电脑中重复运行虚拟的程序，时间本身并没有发生任何变化。但时间循环的体验却真实不虚。在《时间之墟》中所发生的事情也是类似的。可这并不能否定这些故事的时间幻想性质。

因此，时间幻想可以不依赖于时间的物理学概念，而植根于我们的生活世界，后者是不断被越来越多的新生事物所改变的。我们几乎可以得出一个存在主义的命题：对时间的幻想本质上是现代人因为设法控制时间而越发混乱、破碎、变化无常的时间体验的产物。以"中老年人重获青春"这样的题材为例（如电影《奇怪的她》《重返十七岁》），其兴趣点部分也来自当代人人生越来越多的可能性与不确定因素：你可能早已成为父亲甚至祖母，而人生也许会突然断裂，一切又要从头开始。

未来的生活必然会具有更丰富、多元、灵活、奇妙的形式，会一再冲击和颠覆我们的时间体验，从而也会提供给时间幻想作品以源源不断的发展动力。刘慈欣在《三体 III·死神永生》中想象过一种"二维时间"，在其中可以同时做出多种选择，从而让每一个人都可以活在无限种可能性里。这种难以理解的生活形式，目前只停留在空想层面，即便写成小说也会显得太过奇怪，不会有多少读者感兴趣。但未来，游戏和虚拟世界的发展或许会带来一种直观的体验（譬如想象一种游戏，在其中你可以做出多种选择，每一种的后果同时存在并彼此影响），从而让这种幻想也时兴起来。在此很难做进一步的预测：未来会涌现出哪些本来就超越当下的认知。只有当它出现了，你才会明白它是什么。

当然，鉴于我们目前还生活在相对单调的一维时间中，只是一根线，似乎许多题材都已经穷尽：从大的方面来讲，无非是时间旅行、时间循环、时间停止和倒退嘛！但即使就此而言，说枯竭也言之过早。其中有太多的可能还没有充分发掘甚至没有被意识到。假定一种设定存在，那么它必然会带来各种各样惊异的后果，并引发多方面的问题或悖论，成为进一步设想的基础，而它们又会引发更多的惊异，继续推进这一题材。

以时间旅行为例，《时间机器》中简单的时间旅行和阿西莫夫《永恒的终结》中庞大森严的时间管理机构不可同日而语，但后者却是前者的合理发展；当然也有其他发展的可能性，譬如海因莱因《你们这些丧尸》的怪异离奇，也非威尔斯可以梦想。《海伯利安》又怎么样？"光阴冢"和"缔结之虚"也是时间旅行的变体，但却脱胎换骨，到达了另一层雄浑高妙的境界。又比如奥黛丽·尼芬格的《时间旅行者的妻子》，在设定上并非新颖，然而对复杂纠结的因果逻辑处理却别具匠心；笔者的几篇时间旅行小说《瞧那家伙》《一起去看南湖船》《三国献面记》，从很多方面来看或许平庸无奇，但也能触及一些未见前人涉足的设想。

时间循环是一个发展更晚近、更初级的题材。早年的《倒带》《循环》《一日囚》，各有精彩之处，但基本设定还是比较简单的；2013 年的拙作《时间之墟》引入了"所有人的意识都保留"的设定，故事就变得复杂多了，但很多地方还是未能深入演绎，只是一个未成熟的尝试；2014 年克莱尔·诺丝的《哈利的十五次人生》，发展出了时间循环者之间的超时空组织，并以此展开故事，设想堪称精妙，也昭示出这个题材还有更多充分展开的潜力。

从某个角度来看，时间幻想小说的发展类似于进化的过程：从最简单的生命形式，通过环境的反馈，可以进化出品类无穷无尽的复杂生命体。当然并非复杂就是好事，有一些叠床架屋的时间幻想小说就是因为设计的过于复杂繁复而让读者失去了阅读兴趣。归根结底，时间幻想的根源不是抽象的理论，而在于人类对时间问题几乎永恒的困惑和渴求，具体化为不同时代通过不同的时间体验和概念发展出来的故事，既是单一也是丰盈，是唯一也是无限，这就是时间故事永不枯竭的源泉。

目 录 Contents

太阳坠落之时

文／张　冉

引　子

他们在太空中俯视地球。这不是最适合观察的距离，肉眼看不清三万五千八百公里之外地球的细节，可那嵌在观察窗中央的蔚蓝星球仍旧牢牢地吸引着他们的视线。无论从怎样的角度观察，它都美得令人忘记呼吸，仿若一颗闪烁光芒的、具有魔力的蓝水晶。

有人打破了无线电静默："我忽然想起一首歌。"

第二个人立刻回应："我也是。Boom De Yada，Boom De Yada，对不对？"

"啊，这首歌在电视上播放的时候我刚满五岁，就是它让我爱上太空的。"第三个人说。

第一个人提议："记得歌词吗？那我们从头开始。"

"附议。"

"好的。"

清清嗓子，一个略显低沉的男声开口："It never gets old, huh？"

"Nope."另一个声音回答。

"It kinda make you wanna......break into song？"

"Yep！"

清亮的女声唱起了歌儿：

"I love the mountains,

I love the clear blue skies,

I love big bridges,

I love when great whites fly,

I love the whole world,

And all its sights and sounds."

三个声音合唱："Boom De Yada！ Boom De Yada！

Boom De Yada！ Boom De Yada！"

这段副歌重复了许多遍，直到他们笑得喘不过气来。

（注：歌曲 *I love the world*，二〇〇八年 Discovery 频道宣传片主题歌）

距离第一次发射：两小时四十五分三十秒

美国新墨西哥州奥特罗县　阿拉莫戈多市西南方九十六公里　沙漠

一只暗黄色的沙漠角蜥从沙土中探出头来，用布满棘刺的皮肤感知初升太阳的温度。它要尽快提升自己的体温，开始一天之中最重要的捕猎。用不了多久，阳光就会把整片沙漠烤热，在体温过热之前它必须完成狩猎，回到这棵一米多高的牧豆树树荫下，用凉爽的沙子把自己掩埋起来。

它缓缓舒展四肢，钻过一蓬茂密的丝兰，向沙丘移动。沙丘的背面生长着一片梭梭树与红柳，树丛中有一窝蚂蚁，一窝美味的墨西哥蜜蚁。沙漠角蜥花了二十分钟攀上沙丘，站在一块岩石上稍作休息，太阳已经升得相当高了，沙漠开始蒸发出潮湿的热气，它的体温达到了最佳状态，随时准备进行捕猎，同时应付任何可能发生的危险。

角蜥张开下颌，用腮囊中的水滋润口腔，同时转动眼球观察四周。它的右侧视野中有一片银亮的色斑，在灰黄色沙漠背景中显得颇不协调，但角蜥并没有浪费时间调节晶状体焦距，静止物体对它的警戒毫无威胁。几秒钟后，它跃下石块向沙丘背面快速前进，转瞬间消失在那片红柳林中。

矗立在沙漠中的是一片低矮而庞大的建筑群，三米高的钢结构围墙覆盖着反射板，以建筑群中央的黑色基准点为圆心，十万块反射镜、光伏板、温差超导电池板组成复杂的几何形状，占地一点五公顷的设备安装在相位结构模块上，悬浮在地底的导电聚合物池中，可以通过聚合物的液化与结晶度随时调整相位角度。最初的设计图并没有可移动结构，但随着工程的推进，这个基地变得越来越精密复杂，早已经超出了建设者们的最初构想。

建筑物的大门口没有显著标识，只挂着两个钢制铭牌，上面分别刻着：

特里尼蒂（注：TRINITY，意为'三个，三合一'）发射场遗址。一九四五年七月十六日，世界第一颗原子弹在此爆炸，人类大规模利用原子能的时代就此开始。

特里尼蒂 α 地面站，二〇五五年四月二十六日启用，人类即将迈向一个崭新的时代，试验日期：⋯⋯

日期后面没有刻字，而是用黑色记号笔潦草地写着：今天。

距离第一次发射：两小时四十二分二十五秒
俄罗斯莫斯科市郊外 "星城"太空基地

夜色中飘着雪花，两辆黑色涂装的乌拉尔牌装甲运兵车悄无声息地出现在黑夜中，门卫看一眼车辆的牌照，马上立正敬礼，打开了俄罗斯联邦宇航局第一设计所宿舍区的大门。车子停在九号楼门口，将两栋宿舍楼之间的通道堵死，身穿黑色作战服的士兵跃出车厢，军靴踩乱了雪地上的车辙。

两个在楼下闲聊的男人显然吓了一跳，他们在装甲运兵车雪亮的灯光中浑身僵直，用手遮挡眼睛，大声喊："你们是谁，你们要做什么？"

冰凉的枪管触碰喉结，男人们的怒吼被扼在喉咙里面，手持 AK-109M 突击步枪的士兵低声说："闭嘴，转身跪下！"这并非命令或请求，而是一种警告，几秒钟后两个男人被推倒在路边，双手被一次性手铐锁紧，脸朝下栽进白雪覆盖的冬青丛中。

喊叫声和灯光引起了住户的注意，许多人推开窗户向下瞭望，九号楼与十号楼是联邦宇航局高级科研人员的宿舍楼，科学家们对噪声十分敏感。指挥官走下运兵车，确认战术终端中的行动等级：几分钟前，这次行动的自由度刚刚提升到 A 级。他举起右拳，简略地打了几个手势，两名士兵转动榴弹发射器的弹药选择盘，瞄准天空，"砰……轰！轰！"两枚广域震撼弹在五十米高度处爆炸，强烈的声与光将两栋楼间的缝隙填满，上百扇窗的玻璃同时出现裂纹，人们在窗前痛苦地栽倒，抱着头颅，蜷缩身体。轰鸣声在整个"星城"太空基地回荡，无数鸟儿振翅飞向夜空。

没有等待技术兵上前，指挥官用卡拉什尼科夫步枪的三发点射代替钥匙，打开了宿舍楼的大门。一队士兵冲入大楼，向三层的目标包抄前进，他们身上的自适应迷彩迅速改变颜色，光学纤维管编织成的织物表面化为墙壁般的浅灰。三十秒钟后，幽灵般的士兵来到三〇七 B 房间门外，将切割爆破索贴在门框上，在一串噼啪的轻响声中，屋门向外倾倒，激光指示器的红点立刻覆盖了屋子的每一个角落。

睡眼惺忪的老妇人坐在床上，手中举着伏特加瓶子。而起居室的地板上，一名华裔老人刚刚从震撼弹的刺激中恢复，用睡衣下摆擦拭红肿的眼睛。

"你被捕了。"士兵说，然后走过去一拳将他打晕。

幽灵从楼门口鱼贯而出，迷彩服逐渐恢复为黑色，两具失去知觉的人体被丢进运兵车，车轮卷起雪花，乌拉尔装甲车倒出通道，咆哮着冲出宿舍区大门。指挥官在战术终端上提交了这次突袭的资料：两分零六秒。鉴于目标是毫无反击之力的科学家，这成果一点都不值得骄傲。

车子驶离五分钟后，一次性手铐自动解除，跪在雪里的两个男人狼狈地爬起来，其中一个人大吼："我看见他们的徽章了，是卢比扬卡的 A 小组！可恶！"

另一个人喊："被带走的是平·肖！肯定是天上的项目出问题了！"

由于震撼弹造成的暂时性耳聋，他们谁也不知道对方在喊些什么。

距离第一次发射：一小时三十分三十三秒
德国巴登 - 符腾堡州　康斯坦茨大学数学和自然科学院大讲堂

布兰登·巴塞罗缪博士平常讲课都会关掉手机，但今天他忘掉了这件事情。手机开始振动的时候，他正在黑板上写下德裔犹太精神分析学家艾瑞克·弗洛姆的名言："因不得不超越自我之故，人类终极的选择，是创造或者毁灭，爱或者恨。"

此时已到了午饭时间，他名为《有关爱的行为动力学研究》的讲座还有五分之一的内容没来得及说，巴塞罗缪博士难免有点焦急，额头微微出汗，用躲在眼镜下的目光偷偷观察大学生们脸上的表情。手机开始振动，他手中的粉笔折断了。"见鬼！"他小声咒骂，右手伸进裤兜握住手机，摸索着挂断通话。

旁边的大学讲师看到他脸上的异样，站起来替他解围："各位，经过学院的同意，巴塞罗缪博士的讲座将延长到下午两点，我们休息三十分钟，大家请先去用午餐，十二点三十五分讲座在此继续。"掌声响起，学生们收拾书本站了起来，布兰登·巴塞罗缪忙举手致谢，顺便把手机取出来，瞟了一眼屏幕。屏幕上显示的是"胡佛"。

博士戴上耳机走到教室的角落，接通了电话。骨传导耳机里响起一位女性的声音："巴塞罗缪博士，这是保密线路，局长要跟您通话。"

"当然。我这里安全。"六十四岁的前 FBI 行为分析师、行为分析部首席顾问摘下眼镜，整理了一下乱糟糟的花白胡子，把喉振动麦克风贴在颈部。

几秒钟后，联邦调查局局长的声音响起："布兰登，有大麻烦了。"

"什么样的麻烦？"博士说。

"不，更大的麻烦。到最近的安全屋去，有人会告诉你详情。我在去白宫的路上，稍后联系。"局长停顿了一下，"你的大学……在吉斯山，最近的安全屋在斯图加特，来不及了。找间办公室，锁好门，用安全链接接入系统吧，一个外勤小组会尽快赶到你那里。靠你了，布兰登。"

"明白了。"

布兰登·巴塞罗缪花了十五分钟找到正在吃午餐的康斯坦茨大学校长，说服对方准备一间设备完善、安全性高的办公室。他一进房间，就拔掉了所有电器的插头，用随身的小玩意儿检查每一面墙壁，开启信号干扰器，将电脑和手机连接起来，展开便携天线，通过通信卫星建立了安全链路。做完这一切的时候，两名 FBI 的探员已经赶到，他们在房间外布下了警戒线。

博士戴上眼镜，登录了系统。NCAVC（国家暴力犯罪分析中心）主任的面孔出现在屏幕上，没有一句废话，他语速急促地说："我会尽可能快地给你做简报，然后给你播放几段视频和直播画面，你需要根据其内容做出判断。这判断将影响白宫的决策，所以，必须百分之百准确。"

巴塞罗缪博士盯着屏幕上的脸："我负责的 BAU（行为分析部）的工作职能是支援联邦和州政府进行刑事犯罪调查，我猜你要说的事情不在这个范围之内。"

"不。"对方简洁地回答，"这属于 BAU 第一小组业务范围的'恐怖活动'，由我直接负责。但白宫需要你的专业知识，整个 NCAVC 找不出比你更可靠的人选。"

"我的意思是，别把匡提科^①的家伙们卷进来。我会做出判断，并承担责任。"

"我知道。心理侧写不需要团队合作，白宫需要的是你三十年的心理学和行为分析学经验，巴塞罗缪博士。"

"好，开始吧。"

博士拿出笔记簿和钢笔，坐正在桌前。

---

① 美国弗吉尼亚州匡提科 FBI 犯罪实验室，BAU 所在地。

距离第一次发射：二十五分
德国巴登 - 符腾堡州　康斯坦茨大学办公室

巴塞罗缪博士写下最后一个关键词，放下钢笔说："我不太明白。"

"没有人明白，没有人。"NCAVC 主任在镜头中解开领带结，用手绢擦拭粗壮的脖颈，显得有点焦躁："还有二十五分钟，我们要在二十五分钟之内做点什么。"

博士看着笔记簿上的几行字：

最先是休斯敦收到来自特里尼蒂 α 空间站的文字信息："变更预定计划，十小时后进行自主试射。"

两个小时，休斯敦将信息发送给白宫，因为特里尼蒂 α 空间站中断了一切通信，并切断了远程控制通信链。

六个半小时，总统召开远程会议，确认与特里尼蒂 β 空间站和特里尼蒂 γ 空间站失去联系。

八个半小时，特里尼蒂 α 空间站开启视频通信窗口，发布了一段简短的视频。白宫与五角大楼成立应急小组，国土安全部将威胁预警等级提升至橙色。

九个半小时，现在。

"特里尼蒂是各国联合开发的天基太阳能发电项目，我看过新闻。"博士在纸上画了个三角形，"今天预定进行第一次对接试验，但出了点岔子，对吗？我要看那段通话视频。"

"视频很短，不过没时间让你多看几遍，博士。请仔细看。"

视频画面由三个镜头拼合而成，每个镜头的背景都是相同的：明亮的银色舱室，闪烁的仪表灯光，从镜头下方的代码能够分辨，由左至右三个画面分别来自特里尼蒂项目的 α、β、γ 三个站点。

博士点亮手边的平板电脑，快速翻阅 FBI 系统内的特里尼蒂项目相关资料。他跳过大段技术描述，找到自己关心的章节。

简述－章节：发射站的空间展开。

经过二百二十一次发射，两年又一百二十八天的时间，特里尼蒂 α 空间站在低轨道组装完成。经过三次变轨，休斯敦宣布 α 空间站成功进入三万五千八百公里外的地球静止轨道，照射投影位于美国新墨西哥州阿拉莫戈多市西南九十六公里处。

展开作业花费了九十天时间，每展开一片反射镜都需要进行细微的姿态调整。尽管空间站自重只有一万三千吨，但展开后面积超过一千万平方公里，超过人类历史上所有空间飞行器的投影面积总和。

完全展开后的复合抛面集中器呈鼓腹瓷花瓶的形状，集中器通过姿态调整确保进光量，将阳光聚焦于球锥型谐振腔，经太阳光泵浦固体激光器转化为激光束传向地面接收站。由于外表面采用黑色涂装，发射站从地球角度很难观测，不过在夜间复合抛面集中器达到最大偏移角度时，可以观测到"花瓶"瓶口反射的弧形光带。

特里尼蒂 α 空间站成功进行了低负荷启动和激光太空传输试验，俄罗斯与欧洲新能源共同体负责装配的 β 空间站、

γ 空间站在六个月后先后进入地球静止轨道。三个空间太阳能电站完全展开后，将与地面站进行激光－太阳能传输试验。

α 空间站由 NASA 宇航员里克·威廉斯操作，地面站位于美国新墨西哥州阿拉莫戈多；β 空间站乘员为法国宇航员莫甘娜·科蒂，地面站位于阿尔及利亚阿德拉尔省提米蒙沙漠；γ 空间站乘员为俄罗斯籍、华裔宇航员别列斯托夫·平·肖，地面站位于俄罗斯中西伯利亚高原的伊尔库茨克州。

这时视频开始播放，博士抬起头，看画面上出现三位宇航员的面孔，三个人各自简短地说了一句话——

α 空间站的美国宇航员长着一副标准的超级英雄面孔，亚麻色鬈发下面有双迷人的蓝灰色眼睛，他首先开口，用洪亮的声音说："我们是特里尼蒂的操作者，你好。"

β 空间站的法国女性留着短短的金色寸头，身材瘦削，脸上有些雀斑。"我们在此宣布第一次发射将如约进行。"她的眼神并没有看镜头。

γ 空间站的俄罗斯人端端正正坐在镜头前，即使身在太空中也保持着军人的笔挺坐姿，中国血统明显的国字脸上架着一副老式玳瑁框眼镜。博士之所以能认出这种材质，是因为他的祖父好像就有一副同样的眼镜，那大概是老古董了。"第一次发射后二十分钟，我们会开启实时通信。那么，再见。"他说。

视频结束了，总长度四十秒钟。

"他们想干什么？我只想问这个问题。不，是总统先生迫切需要一个答案。"NCAVC 主任的脸占据了电脑屏幕，"告诉我，博士，他们是恐怖分子还是别的什么人？"

博士犹豫了一下："这不是侧写的领域，其他的心理专家可能更擅长从动作和语言中捕捉动机，找出他们隐藏的语义。而我……"

"不不不，没有什么心理专家，所有的外包项目都被保密协议排除在外。你还没理解事情的严重性。"画面中的人神经质地搓着粗脖子，"什么都好，告诉我一些事情，让我去应付局长、白宫和国防部，什么都好。"

"我需要更多资料。"

"特里尼蒂宇航员培训项目使用了 FBI 标准心理测试题，三人的卷宗已经上传至临时数据库了，另外个人资料页也更新完毕，我们的技术员挖掘到一些简历上没写的东西，你可能会感兴趣。"

"好。"

"在此之前，说点什么，快。没时间了。"

巴塞罗缪博士扫了一眼屏幕上的文件，眼神落在三个人的头像上面。"仅凭这些信息我没法得出结论，但我能告诉你一件事情，伙计。无论这些人想干什么，他们是认真的，比自杀炸弹的预告还要认真一千倍。"

FBI 官员瞪大灰蓝色的眼睛，白色的衬衣领上出现明显的汗迹。几秒钟后，他点点头，抓起电话："这就够了。接线员，给我接白宫。"

博士抓紧时间追问："告诉我，他们能用特里尼蒂空间站做什么？我看不太懂技术参数。"

对方用粗脖颈和肩膀夹住电话机，右手指着左手腕上的爱彼皇家橡树自动表，做了个秒针旋转的手势，随即切断了视频。巴塞罗缪博士在屏幕右下角发现一个红色的倒计时数字，那是技术员根据对方声明的"发射时间"而设定的。

时间还剩一分三十秒。

距离第一次发射：一分三十秒
阿尔及利亚阿德拉尔省　提米蒙绿洲

这是一个尘土飞扬的沙漠小镇。一个八百年历史的地下淡水湖滋养了这撒哈拉沙漠中的绿洲，从阿尔及利亚北部山区迁徙而来的人们聚集在这里，种植椰枣树，筑起红色砂岩的城堡，至今仍有上千人居住在奥斯曼帝国时期建立的古城之中。这里曾经是那么兴旺，但随着塔曼拉塞特省优质天然气田的发现，阿德拉尔省所有绿洲城市的居民都朝圣般涌向相邻省份，留下不愿迁徙的人们守着旧城和每年春季准时到来的沙尘暴。

三年前，一帮法国人出现在提米蒙绿洲，开着越野车进入沙漠，用激光指示仪圈定了一大块土地。随后，浩大的工程开始了，无数覆盖着银白色反光膜的设备装满轮船，从马赛、直布罗陀、热那亚和瓦伦西亚运往阿尔及尔，又被集装箱卡车送至提米蒙。没人知道法国人在修建什么，但工作机会和崭新的欧元钞票是真实的，全镇的男人都被雇用了，尤其是文化程度较高的青年人。

"今天爸爸为什么没有按时上班？"七岁的查奥·阿克宁站在屋顶用玩具望远镜眺望远方，然后抬头问自己的母亲。

"因为今天是发射的日子。"他的母亲一边晾晒衣服，一边回答，"所有人都不能进入基地，他们去山上的观察点了。"

"可爸爸是向基地的方向走的，我看见他的摩托车向那边开了。"小阿克宁说，指着风沙遮蔽的西方。

"因为他是爸爸。我们只要等他回来吃晚饭就好了。"母亲回答道，"去洗洗手，吃块哈尔瓦（阿拉伯点心），多浇些蜂蜜，记得刷牙。不过，电视只能看半小时。困了的话，就先睡一会儿。"

"我要午睡的话，你会给我唱摇篮曲吗？"

"我不会唱你说的摇篮曲，查尼（查奥的昵称）。以后别再问这个问题啦。"

"是的，妈妈。"在跑下楼梯之前，查奥四处望了一圈，他们的二层小楼位于提米蒙新城的边缘地带，从这里能清楚看到五公里外的那座赭红色砂岩的小山丘，山上搭起一片蓝色的遮阳棚，应该就是妈妈所说的观察点；而西方荒凉沙漠的深处，那条两车道水泥路的尽头，就是整个提米蒙新城居民赖以为生的基地所在。距离六十公里，看不到基地闪亮的银色围墙，可查奥知道父亲正在去往那个地方，当所有人都撤离的时候，只有他骑着摩托车绕过城市进入沙漠，父亲想要做什么？小查奥想不出答案，这事一直困扰着他，以至于在哈尔瓦点心上浇了太多的蜂蜜，吃起来甜得吓人。

距离第一次发射：二十秒

地球静止轨道　特里尼蒂 α 空间站控制室

如果将特里尼蒂空间站视作一个巨大的花瓶，控制室就是花瓶底座侧面的一个小突起，在以上千公里为计量尺度的空间站的衬托下，直径十五米的圆柱形控制室渺小得微不足道。空间站分为两个主要部分：喇叭口的复合抛面集中器依靠一万两千个姿态调整喷射口转移角度，始终对准太阳方向，而光泵浦激光器与控制室的部分则同时进行反推，保持发射器与地面站的同步。

从控制室的角度来看，地球是嵌在脚底下那块舷窗中的蓝色圆球，虽然身处太空没必要遵循地球引力的方向，不过里克·威廉斯还是习惯性地将面向地球的窗户称作"下方"，抛面集中器的方向为"上方"。

"所以说，睡觉的时候得找到正确的方向才行，你们没有这样的习惯吗？比如说，头朝君士坦丁堡或者麦加的方向什么的。"他对另两位特里尼蒂宇航员说。

"没有。"戴着老式眼镜的俄罗斯人简短地回答。

莫甘娜·科蒂没有说话。她在空中盘膝打坐，轻轻触碰舱壁让自己原地旋转起来。她一直以这样的方式来消除自己的紧张感。

"哦。……还有十秒钟，坐标已经校准过了，我的摄像头开着，不过目标地点上空云层很厚，恐怕没法取得清晰的图像。"美国人用小手指勾着挂钩将自己拉到控制台前，触摸屏幕上的按钮，"集中器角度没问题，遮光板开启，介质棒状态很好，功率百分之三十五，照射时间一分钟。那么，我要按下启动键了，各位。"

"你已经迟了五秒钟了。"别列斯托夫·肖说。

里克露出灿烂微笑，对镜头竖起大拇指："守时是重要的品德，可谁又能挡得住意外发生呢？延迟十秒钟，预备……发射。"

肖沉默着，莫甘娜停止旋转，闭上眼睛，说："阿门。"

千万平方公里的阳光汇入直径四百米的谐振腔，在掺钕钇铝石榴石晶体棒的激励下，光子向高能级跃迁，点亮了万亿千瓦超级太阳能电站的能量之火。这并非人类历史上创造出的最强激光，但与实验室中以毫秒为单位发生的超高能激光脉冲不同，特里尼蒂创造的是地球与太空的激光通路，一条传输着庞大能量的、无比稳定的激光电缆。

——如果激光照射点是α地面站的话。

三个人通过特里尼蒂α空间站的摄像头注视着遥远的地球，注视着蔚蓝的海洋、宁静的大陆和舒卷的云团，注视着那一束激光照射的地方，一切似无改变，但每个人都知道，世界更新的时刻已经来临。

悄无声息，无法观测，激光在零点一二秒之后到达地球，在电离层边缘留下一圈五彩斑斓的浮光。波长为一千零五十纳米的近红外激光贯穿大气层，将空气、云层和尘埃电离，粉红色等离子光团在水蒸气形成的云柱中若隐若现，勾勒出无形巨柱的轮廓。

仿若神迹降临。

第一次发射
美国新墨西哥州奥特罗县　阿拉莫戈多市西南方九十六公里　沙漠

日头已经升得太高，沙漠角蜥还没能吃饱。即使在红柳的遮蔽下，这片沙地也正逐渐变得滚烫，它决定放弃狩猎回到自己的栖息地，在凉爽的石缝里度过漫长而灼热的白天，等待傍晚到来。

它吞吃了几片草叶以补充水分，接着飞快地爬上山坡，这时候某种不祥的征兆出现了，棘刺之间有静电火花噼啪作响，空气正急速变得湿润起来。这显然是反常的，不需要多高的智力，它能用本能判断出静电与湿度之间的对应关系。

角蜥停在一块岩石上，转头观察那片银白色的建筑，那里很安静，什么事情都没发生。危险来自遥远的地方，它转动眼球，注视着天空，天空变得漆黑，仿佛整片沙漠的乌云正向那里聚集，太阳的光芒暗淡了，异常的光和热从远方缓缓膨胀。

沙漠角蜥跳下岩石，用疯狂的速度向隐蔽处狂奔。

阿拉莫戈多市是一座有三万人口的小镇，以旅游观光、疗养院和导弹基地而闻名。特里尼蒂项目启动后，阿拉莫戈多作为地面站工作人员的居住地而保持着活力。试验前夕，以地面站为中心一百公里半径内的人口被逐渐疏散，阿拉莫戈多被清空了，数十台传感器安装在城市的各个角落，用以记录激光输电对周边环境可能造成的不利影响。

所有的传感器在同一时间停止工作。直径一百五十米的激光光斑击中了小镇中心。仿佛一千个太阳坠落，光芒化为灼热的冲击波在整个小镇掀起火海，上千栋房屋在一瞬间同时爆燃，火龙缠绕着无形的激光柱盘旋而上，升入五百米的高空。照射中心的地面不断塌陷，沥青开始气化燃烧，光斑核心温度迅速提升至八百万摄氏度，激光蒸发掉了钢铁、土壤、地下水与岩石，随即将所有物质化为等离子体。燃烧的小镇开始向内坍缩，如同一颗在日晒下干瘪的葡萄。

夹杂着尘埃的热蒸气伴随火焰升高，在热圈的外围凝聚，紧接着下起了一场黑色的暴雨。冒火的建筑在雨中发出呻吟，房屋、街道、汽车、树木，残存的阿拉莫戈多扭曲着向中心流动，冲击波如推土机一样制造出岩浆的波浪，由内而外扩散。

突然间，光柱消失了。火龙在呼啸，黑云在雨中缓缓升起，赤红岩浆倒灌入一百米的巨坑，原本被称作阿拉莫戈多市的地方变成一个深邃的岩浆湖。短短六十秒钟的激光照射，释放了相当于七千二百吨TNT炸药的惊人能量，如一枚精准打击的战术核武器将阿拉莫戈多从地图上彻底抹去。

蘑菇云升入千米高空，炽热的岩浆湖需要几个月时间才能彻底冷却，漫长的时间过后这里会成为一个光滑的墨绿色玄武岩深坑，在雨季中蓄起水，变成一个漂亮的新生湖泊。然而现在，这里是下着黑雨的灼热地狱。

一切只花了六十秒钟。

第一次发射
德国巴登 - 符腾堡州　康斯坦茨大学办公室

布兰登·巴塞罗缪感觉到某些事情正在发生。屏幕上的倒计时已经归零，保密终端没有更新信息，老人等待了十分钟，忍不住点击鼠标接通匡提科的分析师，发出询问："究竟发生了什么？告诉我。"

没有回应。

他抓起手机准备拨给 FBI 总部，这时计算机发出嘀嘀的蜂鸣声，红色的倒计时数字重置为十个小时，屏幕被锁死了，一行文字浮现："准备接入白宫紧急会议，安全协议生效。"博士站起身来望向窗外，发现整栋楼的教师与学生正在被有序疏散，一架电子干扰无人机悄无声息地悬浮在树梢，为办公室窗户覆盖反激光窃听的不可见光屏障。手机失去信号，头顶灯光忽明忽暗，大楼某处响起低沉的柴油发电机的运转声，技术人员已经切断楼体与外界的强、弱电联系，制造出信息世界中的绝对孤岛。

随着军事卫星天线架设完毕，横跨大西洋的保密线路接通了，屏幕锁定解除，一个视频窗口弹了出来，出现在镜头前的是美国总统国家安全事务助理，一位自命不凡的爱尔兰后裔。"请落座，先生们。"他说，"现在切换至会议模式，总统先生将主持这次紧急反恐会议。"

巴塞罗缪博士整理一下衣领坐在桌前。虚拟圆桌在屏幕上展开，美国举足轻重的大人物们依次入座，博士看到 FBI 局长与 NCAVC 主任肩并肩坐在橡木桌前，背景看起来是白宫的战略情报室；国务卿、国防部长与国土安全部长坐在长桌的另一侧，总统背后的情报屏幕快速滚动着数据，在 LED 屏幕冷光的映衬下，这位四十九岁的美印混血总统脸色阴冷，如刚刚出土的石雕。

"十七分钟前，美国遭到了'9·11'事件以来最严重的一起恐怖袭击——不，是第二次世界大战以来美国本土遭遇的最大规模袭击，"总统嘴边的法令纹如刀锋般深刻，"看视频。"

一个静谧的小镇出现在屏幕上，几秒钟后，它如乐高玩具般崩坏了，火焰升起，大地沸腾，架在山上的望远镜镜头在热风中剧烈地震荡起来。冲击波吹起飞石，镜头倒下了，最后一个画面是指向天空的黑红色云柱，爆炸云逐渐舒卷，如一个漆黑的微笑。

"攻击来自特里尼蒂 α 空间站。没错，那个万亿美元的新能源项目，我们头顶上的太阳能发电站。"总统说，"没有人员伤亡，他们攻击的是被疏散的市镇，这是一次该死的示威，先生们。"

"……以及女士们。"国防部副部长补充道。她在会议系统中发布了一则简报，"激光照射持续了一分钟，按照初步估算，其威力与五千吨级增程战术核炮弹相仿。一枚核弹毁灭了城市，就像曾经的广岛，不同的是，这次我们是被轰炸的一方。"

安全事务助理点亮话筒："总统先生，特里尼蒂公司高层依然无法取得联络，他们的技术部门声称三个特里尼蒂空间站单方面切断的通信与远程控制功能是无法恢复的，只能等待对方主动联络。另外这次发射……并非全功率运行。"

总统揉着眉心："给我数据。"

"数据还未上传。他们似乎有所隐瞒。"

"做些什么。"

"是的，总统先生，我们的行动组已经进驻特里尼蒂公司的波士顿总部……"

"闭嘴！联络时间到了。"总统低喝道，"FBI 的心理专家在场吗？"

巴塞罗缪博士按下话筒回复："我是 BAU 的行为分析学顾问，先生。"

"很好，我跟他们对话，你告诉我这些兔崽子究竟想要什么，必要的时候，我会拉你加入对谈。"

视频窗口展开，一片漆黑。沉默在蔓延，喘息声清晰可闻，博士能嗅到空气中迷惑、不安、愤怒和恐惧的味道，大人物们如同刚刚被郊狼袭击的羊群，丧失行动的能力，呆滞地立在血腥味的夜色中。美国已经和平太久了，博士做了个深呼吸，喝下冷掉的咖啡。

第一位宇航员出现在屏幕中，接着是第二位、第三位。俄罗斯人、美国人、法国人。男人、男人和女人。戴眼镜的人，不戴眼镜的人。强壮的人，中等身材的人。黑发的人，金发的人。布兰登·巴塞罗缪紧盯画面，捕捉对方每一个微小的动作细节，试图找出三个人之间的某种关键联系。这时，俄国人首先开口了。

"是总统先生吗？你好。"左手推一推玳瑁框眼镜，别列斯托夫·平·肖微微点头致意，"来自特里尼蒂γ空间站的问候，先生。"

"我就算了。没心情。"金发的法国宇航员挥了挥手，闭着双眼，继续在空中盘膝慢慢旋转。

美国人笑了起来，露出洁白整齐的牙齿，他敬了个似是而非的军礼："特里尼蒂α空间站的里克·威廉斯向您报道，这儿很高，空气不错，要是循环装置里没有尿臊味就更好了，先生。"

总统的表情显得非常平静："如果说错的话请打断我。二十分钟前发生在阿拉莫戈多的事情并非误射，你们在与美利坚合众国正面为敌。一位美国公民、NASA宇航员、美国海军陆战队第一陆战旅上尉连长的儿子，你背叛了自己的国家、民族和父辈，小威廉斯先生，我对你感到非常失望。"

"啊，对不起，愿他老人家能够安息。"美国人轻快地回应道，"那么说说正事儿吧。刚才只是温和地说出'你好'而已，我本来想毁掉大一点的城市，比如罗斯威尔或者拉斯克鲁塞斯，但我的中俄混血兄弟是个仁慈的家伙，他告诉我《三国演义》里有句话叫作'先礼后兵'，打招呼的时候要带着微笑才行。瞧，没人死去，皆大欢喜。"

"你们代表谁？"总统双手交握撑起下巴，用阴沉的深灰色眼睛盯着这个三万五千八百公里外的男人。

莫甘娜背对镜头，线条柔和的肩膀起伏不停。里克·威廉斯摆摆手："看来你们还是没搞明白。我们不代表谁，我们是特里尼蒂，三位一体。我们代表我们自己，总统先生。"

"那让我换个说法。你们想要什么？"总统说。

"很好。"美国宇航员正色道，"九小时四十分之后我们会进行第二次发射，发射功率和照射时间都会增加，你能想象到那会产生什么结果。我们要求美国政府说服其他理事国申请召开联合国紧急特别会议，特里尼蒂将列席会议，十小时的时间用来筹备会议，我想足够了。如果紧急特别会议如期召开，我们将延缓第二次发射，否则，激光会命中一座小型城市，杀死城市中的所有人，所有鸟类、啮齿类和昆虫，对不起，还有猫和狗。我们不会提前告知将攻击哪座城市，也不接受其他任何形式的妥协。"

沉默降临。巴塞罗缪博士观察着三位宇航员的表情与动作，在笔记本上记录着什么。没有人说话，屏幕上的总统足足静默了一分钟，特里尼蒂的宇航员们也默契地保持安静，似乎想给地球上的人们一点反应时间。

"十个小时后，美国的大部分地区将进入夜晚，你们没法发动攻击！"这时副总统忍不住开口。

肖推了推玳瑁框眼镜，做出回答："第一点，特里尼蒂空间站位于三万五千八百公里处的地球静止轨道，若具有基本的中学物理知识，你就会发现我们受到地球阴影遮挡的机会微乎其微，白天和夜晚，对太阳能抛面集中器的性能没有影响；第二点，这次发射的目标选择不限于美国本土。我们的激光照射范围覆盖百分之八十五的陆地面积，百分之九十九的人类聚居区域。"

"所以，这不是针对美国的恐怖主义行动……你们想要更多。"总统的声音很低沉，"召开联合国大会是异想天开的想法，就算以大规模恐怖袭击作为威胁……"

里克·威廉斯打断了他："根据联合国大会第 A/RES/377(V) 号决议，安全理事会遇似有威胁和平、破坏和平、侵略行为发生之时，如因常任理事国未能一致同意，而不能行使其维持国际和平及安全之主要责任时，大会则应立即考虑此事，俾得向会员国提出集体办法之妥当建议，倘系破坏和平或侵略行为，俾得建议于必要时使用武力，以维持或恢复国际和平与安全。当时如属闭幕期间，大会得于接获请求后二十四小时内举行紧急特别届会。紧急特别届会之召集应由安全理事会依任何七理事国之表决请求为之，或由联合国过半数会员国请求为之。——七个理事国，听起来没那么难。"

总统猛然推开椅子站了起来："美国不接受任何恐怖分子的威胁！我要结束通话了，这场闹剧就到此为止！"

威廉斯微笑道："火种已经点燃，你没法阻止火焰蔓延，总统先生。美国政府对新闻媒体的控制是徒劳的，无数人早已从社交网络上看到阿拉莫戈多毁灭的景象，我们安置的信息炸弹在发射的同时已经引爆，特里尼蒂项目的真实资料将逐步泄露至互联网，这个世界已经知晓我们的名字，现在，他们会意识到我们的力量。你们必须接受要求，因为那是全球性恐慌唯一的抑制剂，没错，这是一个新时代的起始，这是风暴的开端，先生们！"

"我讨厌你用百老汇腔说话。"旋转着的莫甘娜说。

"特别紧急大会召开时，请在有线电视网发布正式新闻，我们会看的。"肖说，"当然，如果你们进行无线电屏蔽的话，别忘了在联合国总部大楼楼顶摆一个二维码，我会让一支摄像头对准曼哈顿的。那么，再见。"

三位宇航员依序消失，画面重归黑暗。

视频会议立刻出现二十四个声音。所有人都在叫嚷，语音系统自动进入讨论模式，耳机里充满咒骂声和催促声，直到总统按下最高优先级的按钮，将其他人全部静音。"闭嘴！"他吼叫着，以盖过战略情报室里嘈杂的噪声，"闭嘴！闭嘴！"重复三遍，他喘息着坐下来，用灰色眼睛扫视所有参会者，"我宣布重新启动'太空怒火计划'。接入空军太空司令部，我要空军基地在十分钟内完成预备部署，给出详细作战方案。提高威胁预警等级，必要的时候，我会宣布美国本土进入战争状态——这是一场战争！先生们，做你们该做的事情，十分钟后向我汇报，会议到此结束。"

"是的，总统先生。"

巴塞罗缪博士用鼠标点击结束视频对话的按钮，发觉掌心上全是汗水。这时，一个独立对话界面弹出，总统慢慢抬起头，问："巴塞罗缪博士，FBI 对你的评价非常高。现在告诉我，这些人是疯子、妄想狂，还是新纳粹？"

博士谨慎地回答道："我正在看他们的心理测试答卷，仅从刚才的对话来看，他们不是反社会型人格障碍者，行动并非偶然动机和偶发情绪驱使的。——话说回来，具有严重人格缺陷的也不可能通过 NASA 的筛选，先生。"

"废话。"美国总统揉搓眉心，"我现在没空听废话，博士。"

"我的观点没有变，他们的意志非常坚决。你可以赌博，但要做好一败涂地的心理准备，总统先生。"

"我父亲在暴乱时被砍成肉酱，母亲吸毒过量死在布鲁克林的小巷里，我十二岁时因为洗涤工厂的劣质洗涤剂丢掉了视力，六年前，我在大选中失败，因急性酒精中毒被送入医院切除胰脏和半个肝，只有上帝知道我一滴酒都没喝。可我还坐在这里，博士。我是美国总统，我知道自己在干什么。"抚摸着自己灰色的眼球，高踞长桌顶端的男人说。

距离第二次发射：九小时二十九分
俄罗斯莫斯科市卢比扬卡广场二号楼　地下八层

肖平和他的俄罗斯老伴惴惴不安地坐在沙发上。红色皮沙发上盖着白色绣花沙发巾，茶几上放着瓷茶壶，红漆的柜子上有金色俗气的花边装饰。从走出电梯门的那刻起，他们就有种错乱的感觉，楼道挑高的房顶、红色油漆的地板和褪色的护墙板已经多少年没见过了？赫鲁晓夫时期的旧建筑就是这副模样，脚踩在水泥地板上还会发出空洞的回声，可这明明是现代的莫斯科啊。

他们被士兵们送到这里，一位戴口罩的女医生为他们检查了眼睛和耳鼓膜，为他们递了眼药水，然后端着药盘离开。肖平不知道自己身处何处，只能隐约猜到事情跟儿子有关。老妇人投来惊恐的目光，肖平把她的手紧紧攥住，"别怕，阿佳塔，这一定是一场误会。"

这时门锁忽然咔的一响，两位老人同时站了起来。一位身穿白衬衣、深蓝色西装外套和黑皮鞋的斯拉夫男人出现在门口，"肖先生，斯托罗尼克娃女士，请坐。"他的脸上有一道相当惊人的伤口，看起来一颗子弹穿过腮部从鼻翼位置穿出，在嘴角留下深深的伤痕，使他面无表情的时候，都像是在微笑。

"伊万。"没等肖平开口询问，来人指指自己的胸口，"FSB（俄罗斯联邦国家安全局）。"

肖平的耳朵仍在嗡嗡作响，不知不觉提高音量："我是俄罗斯航天功勋科学家，即使 FSB 也不能非法逮捕我！"

伊万瞟了他一眼，眼神中不带任何感情。他自顾自开口：

"平·肖，原籍中国山东泰安，火箭专家，二十七岁时由中国国家航天局派遣来到俄罗斯参加质子 P2 火箭研发工作，后成为中俄空间发展联盟驻俄罗斯特派员，三十四岁时与俄罗斯人阿佳塔·斯托罗尼克娃结婚，四十二岁加入俄罗斯国籍。"

"……对。"肖平坐直身体，"我爱中国，也热爱俄罗斯的大地。我选择留在这儿。"

"你们只有一个儿子，别列斯托夫·平·肖，中文名叫作肖，出生于莫斯科国立谢东诺夫医院，今年三十九岁。"

"不对，他……"

"我是说，离三十九岁生日还有两天。"

"对。"

"新西伯利亚国立大学毕业，功勋宇航员，中俄空间发展联盟的首席太空人，远东特里尼蒂项目第一顺位操作者，未婚。"

"对。"

"韦氏智力测试得分一百四十五。心理评估等级优秀，评语是'非常冷静，具判断力'。"

"对。"

"但并非你们的亲生儿子。"

肖平感到阿佳塔的手颤抖起来。他望着对面的男人，伊万露出毫无表情的笑容。"对。"肖平低下头，"这件事很少有人知道，有天去办事，看见路边的树上停着好多乌鸦，我过去一看，在树丫中间找到一个布包，孩子就在里面睡着。我和阿佳塔有生育困难没有孩子，就抱回家当亲儿子养。因为收养手续有问题，我找到谢东诺夫医学院的朋友办理了出生证明。他长得虽然不像我，但很巧也是蒙古人种，你们不太分辨得出来，这么多年来我们早都忘了这码事。对我来说，他就是我的亲儿子。"

"别列斯托夫知道吗？"

肖平犹豫了一下："可能知道。这小子聪明，恐怕早就知道了，不过他没挑明，我们自然也就不提。"

伊万的灰蓝眼睛眨也不眨："他背叛俄罗斯的事情，同中国有关吗？"

"……什么？"

两位老人同时愣住了。没给他们反应时间，伊万说："特里尼蒂项目失控了，他和两名外国宇航员拒绝接受地面指令，发出恐怖威胁，现在 FSB 需要别列斯托夫个人电脑里的数据，他设下复杂的 SHA-3 密码，暴力破解要花去很多时间，所以，现在写下来给我。"

肖平嘴唇颤抖着："我不知道什么密码。那孩子不可能做出背叛国家的事情！他出生在俄罗斯，身上没有一点儿我的中国血统，他是个爱国的俄罗斯联邦公民！虽然平常话不多，不出任务的时候喜欢一个人闷着，可是绝对不会做坏事！我以父亲的名义发誓！"

"不。"伊万淡淡地回应，"你在说谎。他的住宅在你们住宅的正下方，FSB的特工在你卧室地板上发现了钻孔和布线的痕迹，你最近一批试验材料里有定向拾音设备、微型摄像头、光缆和防探测装置。如果没猜错的话，你早已发现儿子叛国的事实，偷偷在屋里监视他！别列斯托夫的住宅有着完善的反侦测措施，比克里姆林宫的会议室还要严密，可他没想到父亲早就在日光灯灯罩里布下了探头。"

阿佳塔的脸色变得煞白，她抽出手来盯着肖平。一滴汗水沿着老人的鼻翼滑落，肖平慌乱道："不不，一次航天任务结束返回地面以后，我发现他的精神显得有点不正常，决定偷偷观察他一下，后来他没事，我就把数据全部销毁了。"

伊万掏出一包寿百年香烟，用一次性打火机点燃，木然地盯着他。

肖平提高声音："他是无辜的，你们搞错了！"

"密码只有二十四位，就算是旧密码也没关系，我们能根据密匙找出编码规律，缩减计算范围。你有一分钟时间。"伊万吐出一个烟圈，因为嘴角残缺，烟圈的形状并不好看。

"我不知道什么密码。"肖平倔强地梗着脖子。

忽然间伊万的电话响了。楼道里传来无数嘈杂的电子合成音，数十台手机同时响起，所有人的电话被同一个号码拨通。伊万接通电话听了几秒钟，摇了摇头，站起来："没有时间了。把他们带过来。"

距离第二次发射：八小时二十分二十秒
阿尔及利亚阿德拉尔省　提米蒙绿洲

八岁的查奥·阿克宁看完一集动画片，瞧瞧窗外，太阳还没落山。他在地毯上躺了一会儿，把最后一块哈尔瓦点心掰成两半，浇上蜂蜜，吃掉一块，端着另一半走上楼梯。

平坦的楼顶晾晒着彩色条纹床单和爸爸的白色长袍，查奥钻过散发清香气味的衣服，看到妈妈站在矮墙旁边，用他的玩具望远镜眺望着远方。"妈妈！"他跑过去抱住母亲的腰，"爸爸快回家了吗？我们晚餐吃什么？"

"番茄炖羊肉好吗？"妈妈微笑着回应，从他的小托盘里拈起点心，咬了一小口，剩下的塞进查奥嘴里，"如果爸爸不回来的话，我们就去找他，在基地那家摩洛哥餐厅吃番茄炖羊肉，再给你来一大杯你最爱吃的巧克力香草冰激凌。"

"好啊好啊！"孩子笑着，"可今天所有人都没去基地，我们偷偷过去可以的吗？"

妈妈点点头："我在等爸爸的电话，他一打电话来，我们就开车去基地。"

"那爸爸什么时候打电话来呢？"

"你瞧。"

妈妈把望远镜递给他，指向西方那座赭红色砂岩的山，山顶那些蓝色遮雨棚空荡荡的。"那些观看发射的人已经下山了，他们会回到城里来，到公司总部大楼去开会。爸爸就快打电话来了，因为这个时候基地空无一人，也没人会注意我们离开提米蒙新城。"她说。

"为什么大家要回城来呢？"查奥看到许多车子正从山的方向驶向城市，临时道路上扬着金红色的烟尘。

"因为发射取消了呀。疏散命令还没有撤销，他们不能到基地去。"

"为什么发射取消了呢？"

"因为……你爸爸会告诉你的。"电话响了起来，妈妈接通电话，听了几分钟，冲小查奥点点头，"好了，出发！"

"耶！巧克力香草冰激凌！"孩子跳跃起来，一溜烟冲下楼梯，将亚麻外套披在身上，挎好帆布包，换上皮凉鞋。门外停着的雪铁龙电动汽车已经提前开启空调，发热装置吹出了轻柔的暖风，妈妈拉开车门让查奥坐在副驾驶位置，替他系好安全带："先睡一会儿吧，到了我就叫你。"

"我不困！我会替妈妈指路的，我认识去基地的路！……再说你也不给我唱摇篮曲。"尽管小查奥如此保证，车子刚一驶上平坦的公路，他就在暖风和玛莲·法莫的歌声中沉沉睡去，一觉醒来，窗外已经一片漆黑，白色 LED 车灯劈开夜色，前方能隐约看见基地信号塔的红色闪光。

"咣当！"汽车碾过什么东西高高地弹起来，又重重落地，彻底驱走了查奥的睡意。他打了个呵欠，扒着座位向后望："妈妈，是不是撞到兔子或者沙鼠了？"

妈妈的声音显得有点严厉："别乱看，好好坐着。"

查奥缩起身子，偷偷观察外面。车灯光柱的边缘出现了两截黑漆漆的东西，查奥以为那是有人丢弃在路上的木头或者沙袋，妈妈猛地转动方向盘，轮胎发出吱吱的呻吟声，车子画出 S 形的曲线躲过了障碍物，小查奥转头去看，发现险些被车轮轧住的黑东西长着手和脚，如玩坏的娃娃一样摊在路上。

"妈妈……"他小声说。妈妈没有回答。

前方变得明亮起来，一辆厢型车斜停在路边熊熊燃烧，有个男人跪在车门处，上半身已烧成焦炭，下半身沾满暗褐色的沙子，冒着热腾腾的蒸汽。雪铁龙左侧车轮碾着路基下的粗沙，剧烈颠簸着，与厢型车擦身而过，查奥惊叫一声低下头，感到火舌从玻璃上舔舐而过。"妈妈！"他带着哭腔喊。

"别怕，马上就到基地了，爸爸在那里等我们。"紧握着方向盘的女人挤出一个微笑。电动机的嗡嗡声变得尖锐起来，雪铁龙轿车提高速度，将几辆着火的车子和凌乱的尸体甩在后面。基地警戒区的铁丝网出现在前方，但电动大门已经倒下，探照灯也没有工作。"咚咚！"电动车轧过铁门，两只轮胎同时被锋利的断茬划破，妈妈用力控制着方向盘，车内响起刺耳蜂鸣声，那是胎压警报与 ESP[①] 启动警报在工作的缘故。"嘎吱吱吱……"小车在布满浮沙的路上左右扭动，如惊慌的蛇在沙漠中高速游移，查奥用力抓紧窗子上方的拉手，闭上眼睛尖叫。

"好了好了，查尼，没事了。"一只汗津津的、冰凉的手抚摸着他的脸颊，将查奥从歇斯底里的尖叫声中拯救出来。雪铁龙横在基地正

---

① ESP, 车身电子稳定系统。

门口，留下数十米长的蜿蜒的刹车痕。妈妈将查奥拉下车，走向基地大门，那扇供员工日常通行的自动门只关了一半，警示系统嘀嘀作响，妈妈让表情呆滞的小查奥躲在背后，自己从长风衣口袋里掏出一支手枪。

"妈妈？"孩子喃喃地说。

妈妈竖起手指做了个嘘的手势，左手拨通电话，右手平举手枪，慢慢走进大门。电话接通了，听筒里传出短促而有力的冲锋枪射击声，夹杂着男人濒死的呼喊："佐薇！没想到护卫队这么早就回来了，搞得有点仓促，不过……"九毫米手枪射击的爆破音响了三声，"……不过已经压制住了，你们沿右侧通道进来，在中央控制室会合。……查奥还好吧？"

"他吓坏了，不过我想没事。"

妈妈拽着孩子走进基地，穿过灯光幽暗的通道，不锈钢地板沾上血迹变得光滑无比，查奥好几次差点摔倒在尸体旁边。仍温热的尸体身穿黑色制服，肩章上画着高昂着头的单峰驼，查奥认得这个标识，甚至能认出几个男人的脸。他们是基地保卫队的成员，法国南部沙漠保安公司的雇佣兵，爸爸的同事，曾经亲切地摸着他的头叫他"Petit Chameau"（法语"小骆驼"）的叔叔们。

现在他们死了。

被爸爸杀死了。

两个人进入中央控制室的时候，最后一个敌人刚刚被击毙，一颗九毫米帕拉布鲁姆子弹掀开了他的半边头盖骨，粉红色的血顺着鼻尖滴下，这男人以怪异的姿势趴在指令席上，仿佛正在保护某个隐形的科学家。屋子中间站着十几个男人，看见孩子进来，他们纷纷收起枪支，转过身擦拭脸上的污迹与血。

"查尼！"爸爸从人群中间走出来，像老鹰一样张开臂膀，"没事了，我们马上就会开启基地的自动防御系统，这里安全了。你可以像回家一样安心，等我洗漱一下，咱们去摩洛哥餐厅吃沙拉、塔吉和手抓饭好不好？"

查奥瞧着眼前陌生的男人，并不觉得这个浑身散发硝烟和鲜血气味的人是自己的爸爸。"我答应他吃番茄炖羊肉的。"妈妈用手揽住孩子的肩膀，说，"还有巧克力香草冰激凌。"

"好啊，巧克力和香草一样来一杯！"爸爸笑了起来，抓起查奥的手走向大厅门口，"不怕肚子痛吗？"

查奥有点躲闪地放慢步子，但还是抬起头回答："是巧克力香草，不是巧克力和香草。……爸爸，为什么要杀人？"

"有这种口味的吗？一个冰激凌球有两种口味？"

"不是！是巧克力香草本来就在一起的口味！"

父子俩在怪异的谈话中走出门，留在控制室的男人们与屋里唯一的女人拥抱问好。"埃里克森和本牺牲了。"男人们沉痛地汇报，"还有斯宾塞，他负责守卫警戒区大门，南部沙漠公司的车队一出现他就在对讲机里做出汇报，但马上就被对方的神射手爆了头。巴蒂斯塔的肚子中了两枪，估计撑不过今晚，盖诺的腿被枪榴弹炸断了，两条腿。对方死了三十个人，因为我们抢先控制了一小部分的自动机枪，在外围占了点便宜。"

"组织不会忘记他们的。"女人说，"天上的情况怎么样？为了安全起见，我一直没有上网。"

一个耳朵被流弹撕破的男人不顾满面流血，兴奋道："他们如约进行发射了！网络已经快爆炸了，所有人都在疯传那次攻击的视频，还没有国家公开发表声明，但他们已经成功了，这太棒了，佐薇！"

女人缓缓地吐出一口气，手抚胸脯："七年了，就为今天……我们去餐厅吧，今晚需要庆祝一下。"

"那么要不要按照规矩……"有人试探性开口，立刻被身边人捂住嘴巴，"你胡说什么，有孩子在啊！"

女人笑了："从这一刻起，他不再是我们的孩子了。这栋建筑物已经被自然接管，我们无须再伪装文明了，同志们。"她一边向外走，一边褪去身上的风衣、绒衣、长裤和皮鞋，露出没穿内衣的洁白胴体，最后解开束发的卡子，让红色长发垂了下来。"……餐厅见。"

裸体女人消失在冰冷的钢铁通道中。

距离第二次发射：五小时四十七分四秒
地球静止轨道　特里尼蒂 β 空间站控制室

莫甘娜·科蒂准备吃点东西，每当心慌意乱的时候她总想吃东西，食物能缓解紧张，尤其是在她的太空瑜伽失去作用的时候。

舱内放着一首柔和的歌，温柔的女声轻轻唱着"Dodo, l'enfant do, l'enfant dormira bien vite"。她一边听歌，一边把一袋脱水菠菜插在料理台上，泵入五十毫升的水，飘浮在旁边，耐着性子看袋子里的绿色蔬菜一点一点地膨胀起来。咀嚼着淡而无味的菠菜，她给自己准备了一份奶酪通心粉、一小盒布丁和一袋混合果汁。"想吃巧克力香草冰激凌。"她把那些食物丢向舱底，慢悠悠地飘过去，一边瞧着脚下的地球，一边用牙咬开布丁盒。湛蓝的地球镶嵌在观察窗中央，显得遥远而寒冷，窗子旁边贴着几张照片，最显眼是三名宇航员在中国太空中心受训时的合照，照片上美国人搂着法国女人开怀大笑，别列斯托夫·肖站在旁边，望着镜头外的什么地方。

"莫甘娜。"通信屏幕亮起来，肖那张缺乏表情的脸出现在上面，"打扰你吃饭了，不过我想确认一下β空间站的情况。"

"还好。"法国女人瞟了一眼综合信息屏，所有数值都在绿色范围之内，"我有点累。"

肖用左手扶正眼镜，由于缺乏重力，眼镜与鼻梁的相对位置总显得有点别扭。"几分钟以前信号被切断了，我没有在电视和网络中看到官方的回应，除了那些'强烈谴责'。"他用指关节嗒嗒地敲击着控制面板，看来在思考什么事情，"我猜美国人要赌一把了，注意安全，按计划来，莫甘娜。"

"我明白。"莫甘娜伸长手臂按下几个按钮，空间站某处传来轻微的振动，"只要你编写的自动化程序没问题，我们应该是安全的，对吧？……我只是对某些事情不太确定。"她将飞向舱壁的布丁捞了回来，舀了一勺放进口中，"说点让我好受点的话吧，肖。"

"我对程序有信心，但并不了解对方的底牌。冷战之后美国停滞了多年的太空军备计划究竟重新部署到什么程度，没人知道。撑过这一关，我们就成功了大半，如今能做的并不多，只有祈祷。"

"我不祈祷。我是自然主义者。"莫甘娜说。

"我也不。修辞手法而已。"

"你真无趣，肖。"

"接受批评，但很难改正。"

"很难？"

"如果我们能活下来，将会有大把时间用来消磨。到时候我会尽量变得有趣一点。定时联络的时候再见，莫甘娜。"

女人用湛蓝的眼珠盯着屏幕上的黑发男人："等一下，我……"话音未落，肖就切断了通话。"……我可能没法做到那样的事情。"她喃喃地说道，用颤抖的右手举起布丁，她需要食物，更需要食物里加入的镇静药剂，她的神经已经紧张得太久，如同一根绷得太紧的弦，随时可能会裂断。

她吞下布丁，左手推动控制台上的手柄，屏幕上出现一片金黄的沙漠，沙漠中心的建筑闪闪发光。"你在吗？……有时候我会想这一切究竟是为了什么。如果有办法补救的话，你说，还来得及吗？杀人这种事情，毕竟是无法饶恕的罪啊。"莫甘娜对遥远的画面柔声说道。

当然，无人回应。

歌儿还在响着"Dodo, l'enfant do, l'enfant dormira bientôt"。

距离第二次发射：五小时九分一秒
大西洋上空　美国空军 AMC-XII 远程运输机　编号 60-752A

布兰登·巴塞罗缪博士面前的咖啡洒了一半。这种最新型的运输机并非令人舒适的交通工具，亚音速巡航时的噪声震耳欲聋。博士坐在空荡荡的机舱里，这趟航班的乘客只有四名随行人员，加上他自己。"不要将我排除在外！"老人冲着麦克风吼着，"我说，不要将我排除在外！我明白总统决定发动攻击，但起码让我进入参谋组中，我能帮得上忙！"

耳机里传来总统安全事务助理自鸣得意的声音："恐怕我做不到，'太空怒火计划'的保密级别……"

"听着，我花了几个小时分析三个太空人的心理测试报告，看了肯尼迪航天中心提供的大量视频资料，现在没人比我更了解他们！"巴塞罗缪博士用黏糊糊的手指戳着被咖啡溅湿的电脑屏幕，"告诉总统，在关键时刻做出的判断很可能是盲目的，我需要成为美国联邦政府的决策参谋！"

对面的人安静了一会儿。"总统先生同意了。你很幸运，博士，绝大多数美国人并不知道我们的太空实力，你会目睹一场高烈度而短暂的战争。"安全事务助理得意扬扬地说，"一切结束之后，我们会对外发布'太空怒火'的部分细节，宣告美利坚合众国拥有制天权，再没有比这更合适的机会了，不是吗？"

博士单方面中断通话。屏幕上跳出请求窗口，白宫战略情报室再次出现在眼前，屋里的人明显减少了，来自空军基地的远程画面占据了一半的信息窗口。一位身穿蓝色制服、头戴黑色贝雷帽的军官正在对作战计划进行最后确认，巴塞罗缪博士认出了他的肩章：一位从未出现在大众视线中的四星上将。博士明白这就是美国空军太空司令部的最高指挥官，整个地球上最神秘军事力量的统帅。

"……轨道高度三万六千公里，超出大部分武器的打击范围。装备在 F35E 上的 TLS 空基反卫星导弹最大射高是二千一百公里，而地基的'黑鼬鼠'则是一千公里，距离特里尼蒂 α 空间站还很遥远。至于地基激光反卫星系统，只能对三百公里以下的低轨道卫星产生威胁。"四星上将指点着轨道图讲解道。从图上看三座特里尼蒂空间站构成赤道面上的等边三角形，地球是三角形中心一个小小的圆，"……而我们大多数的攻击卫星都在四千公里以下的轨道运行，只有部分型号能够发动有效打击。最可靠的力量是运行在同步轨道的四颗'殉道者'攻击卫星，以及三千二百公里高轨道的十四颗'雷鹰'远程攻击卫星。两个小时前，所有的'殉道者'与'雷鹰'已完成系统激活及试点火，状态完好，随时可以发动攻击。如果将攻击时间延迟到二十四小时后，我还可以让五颗卫星变轨加入攻击行列。另外，一枚'德尔塔九号'运载火箭正在运往卡纳维拉尔角的途中，它携带了十枚反卫星拦截器，能够进行三万公里以上的深空作战，不过发射准备需要两天时间，毕竟'太空怒火'这个项目停滞已久……"

总统坐在桌前，双手交握遮住嘴巴说："不，我们没有二十四小时，更没有两天时间。"

"明白。作战准备已经完成，我们将动用距离最近的两颗'殉道者'、六颗'雷鹰'，使用 SBL（天基激光器）与 SBI（天基动能拦截弹）对美国上空的特里尼蒂 α 空间站发动攻击，其余力量分配给非洲上空的 β 空间站、亚洲上空的 γ 空间站。"指挥官说，"战争一瞬间就会结束，总统先生。"

总统点点头问："无线电干扰奏效了吗？"

"已经切断空间站到地面的所有通信，但三个空间站之间使用激光脉冲通信，不受地球遮挡，所以暂时无法干扰。"

"向中国和俄罗斯发出照会了吗？"

"七分钟前，已经传达给中国、俄罗斯和北约成员国。"

总统站了起来。"世界上最强大的国家对三个人的战争。不，仔细想想，以国家为对象才能称为战争，这只是一场审判、一次处刑。"他转过身，目光扫视着身旁的幕僚，"白宫、五角大楼、太空司令部、美利坚合众国。无须怀疑，我们将会胜利，我不相信存在第二种可能。……上帝保佑美利坚！"

巴塞罗缪博士想要发言，但他的头像在二百寸的综合信息屏幕的角落里徒劳闪动，有几个人跟他一样在大声叫嚷，试图告诉总统什么事情，但无人理会。总统将密码钥匙插入控制台，弹开保护盖，按下了代表战争开始的红色按钮。

距离第二次发射：五小时一分三十秒
地球静止轨道　特里尼蒂 γ 空间站两千公里外

一颗波音公司为 INTELSAT（国际通信卫星组织）制造的 709MP 通信卫星收起太阳能板，在太空中悄然转向，使圆柱形结构的底端指向两千公里外的庞然大物。从这个角度观察，特里尼蒂 γ 空间站巨大的复合抛面集中器就像一堵漆黑的墙壁，遥远的视界边缘镀着一线金色阳光。

这颗"殉道者"攻击卫星已经锁定目标，激光瞄准器的光斑在特里尼蒂空间站控制室外壳部位闪烁了十万次，随着武器系统保护盖的熔毁，二十四枚 SB-KKA 动能拦截弹显露出来。几秒钟后，"殉道者"

激发了一级固体推进装药，蓝白相间的尾焰从卫星尾部喷薄而出，所有导弹悄无声息地离开母体，以一公里每秒的相对速度射向目标。紧接着，弹体上的二级推进器启动了，矢量喷射口向不同方向偏转，二十四枚导弹如花瓣般散开，化为三个攻击梯队，迅速加速到十四公里每秒的惊人速度。固体推进器很快烧蚀殆尽，余下的动能战斗部是一块一百七十公斤重的实心钨合金锥体，它击中目标时能够释放五点六吨 TNT 当量的能量，足够把一栋大楼从地面上抹去，当然更能轻易撕开空间站那薄薄的合金外壳。

为了尽量减少太空战产生的爆炸碎片，"殉道者"并未装备炸药武器，但除了二十四枚动能导弹之外，它还有更强大的攻击手段。攻击卫星开启所有推进器全力加速，助推焰照亮逐渐崩裂的圆柱形结构体，纤细而强韧的碳纳米管绳索将飞离母体的金属部件连接起来，当加速结束时，它将化为一张直径五公里的大网，将侥幸躲过第一波攻击的目标包裹起来，拽向不可逆转的失速坠落轨道。——当然在其悲壮的名称背后还有另一重意义：太空战爆发后，美国会在必要时使用"殉道者"作为碎片收集器，防止密布在静止轨道的通信卫星和军事卫星遭到太空垃圾的影响。

动能弹飞速穿越黑暗的空间，留给特里尼蒂空间站的时间只有两分钟。

空间站控制室内，肖点亮通信系统，对两名伙伴简短地说道："这个时刻到来了，祝你们好运。"

"好运，伙计。"

"你也一样。"

γ空间站的主控电脑上运行着一个第三方程序——由肖亲自编写并利用系统漏洞植入的自主防御程序。复合抛面集中器外缘亮起一串红色信号灯，隐藏在防辐射板背后的透镜系统显露出来，像数百个窥探着深空的眼睛。主电脑花去两秒钟的时间进行逐元计算，将目标锁定，发出拦截请求。肖扶正眼镜，点触了自动防御模式的按钮。

直径四十厘米的光斑凝聚在第一枚动能弹上，钨合金转瞬间气化，分子向太空四散逃去。紧接着是第二束、第三束、第四束激光，每个光斑都笼罩着一枚弹头，这是特里尼蒂空间站的陨石防御系统在高效工作。为保证抛面集中器不被小陨石和太空垃圾伤害，三个空间站都装备了激光防御系统，由主泵浦激光器提供的能量可以尽情挥霍，防御激光的能量很高，若集中射击，足够将数十吨重的物体瞬间消灭。肖所做的只是破解防御系统的目标甄别，提高响应速度和瞄准并发数，将功能单一的自我防御措施化为强大的自动化武器。

俄国人面无表情地盯着屏幕，看代表目标的红点一个一个地消失。另一个屏幕上，他锁定了在攻击卫星发射动能弹的同时进行变轨的中低轨道卫星。"还是露出马脚了吧，美国佬。"他低声自语，点触屏幕，发出攻击指令。

三万公里之下，一颗伪装成海事通信卫星的"雷鹰"攻击卫星正从特里尼蒂γ空间站的投影点附近掠过，它刚刚瞄准目标，即将激活化学氧碘激光器发动攻击。这种化学激光短时间照射的强度不足以熔化空间站的防辐射外壳，但能够烧毁所有裸露在外的镜头、探测器乃至电子设备。若集合多台"雷鹰"集中照射，则完全有可能凿穿空间站的外层防护。

可这没来得及发生。来自特里尼蒂的激光束率先降临，脆弱的卫星立刻失去功能，接着化为青烟。同一时间，附近的其他几颗"雷鹰"也被光斑笼罩，激光在太空传播的过程中几乎没有衰减，特里尼蒂的力量没有任何人造物体可以抗衡。

这时二十四枚动能弹已被全部清除，屏幕上却多出密密麻麻的红色标记，那是"殉道者"大网的上千个金属节点。肖陷入短暂的犹豫，从他的角度没办法判断这些目标究竟是什么东西，那既可能是集束炸弹，也可能是金属诱饵。目标飞行的速度较慢，他在三十秒钟后做出决定：攻击！

一百束激光同时射击，那些来自攻击卫星的金属板、曲轴、电机和导轨被高温气化，大网却没有破碎，碳纳米管绳索在应力拉扯下猛然收紧，网开始旋转，如某种海底生物般摇曳着扑来。肖按下按钮，开始第二次、第三次射击，每次射击都只让屏幕上的红点减少一部分，那些目标却纠缠交错得愈加紧密，密度不断提高，最终凝聚在一起化为一个红色斑点。

"糟糕！"俄国人猛然醒悟那可能是什么东西，也明白以每次一百个目标的攻击频率已经来不及将对方消灭。他没时间重新输入指令进行大规模照射，所能做的只有冲着通信频道里大吼一声："是网！不要射击那张网！否则……"

"轰！"

收缩成一团的卫星残骸与空间站控制舱发生猛烈撞击，如同炮弹般击中舱壁的是相对速度为八公里每秒、总重量一万五千吨的沉重钢铁。

距离第二次发射：四小时三十分

美国新墨西哥州奥特罗县　特里尼蒂 α 地面站

一支由四辆黑色雪佛兰 SUV 组成的车队沿着五十四号公路南下，车门上有金色三角形的公司纹章，尽管不到下午四点，车队还是得打开大灯照亮道路。前方出现临时检查站，车队减速停在横杆前，头车玻璃缓缓降下，一名美军士兵向穿着黑西装的中年驾驶员敬礼："前面是临时军事管制区，禁止通行，先生。"

"我是国土安全部紧急事务总署副署长查尔斯·唐，这是我的证件。"驾驶员摘下墨镜，出示工作证和徽章，"我旁边的人是特里尼蒂公司应急处置小组的负责人，我们接到命令前往特里尼蒂 α 地面站执行紧急任务，你可以向华盛顿核实，士兵。现在。"

那名美军上士检查证件后交还，开始用对讲机联系上级。查尔斯·唐活动一下脖颈，通过后视镜观察后方。天空是铅灰色的，一束巨大而缓慢膨胀着的烟柱占据了整个视野，从这个角度看不到燃烧的阿拉莫戈多小镇，却依然能从温热、干燥、带着焦煳味道的空气中感觉到火焰的威力。

"真可怕。"身旁戴黑色鸭舌帽的男人说，他的帽子上也有金色的三角形标识。

"谁说不是呢。"查尔斯应道，他点触车辆中控屏，切换到电视模式，CBS 电视台在播放民间天文爱好者刚刚拍摄到的画面：繁星灿烂的背景中有一片深邃的黑暗，几条弧形亮线勾勒出特里尼蒂空间站的轮廓，微小的火花在黑暗中不断进现。新闻主持人说："我们看不清细节，但相信我，有些事情正在上面发生。五分钟前密歇根大学太空科研计划的带头人之一格林菲尔德教授答应接受记者采访，现在我们进行连线……"

这时美军士兵回到雪佛兰 SUV 旁边，立正敬礼："没问题了，长官，前面可能很危险，请注意安全。"

"谢谢。可是从第四纪开始人类就时刻生存在危险当中，不是吗？危险让我们变得强大，士兵。"查尔斯冲他点头致谢，升起玻璃。

士兵挥舞手臂，横杆抬起，四辆 SUV 通过哨卡后加速向前行驶，很快消失在烟雾弥漫的荒原。士官望着南方，觉得这位在昏暗光线中戴着墨镜的联邦官员是个怪人，但身份核实没有问题，国土安全部给予这支车队最高的通行权限，——无论他们究竟要去特里尼蒂基地干什么。

距离第二次发射：四小时十九分十九秒
大西洋上空　美国空军 AMC-XII 远程运输机　编号 60-752A

耳机中响起运输机驾驶员的声音："我们将于四个小时后降落在西汉普顿的弗朗西斯·S.嘉伯雷斯基机场。一号储藏柜中有作战口粮以及足够的咖啡、香烟和口香糖，请您自便，长官。"

巴塞罗缪博士站起来摇摇晃晃地走到储藏柜前，取出一盒麦克纽杜手工卷制的雪茄，拆开、点燃，深深吸了一口，喷出浓浓的烟雾。在总统的怒火平息之前他什么都做不了，不得不找个有害健康的方式来打发时间，即使医生说他的身体除了有机蔬菜之外什么都接受不了。

幸好那位暴怒的大人物已经停止砸东西，白宫战略情报室安静下来，只剩紧急信息提醒的单调蜂鸣声。

"说点什么。"总统坐在桌旁，胸膛起伏不定，左手抚摸着自己的右眼球。

他面前的众议院议长整张脸涨得通红。他说："我说过了！特里尼蒂空间'太阳能计划'当年确实是我带头推动的，议案能够通过，是我们的一场大胜……但谁能预料到这样的情况出现！我知道特里尼蒂美国公司总裁和副总裁在哪儿，那个南方暴发户带着长头发的怪胎逃回新墨西哥去了，他的私人飞机应该就在圣塔菲机场！"

总统用指甲轻轻刮着假眼球表面，发出令人心悸的刺耳噪声："说点什么，除了推卸责任的话之外。"

议长抓起桌上唯一完好的玻璃杯，一口气喝下整杯矿泉水："听着，我承认特里尼蒂计划的一些细节是你不知道的，但那对解决问题毫无帮助！要想让空间太阳能开发法案通过，必须跟少数党做出妥协，你知道那些能源巨鳄圈养的政客有多难对付！……是的，特里尼蒂计划的最大发电量是对外公开值的八倍，满负荷运行的话，一座特里尼蒂 α 空间站就能承担起整个北美大陆的供电任务……"

"滚出去。"总统挥了挥手。议长将涌到嘴边的咒骂强行咽下，转身大踏步离开，开门时差点被一张摔坏的椅子绊倒。

信息屏幕里，太空司令部长官垂手肃立，他需要二十四小时才能组织起第二波有效攻击，而"太空怒火计划"中没有任何一种装备能完美突破太阳能电站强大的主动防御系统。"如果代号'丁克'的天基电磁炮项目没有在三年前中止的话……"他谨慎地选择着用词，"……

第四期计划中的 SNPC（天基中性粒子集束武器）也能够奏效！洛克希德·马丁公司正在对试验中的中性粒子炮做出作战效能评估，我想……"

"给我接通中国和俄罗斯。"总统打断了他，站起来走到信息屏幕前，挥手关闭了太空司令部的远程画面，整理了一下凌乱的领带结。

"是的，长官。"

专线电话拨往大洋彼岸，两国领导人很快同意了可视电话请求。无须客套，总统明白对方早已从无数个情报渠道了解到事情的真相，发生在太空中的战争只持续了五分钟，但足以震惊世界上每一个有空间观测能力的国家。

"不明智的行为，但这次我们不会谴责。"中国的领导人说，"共享情报，这很重要。"

美国总统说："情报？我会尽我所能。美国会很快发动第二次攻击，现在到了展现太空战能力的时刻，明哲保身的政治哲学不适用了，他们在威胁整个地球，全人类！我要求中国和俄罗斯与美国太空军协同作战，共同发动攻击，彻底摧毁三个特里尼蒂空间站。"

俄罗斯总理板着脸："失败是你们的愚蠢导致的，俄罗斯不会步美国的后尘，我们的太空力量会在合适的时候出击。"

"火箭军早已进入作战状态，中国太空军已经准备就绪。但直至此时还不知道他们究竟想要什么，我猜贵国有些线索。"中国领导人说。

"联合国大会！我会共享视频。他们没有对你们提出同样的要求吗？这些疯子想要召开联合国特别紧急大会。"

俄罗斯总理问："以什么身份，联合国观察员？"

"我不知道。这个要求太过荒谬，我不会考虑它的可行性。"

中国领导人露出意味深长的微笑。"小的时候，我爷爷经常对我说一句话。他说，娃呀，你做啥都不能心急，心急吃不了热豆腐。你知道这句俗语是什么意思吗？意思是说，豆腐刚出锅，烫，你着急往嘴里一搁，就把嘴唇和舌头给烫坏了。你要等着，等豆腐外面变凉了，里面还热乎着，这时候吃，才好吃，又不烫。"

美国总统脸色阴沉着："你的意思是？"

"中国不会主动出击，因为时机并未成熟。第二次发射是个未知数，中国会等到发射之后再做出决定。"

"什么？你们纵容恐怖分子……"

"如果美国发动你所说的第二次攻击，中国会全力加以配合。我保证。"中国领导人说，"如果你们剩余的攻击卫星还够用的话。"说完这席话之后，中国单方面终止了对话。

俄罗斯总理则不留情面地回绝了："现在我们拥有世界上最强大的太空军备，不必跟在任何国家的屁股后面。再见。"

美国总统站在那儿，手止不住地轻轻颤抖，显然心中的愤怒已经到达极点。这时巴塞罗缪博士终于抢占了信息频道，大声说出他一直憋在心里的话："我是布兰登·巴塞罗缪，总统先生，我们还有另一种可行的方法，那就是心理战！只要发布联合国紧急会议的消息，对方就会同我们联系，我会使用心理暗示的方法瓦解对方的战斗意志，使三个人之间的关系产生裂痕，乃至瓦解这个小小的三人联盟！我需要一个投影屏幕，用来播放插有暗示性颜色与形状的画面，另外在通话中插入充满系统暗示性混音的白噪声，我会根据三个人的行为分析学特征制定方案……"

"我正在想同样的事情，博士。"这次总统终于有所回应，但指令却下达给另一个部门，"杜克，让 FBI 开始对美国宇航员里克·威廉斯父母进行讯问，找出一切有价值的东西，不惜任何代价！"

"总统先生！"巴塞罗缪博士大声叫嚷着。

无人聆听。

距离第二次发射：一小时五十九分七秒
地球静止轨道　特里尼蒂 β 空间站控制室

"受损修复情况？"

"百分之七十五点四。"

"复合抛面集中器的工作效能？"

"百分之九十九点八五。"

"很好，将指向 K34-D03 的雷达转移到 L07-D03 角度。"

"已断开连接，工程机器人正在向坐标移动。"

"另外，要保证通信。"

"指令不明确。"

"我是说别让通信中断！"

"指令不明确。"

"保障与其他特里尼蒂空间站间的激光通信线路！把所有试图靠近通信路径的人造物体击毁，这样说明白点了吗？"

"已设置警戒区域。"

"蠢货！"

"指令不明确。"

莫甘娜一边烦躁地跟主控电脑斗嘴，一边敲打键盘，将备用摄像头连接至系统中。不久之前的战斗中，β空间站的火控系统漏算了一枚远程攻击卫星，那时两枚分处不同轨道的美国攻击卫星恰巧运动到同一坐标，空间站的激光打击消灭了高轨道的卫星，紧接着却遭到低轨道卫星的攻击。一束化学激光穿越三万四千公里的距离，聚焦在空间站底部，顷刻间烧坏了β空间站指向地球方向的摄像镜头、主无线电发射器和相控阵雷达。底部设备舱还发生了一次小规模爆炸，一些金属碎片被冲击波推动击中抛面集中器，在庞大曲面上开了数十个小小的破洞。

作为胜利的代价，这根本不算什么。战斗结束后肖与里克·威廉斯很快发来平安的信息，同时互相告诫：联合国紧急大会召开之前，危机状态都未解除，现在要尽快修理受损部件，提防可能到来的下一波攻势。美国人难得一脸严肃地说："中国还没出手，要小心！我猜中国才是拥有世界上最强太空军事力量的国家，当我们喝着啤酒、敲电脑、设计攻击卫星图纸的时候，中国人早就用扳手和螺丝刀造出宇宙战舰来了！"当时莫甘娜勉强地笑了笑，肖则没说什么，他的画面背景相当阴暗，看起来照明设备出了点问题。不过出于三个人之间的默契，莫甘娜与里克并未追问他γ空间站的损伤情况。

提示音"嘀嘀"作响，备用镜头连接成功，遥远的蓝色星球出现在显示屏上，莫甘娜推动控制拨杆，地球在眼前不断放大。坐标为原点的情况下，镜头指向空间站的地面投影点：北非阿尔及利亚阿德拉尔省的沙漠地带。沙漠上空没有云层覆盖，但民用级别设备拍摄的画面模糊不清，只能勉强看到特里尼蒂β地面站中央的十字基准线。

"能提高清晰度吗？"

"正在进行快速插值运算。"

画面变得稍稍清楚些，现在能分辨出圆形的激光接收矩阵、长方形的变电装置和月牙形的基地主建筑群。莫甘娜用指尖抚摸屏幕，"再提高一些！要到能看清人脸的程度，可以吗？"

"无法完成。"

"能跟基地建立联系吗？使用预设的保密线路。"

"无法完成。无线电信号受到阻塞干扰。"

"如果……我对 β 地面站发动攻击，可以精确到什么程度？"

"指令不明确。"

"蠢货！"

莫甘娜·科蒂愤怒地关闭了语音识别系统。她做了十二组腹式呼吸法与相应的庞达收束法，不停地原地旋转，试着让自己的情绪逐渐稳定下来。瑜伽和冥想没起到什么作用，她冲到食品柜前吞下大把药片，把苦涩的药片咯嘣咯嘣地嚼碎。

"没什么的，没什么的。"她对自己说，目光投向舷窗旁边的几张照片，胸口不断起伏，"没什么的，莫甘娜。很快就能结束了。"

距离第二次发射：十分五秒
美国纽约西汉普顿　弗朗西斯·S.嘉伯雷斯基机场

夜幕已笼罩美国东海岸。AMC 运输机的涡喷发动机声音震耳欲聋，布兰登·巴塞罗缪博士戴上黑色便帽，裹紧大衣走出机舱，通过舷梯来到地面。前来迎接的 FBI 高级探员看起来已经等待多时，他伸手与老人相握。"我不知道你为何特别要求降落在纽约，而不是华盛顿，博士？"这名光头的大块头探员脸上挤出微笑，"总统在白宫等你，不过命令并不是强制性的。车辆已经准备完毕，如果你需要亲自驾驶的话，这是钥匙、通行证和手枪……"

"不，你来开车，我们去曼哈顿。"

"我会通知长岛和纽约警察局开辟特别通道。具体地址是？"

"第一大道与东四十二街路口。"

两人钻进未熄火的黑色 GMC 牌汽车，高级探员驾车驶向机场外，博士在后排皱了皱眉，驾驶员没有系上安全带，这是外勤探员的习惯，他们认为逃离车辆和快速拔枪比交通安全更重要——糟糕的习惯。

"我见过你一面，博士，在兰利的紧急事态处理课上。"探员说，"对很多人来说，你是个很神奇的人。"

"你不这么认为吗？"老人随口应付着，打开笔记本，看着上面的红色倒计时数字。十分钟之后，恐怖分子宣称的第二次攻击将在地球某处降临，而现在美国政府什么都没做，电视新闻里随处可见阴谋论分子、宗教狂和二流科幻作家在大放厥词，政府没有泄露恐怖威胁的详情，每个人都在猜测，这简直是一场虚假信息的狂欢。阿拉莫戈多毁灭视频的点击量已经超过三亿次，FOX 宣称视频是假的，还找出棱镜项目的技术专家逐帧分析，收视率一时飙升至首位。一个名为"夸特尼蒂（Quaternity，四位一体）"的半宗教组织刚成立五个小时，就吸引了三百万信徒加入。

探员把窗户降下一条小缝，一边点燃嘴里的香烟，一边单手转动方向盘驶上快速路："不，我是说，我不像其他人一样迷信。很多人会把你的书摆在床头当《圣经》一样崇拜，'行为分析说旧约'，这挺滑稽不是吗，博士？"

"科学的极致是哲学，哲学的极致是宗教。这是一位物理学家说过的话。"巴塞罗缪博士打开三位宇航员的简历，再一次浏览起来。莫甘娜·科蒂，三十五岁，出生于法国罗讷河口省港口小镇拉西约塔，幼年时去电影院看了一场有关外太空的纪录片，从此立志成为太空人。其后她毕业于拉西约塔卢米埃尔纪念中学，获得法国国立高等航空太空学院地球信息科学专业硕士，也是欧洲图卢兹宇航中心特殊培训计划第二十期的优秀学员，执行"未来号"宇宙空间站任务三次，月球探索任务一次，评价优秀，素食主义者（不抗拒奶制品），业余马拉松选手，丧偶，前夫是英国人，从事国际贸易工作，不坚定的环保主义者。

街上警灯闪烁，警察为 FBI 的 GMC 牌汽车开辟出一条通道，任黑色 SUV 开着警示灯呼啸而过。"所以我们去联合国总部做什么，博士？如果我没记错的话，白宫还是在华盛顿，没搬家呢。"探员从后视镜里瞅着后座的客人。

老人摘下眼镜，揉揉眉心："去等着事情发生，探员。事态已经不可避免，联合国紧急特别大会一定会召开，我没必要到白宫去，因为总统会亲自过来。"他望着窗外，深夜纽约街头依然人流不减，人们怀揣梦想从全世界各个角落跋涉至此，追寻着存在于美国电影里的美国梦。电视和网络里的新闻并不重要，社会像极了铁轨上笨重的货运火车，就算轨道被洪水淹没、刹车开始锁死车轮，还是能靠庞大的惯性继续前进。或许真到了世界毁灭的那一天，人们惦记的还是即将到账的年终奖金和街角烘焙店每天限量一百个的巧克力甜甜圈吧。

"所以，你不仅是圣人，还是预言家。"探员吹了声口哨。

"你对我是否有什么成见？"博士忍不住问。

探员报以含义模糊的微笑："不不，无意冒犯。我老爹是宾州兰开斯特人，他经常跟我说，下巴留着大胡子的都不是什么好人，又守旧，又冷漠。"

"这话最好别让阿米绪人 ① 听见。"

"借你吉言，我老爹可不怕，他死得很光荣，博士。"

距离第二次发射：十秒
地球静止轨道　特里尼蒂 β 空间站控制室

"没有通信，没有信号。联合国总部大楼楼顶没有图形文字或二维码。他们果然没做到。……里克，我们真的要做吗？"

"没错，就是现在，莫甘娜。"

"我知道了。"

第二次发射
阿尔及利亚阿德拉尔省　特里尼蒂 β 地面站

查奥·阿克宁小心翼翼地咀嚼着羊肉。基地里有两家餐厅，一家提

---

① 恪守《圣经》教义著称的美国宗教派别，拒绝现代科技，已婚男子下颌蓄须。

供自助餐，另一家售卖摩洛哥风味的菜肴，厨师早在二十小时前就已离开基地，但冷藏在冰箱里的番茄炖羊肉稍一加热就散发出了诱人的香气——这是小查奥最喜欢的菜，以前每次跟随爸爸来到基地，都能吃到手抓饭、炖羊肉和冰激凌。

可此时他感觉像在咀嚼一块被油脂浸泡过的软木，嘴里感觉不出滋味，滑腻的口感让他想要呕吐。现在并非吃晚饭的时间。他来到基地已经整整八个小时，此时餐厅钟表的时针指向凌晨四点。八小时前查奥已经吃过一顿晚饭，跟陌生的父亲、母亲与几十个陌生男人一起，所有人都裸着身体，男孩把视线投向桌面，不敢抬起头看那些红棕色的胸毛和黑乎乎的下体。

吃完饭，他在公共休息室打了个盹，然后被枪声惊醒。一支军队在进攻基地，很快被自动机枪和藏在围墙后面的狙击手打退，查奥迷迷糊糊地听到大人们在讨论："下一波会有重武器吗？政府军应该还不会出动，但南部沙漠保安公司会动用阿尔及尔总部的坦克车。"

"那些老掉牙的T-90S吗？保安公司手头没有主动反应装甲，我用RPG就能打穿它！"

"不用担心，调动大型运载车把装甲部队运到这里，起码要花上十八个小时。到那时候增援就到了，再说天上的家伙们应该也搞定了一切。"

"那个孩子……"

"总之，先看这一次发射的结果吧，如果他们集结在提米蒙，那就一举两得了……"

查奥又睡了过去。今天发生的事情超出了他能承受的极限，以至于一切都变得模糊不清，如同午睡醒来之后即将忘却的梦。在一段浅而疲惫的睡眠之后，他再次被唤醒，裸体的父亲站在旁边轻轻拍打他的脑袋："来吧，查尼，我们去吃点夜宵，然后看个好玩的东西。"

"我想睡觉，爸爸。"孩子坐起来嘟哝着。

"你不想看烟花吗？比国庆节更漂亮的烟花啊。"裸体的男人笑笑，拽着他走向摩洛哥餐厅。查奥跟跄向前，看父亲身上结实的肌肉随步伐晃动，好几处狰狞的伤疤嵌在背上，如眼睛般盯着他。他忍不住问："爸爸，你们为什么不穿衣服啊。"

"因为衣服是没必要的东西。"男人回答，"一九六二年美国出版了一本书，叫作《寂静的春天》，作者叫蕾切尔·卡逊。在她之前，没有人想过如果人类继续破坏自然的话地球会变成什么样子，这本书告诉我们，假如人类自认为万物之灵，不知节制地攫取一切，很快留给我们的就是一个没有鸟、蜜蜂和蝴蝶的荒芜世界。我们的组织在一九六三年成立，最初只是个小小的非营利组织，经过百年的发展，成为现在这个地球上最有力量的环保团体之一。"

查奥想了想，说："我还是不知道你们为什么不穿衣服。"

"啊哈，就要说到这里了。人最初是自然的一分子，但现在成了自然的敌人，我们需要解放自我，回归自然，衣服、汽车、楼房、抽水马桶、电动剃须刀，都是在破坏自然的基础上制造出来的，我们使用的每一度电，就有五分之四是靠燃烧千百万年前的树木遗骸而产生。地球正在崩溃，查尼，我们的母亲地球正在死亡。这一切必须得到纠正。"

"不穿衣服就能让地球活下去吗？"

"没有这么简单，但这是个好的出发点。"

"那么……我也要脱掉衣服吗，爸爸？"

"不，你不用。"男人停下脚步，回头看了他一眼，"因为你不是组织的成员。因为你的母亲……"

这句话只说了半截。他们走进餐厅，坐下来吃番茄炖羊肉和冰激凌，那些男人们在喝马斯卡拉产的白葡萄酒，地上丢满了空瓶子，他们的口音千奇百怪，很多人不说法语，查奥听不懂他们的对话。母亲坐在男人当中，毫不在意地展示自己的胸部和大腿，查奥对此感觉羞愧，可不知为什么，这八个小时内母亲没有跟自己说一句话。这让他感觉很害怕，怕自己做错了什么，惹妈妈生气了。

"时间快到了，同志们。"父亲忽然站起来，用叉子敲敲酒杯吸引大家的视线，他指着墙上的大显示屏，屏幕一片漆黑，看不出在播映什么，"还有十秒钟，准备好看烟花了吗，同志们？"

"是的，阿克宁同志。"男人们纷纷倒满酒杯，紧盯屏幕。

几秒钟后，屏幕忽然亮了。像一个小小的花骨朵在夜里缓缓绽放，一团橙色的光出现了，面积和亮度不断增长，光团外围缠绕着流动的粉红色线条，像是围绕花朵飞舞的流萤。有人带头喊着，酒杯相碰发出清脆的响声，人们大口大口地灌下白葡萄酒，用古怪的语言叫嚷。

查奥不知道自己在看什么。他瞧着那团光越来越亮，变得几乎无法直视，一条旋转的红线向上生长，仿佛花蕊向天空喷出血液。忽然基地外响起猛烈的风声，房子晃动起来，酒瓶在地板上弹跳，大家却早有准备地抓紧各自的酒杯，发出热烈欢呼。"爸爸……"查奥惊恐地叫着，却猛然发现父亲满脸癫狂的神色，下体因兴奋而充血，看起来完全是个陌生的男人。

孩子忽然弯下腰呕吐起来，将羊肉与冰激凌喷向地板。他将夜宵和晚饭都吐了出去，然后痛苦地干呕着，没有人注意到他，人们在光芒绚烂的屏幕前跳起舞来，有人举起冲锋枪向天花板砰砰地射击。不知过了多久，查奥终于直起身子，用纸巾擦净嘴巴，他看到屏幕上的光圈已经缩小了，化为一团暗红色的、忽明忽暗的火，空气中多了一种焦煳的味道。

"查尼啊，你看到了吗？"父亲叫着，眼神望着墙壁外面的某个地方，"这就是人类必须付出的代价！我们比谁都希望重建秩序，保护自然，可若不经过惩戒，人类又怎能懂得其中的道理呢……"

孩子僵硬地转过身，看到母亲被一群裸体男人围在中央，发出快乐与痛苦并存的尖叫声。"……爸爸，妈妈……"他站在狂欢的餐厅中央喃喃自语，屏幕上如木炭般发红发亮的是被特里尼蒂 β 空间站一分钟激光照射所毁灭的提米蒙。

千年历史的绿洲，因特里尼蒂项目而重新繁荣的小镇，拥有美丽红色砂岩旧城墙和繁华新居住区的沙漠城市，三万六千人的家。一分钟三十秒的时间。提米蒙带着三万六千个沉睡的居民，安静地消失于世界地图。

第二次发射后十五分钟
美国纽约曼哈顿　联合国总部大楼

提米蒙被毁灭后的八分钟，第一段视频被发布在阿尔及利亚的社交网络上，随后星火燎原般传遍世界。拍摄视频的是特里尼蒂 β 地面站的一名高级工程师，当时他在提米蒙小镇七公里外砂岩山上的观察站执勤，激光击中提米蒙的时候，他掏出手机拍摄了将近八十秒钟的画面，又将视频传上网络，紧接着就被高热的冲击波吹下悬崖。

"真主啊！"视频的末尾他用阿拉伯语疯狂喊叫着，声音被呼啸的热浪所掩盖，电视台根据口型推断出工程师在生命弥留之际的遗言：

> 大难，大难是什么？你怎能知道大难是什么？在那日，众人将似分散的飞蛾，山岳将似疏松的采绒。至于善功的分量较重者，将在满意的生活中；至于善功的分量较轻者，他的归宿是深坑。你怎能知道深坑里有什么？有烈火！

文字在滔天烈焰的画面上流动，这是布兰登·巴塞罗缪看过最震撼人心的视频片段。深夜的联合国总部大楼一层接待厅人头攒动，但却寂静无声，所有人都抬起头观看壁挂电视中反复播放的视频，电话铃声丁零作响，办事员摘下听筒，电话那边响起同样的背景音，那是激光毁灭城市的滚滚雷鸣。

"巴塞罗缪博士，我听过您的名字。"这时一位四十岁年纪的女士轻触了一下博士的手臂，让他从灾难的画面中暂时解脱，"我是美国常驻联合国代表黛米·怀特，有什么可以帮您的？"

"叫我布兰登。"老人摘下帽子，满怀感激地与对方握手，"这真是一场灾难。我是白宫紧急反恐小组的成员，我猜总统应该向你发出了提请召开联合国紧急特别会议的要求，关于会议的必要性，各常任理事国应该已有共识，会议召开只是时间问题。所以我以美国代表团成员的身份率先入场，做一些准备工作。"

美国代表面露疑色："特别会议？目前我还没有接到白宫的通知。"

"很快，怀特小姐。总统先生会做出正确判断的。"

仿佛为了验证巴塞罗缪博士的预测，黛米·怀特的手机适时地响了起来，她接通电话，听对面说了几句，然后通过指纹验证签署了一份电子文件。"您说得没错，博士，跟我来吧。"点点头，她递给老人一张临时出入卡，带他通过安全检查走向电梯，"总统和智囊团正在赶来的路上，您可以到秘书处大楼十七层稍作休息，173B 房间的保密等级是最高的，请放心使用网络。"

"谢谢。"

"另外，等您的随从经过身份检查，会有人带领他与您会合。"

"随从？"

巴塞罗缪博士转过头，看送自己到达这里的那位光头 FBI 高级探员站在哨岗外，用那种略带嘲讽的古怪眼神盯着自己。"……当然，谢谢。"

屋门关闭，黛米·怀特急匆匆离去，老人坐在沙发上扫视房间，屋子有二十平方米左右，透过大落地窗可以俯瞰静静流淌的纽约东河。他打开笔记本电脑，连接信息终端，大量的新消息开始快速滚动，一则信息以红色字体标注：根据欧洲新能源共同体的观测，袭击阿尔及利亚提米蒙的激光束持续了九十四秒钟，释放了零点九万至一点二万吨 TNT 当量的能量，大约相当于一九四五年降落在广岛的热核炸弹当量的一半。

另一条蓝色信息带有 FBI 最高保密级别的标签，老人轻轻点击，一个视频窗口弹出：在灯光明亮的审讯室里，一个老妇人斜靠在椅子上，看起来已经失去意识，数据显示她的心跳已非常微弱；隔壁另一间审讯室内，FBI的刑讯人员将一名中年男子的头颅固定在牵引架上，开启瞳孔激光投影仪，这种眼底投影装置能在短时间内向刑讯对象灌输大量符号化信息，在自白剂的帮助下迅速瓦解其理智与心理防线，如同往密闭的玻璃瓶里灌大量的水，靠冗余信息把想要获得的答案给挤出来。巴塞罗缪认出这个表情错乱、口吐白沫的男人，他是特里尼蒂美国公司总裁，一个依靠美国南部页岩油和天然气发家的能源巨头，也是在化石能源储量出现衰竭势头的时候，第一个跳出来支持空间"太阳能计划"的人。

"可悲！"博士关闭了视频窗口。忽然间画面静止了，一切操作被锁定，终端转入视频会议模式，总统的面孔出现在屏幕中央，从画面背景判断他应该在防弹车上，从华盛顿前往纽约的途中。

三名宇航员的图像依次浮现，肖的太空舱灯光暗淡，本人依旧严肃不语，里克·威廉斯还是挂着微笑，莫甘娜·科蒂依旧转着圈。

这次美国总统率先开口："我下令中止无线电干扰，主动与你们联络。我对发生在阿尔及利亚的事件感到非常遗憾，你们不仅惹怒了地球上最强大的国家，甚至决意与全世界为敌。"

美国宇航员轻松地回应："我感同身受，长官。一方面，你因为浪费了纳税人的上千亿美元而压力沉重，这肯定是越战以来美国军事史上最大的挫败；一方面，我们毁掉的是非洲的某个三万人口的小镇，而不是迈阿密，不是波士顿，不是洛杉矶。如果有下次竞选的话……"

"里克！"莫甘娜忍不住出言提醒。

"啊，抱歉。说正题，我们在等着好消息呢，长官。"

总统沉默了二十秒钟，恰到好处的二十秒钟，然后说："美国作为常任理事国提出了召开会议的请求，等待其他国家和联合国秘书处的回应。"

里克·威廉斯笑了起来："谢谢，真是个好消息！接下来请别开启无线电干扰了，我们要在电视里看到这个消息。从现在开始，你们要通报紧急会议筹备的进度，我会开启两个小时的倒计时，每次进度更新，倒计时都会重置，若没有最新消息，两个小时一到，第三次打击就会降临在地球上某个繁华的地方——这次可不会是小城市了，长官。"

"你是手握枪支的婴儿，孩子。"美国总统的表情忽然松弛了下来，"你不知道在开一个多大的玩笑。后悔永远是来得及的，我可以签署总统令，保证你们三人的安全。一艘'海王星'飞船很快将进入同步转移轨道，你们可以乘坐飞船回到地球。欢迎会是不会有了，起码我能保证没人会向你们掷西红柿。"

"呵呵。"威廉斯咧嘴一笑，"真好笑，长官。那么就这样了，下次联络再见，别忘记倒计时。你们还有什么补充吗，伙计们？"

莫甘娜背对镜头摇了摇头，沉默的肖率先关闭了视频窗口。三名宇航员的图像依次消失。

总统坐在舒适的皮座椅上，用指甲嗒嗒地敲打着手中的屏幕，灰色的眼球里看不出多少愤怒。"问问中国人在干什么。问问俄罗斯人在干什么，还有欧洲人。"他说，"搞清楚他们有没有收到特里尼蒂的联络，给我一份阿尔及利亚事件的简报，让 FBI 从那几名罪犯身上弄出点有用的东西来，通知太空司令部调集空间力量，命令第二、第三、第五、第六、第七舰队警戒，战略核潜艇进入战备巡航状态。……另外谁能告诉我特里尼蒂地面站是什么情况？做点有用的事情吧！"

距离可能的第三次发射：一小时三十一分五十九秒
俄罗斯莫斯科市卢比扬卡广场二号楼　地下八层

肖平坐在冰冷的不锈钢椅子上，束缚带将他的身体牢牢捆住。伊万捋起他的袖子，用压脉带勒紧他的手腕，从旁边的冷藏柜里端出一个托盘放在桌上，撕开一次性注射器的包装，折断一个安瓿瓶，吸满淡蓝色的注射液，弹一弹针头排出空气，把针管里的液体注入肖平的静脉。

"针管里装的是什么？"肖平抬起头。

伊万丢掉注射器，慢慢放下卷起的衣袖："针管里的是 DLS，一种尚在试验阶段的神经元激活药品，与多巴胺、拉莫三嗪功效类似，只是功效更强。药物会在五分钟后生效，你可能会感觉恶心、头晕、眼花，那是正常的副作用，因为从神经末梢传来的电信号被放大了。接下来，我会给你戴上头盔。"说着话，他伸手从空中拉下来一个半球形的银色头盔，"这个设备内部有三万根光纤维探针，它们会穿透你的头盖骨，截取大脑的神经电信号。到时候，我会将问题转化为光电信号传进大脑，你的大脑会自动调动海马体的记忆，产生相应的答案——并不需要你的同意。"

老人低下头想了想，说："即使我不愿意，还是会说出秘密，对吗？"

伊万回答："这就是俄罗斯的技术实力，位于世界前列的神经接口技术。"

"这种技术没有用于临床医学，也就是说，它有很大的缺陷。"

"你很聪明。"伊万承认道，"即使在 FSB，这种手段也是禁止使用的。神经探针会造成不可修复的脑部损伤，特别是对海马体的深度探测。运气好的话，你会失去一些记忆，或者丢掉嗅觉、味觉、视觉；运气不好的话，会死。"他搬一把椅子坐在对面，从衣兜里取出一个绿色针筒，"还有四分钟时间，而写出密码只需要十秒钟。这是神经元抑制药物，能够抵消 DLS 的功效，在脑血管的 DLS 浓度达到峰值之前注射，随时有效。"

肖平感觉到冰凉的液体在血管里奔涌，眼前的一切开始放大，放大，自己的声音变得非常遥远："我就想问问我的阿佳塔被带到哪儿去了。她是一个勤劳善良的好母亲，一位好妻子，虽然有语言障碍，身体也不太好……请别让她受到伤害。"

"她很好。等事情一结束，你们就可以回家，FSB 会为你们申请一枚为祖国服务勋章。"

"好。"

肖平张口喘气，觉得自己吸气的声音大得像火箭发动机。"我没有其他的问题想问，只好奇一件事情，那就是我儿子究竟做了些什么。"他活动一下身体，问道。

"半个小时前，他屠杀了非洲一座城市里的三万名无辜居民。"伊万木然地盯着他，"男女老少，一个不留。"

"为什么？"

"等到破解了他的电脑就能知道为什么了。我对恐怖分子的想法并不好奇。"

"我儿子没说什么？"

"什么都没说。"

"……我知道了。麻烦把我的手腕解开，我把密码写给你。"

伊万残缺的嘴角抽动一下。"很好。"他取出纸和笔放在桌上，"你知道在我面前耍花招是没有用的，在紧急事态之下，祖国赋予我们最高级的处置权限，你的任何动作都会被视作威胁。我能用一百种办法杀死你，在一瞬间。"他走过来解除椅子上的束缚带，将纸和笔往前推了推。

肖平苦笑着活动活动手腕，拿起钢笔写字，他已看不清眼前的世界，心跳犹如雷鸣在耳边奏响，白炽灯亮得如同一轮太阳。"就这样吧。还有最后一件事情必须告诉你，有关我儿子的叛国行为……"他的声音越来越小。为听清他的话，伊万保持着警觉地凑近一些，听老人喃喃自语，"……我是绝对不会承认的，我是俄罗斯联邦航天局运载火箭技术研究院的功勋科学家，我知道自己隐瞒了有害祖国的秘密。我有罪。可另一方面，作为我那个小兔崽子的爹，肖三十九年的父亲，从他拉青屎的时候瞅着他慢慢长大的人，我敢说这世上没有人比我更了解我儿子。我俩说话不多，有时候就着孩儿他娘包的俄国饺子喝几杯伏特加，喝多了才能敞开来聊，我给他递根烟，他给我斟个酒，说几句话，就什么都懂了。我老肖没什么出息，搞了一辈子火箭燃料研究，我儿子比我争气多了，我和阿佳塔最骄傲的就是有这么个孩子，亲儿子。就算见了阎王，我也不相信我儿子是恐怖分子，是杀人魔王。他要做啥，我不懂，也不想懂，我就知道他不是坏人，他干不出坏事儿来……死也不相信！"

伊万吃了一惊。这时肖平猛地挥出右拳，伊万立刻向后跃出躲避，手已握住怀中格拉齐手枪的枪柄，却发现老人是朝自己发动攻击。噗的一声闷响，肖平打中自己的上腹部，痛苦地弓起身体，腿上尚未解开的束缚带吱吱作响。

"你……"发问声尚未出口，伊万的视野被红光充满。他看到椅子上的老人化为一支剧烈燃烧的蜡烛，赤红烈焰从口鼻和耳朵中喷出，转瞬间席卷整个房间。痛苦只持续了几秒钟，人体来不及碳化就燃烧殆尽，火焰舔舐着钢铁的冷藏柜和水泥墙壁，让房间层层剥落。

藏在肖平工程师肝脏后面的是一个三百五十毫升的玻璃胶囊，里面分两格存储着液态肼与过氧化氢，当脆弱的玻璃外壳破碎，强极性化合物肼与强氧化剂过氧化氢混合，产生出高热的火焰。油状、剧毒的肼是一种已经被淘汰的液体火箭发动机燃料，而火箭发动机，是他最熟悉的领域。

自从发现儿子的秘密，他就趁胆囊手术的机会，让莫斯科国立谢东诺夫医院那位生死之交的医生朋友将玻璃胶囊植入自己体内。稍大的冲击力就会让脆弱的玻璃胶囊破碎，这位在良心与爱子之情间左右挣扎的父亲带着体内剧毒的火箭燃料，度过了危险而痛苦的十年。每逢日落便会袭来的腹痛时刻提醒他，是秉承对祖国的信念回归秩序，还是凭借父子之情做出一厢情愿的判断，这是个无解的问题，他所能做的，只有如此。

他是俄罗斯人，也是个中国人，当有一天他发现自己捡到的弃婴成长为那样的怪物，肖平决定成为一个罪人。无论从哪个概念上，他都只能烧尽自己，作为对万千牺牲者的赔礼。

距离可能的第三次发射：五十七分二十三秒

美国新墨西哥州奥特罗县　特里尼蒂 α 地面站

夜色中四辆雪佛兰 SUV 组成的编队掠过一丛一米多高的牧豆树。刹车灯亮起，车队停止在特里尼蒂地面站银亮的围墙前，牧豆树下的沙漠角蜥观察到了这几个移动的物体，它简单的大脑将目标判断为食谱范围之外的东西，于是不再关心，它更忧心的是体温问题。夜已经深了，空气却依然炙热，它在白天积蓄的体温迟迟不能散去，这显然对健康有害。今天反常的气候令角蜥感觉烦躁，它挪动身体，尽量把自己埋进凉爽的沙土之中。

"我们计划了那么多方案，一个也没用上。"戴墨镜的男人开门下车，向同伴抱怨，"美国政府果然是悠闲太久了，居然没有人对特里尼蒂地面基地加以控制，县警、陆战队、FBI、国土安全部，没有人。"

副驾驶席戴鸭舌帽的人应道："到现在为止，原试射计划所发布的疏散令仍然起效，很多救援阿拉莫戈多的消防车都被拦在警戒线外面。——话说回来，消防队去了也没什么可做，除非他们想在岩浆上烤棉花糖。"

"好主意。岩浆烤热狗听起来也不错。"查尔斯·唐摘下墨镜，在门禁系统上刷卡，并进行虹膜验证。门开了，他跳上车，将 SUV 一直开到基地主楼前，使用同样的方式打开建筑物的滑动门。后面的车子跳下十几名身穿蓝色工装的男人，"按计划来吧，把工蜂放出去，恢复自动武器系统，接管发电站，刘会告诉你们该怎么做。"他布置道。

戴鸭舌帽的男人丢掉帽子，打了个响指："很简单，给每栋建筑断电，按顺序打开备用电源，剩下的我来搞定。"这位亚洲人扎着一头黑色的小脏辫，看起来有点嬉皮，但作为特里尼蒂美国公司副总裁、首席技术官、能源集团顾问，没人敢轻视乾坤·刘的意见。

雪佛兰 SUV 后备厢开启，四架侦察无人机嗡嗡起飞，人们四散进入基地，查尔斯与刘乾坤通过电梯到达主楼地下二层，在灯光明亮的主控制室里坐下来，分享一瓶哥顿牌杜松子酒。查尔斯喝下一口酒，敲一敲桌面："特里尼蒂总裁被逮捕了，还有里克·威廉斯的母亲，FBI不会轻饶他们的。"

刘乾坤满不在乎："不外乎自白剂那一套。这些人能够吐露的信息不值一提，而且他们——当然还有我们所有人——的意识深处埋设了心理炸弹，一旦超过某个刺激阈值，炸弹嘭地爆炸，人会瞬间陷入深度睡眠，直到催眠他们埋设炸弹的那个人亲自将催眠解除。"

查尔斯摆弄着墨镜说："你说整个计划成功的可能性究竟有多少？做到这一步，已经出乎我的意料了。"

"百分之百，或者零。笨蛋才相信概率，哥们儿。"刘乾坤嘴里咬着一次性纸杯，噼啪地敲打着键盘，"对了，把电视机打开，时间差不多了。看完这一段我就带人到圣塔菲去，应该刚刚好。"

距离可能的第三次发射：五分四十八秒
美国纽约曼哈顿　联合国总部大楼

联合国大会厅的一千八百个席位已经坐满，更多的人还想挤进来，秘书处工作人员在极力劝阻。以常驻联合国代表黛米·怀特为首的美国代表团占据了第一排的六个席位，布兰登·巴塞罗缪博士也在代表团中，美国总统和紧急应对小组成员则在秘书处大楼十七层通过视频直播观看会议。由于是仓促召开的紧急特别会议，各国元首并未列席，美国总统出于姿态问题放弃了亲自出席的想法。

联合国秘书长戴克斯·三浦宣布会议开始。这位日裔加拿大人一个小时前刚刚结束对古巴的访问回到纽约，他按照《联合国宪章》条款，宣布由过半数安理会理事国发起的联大紧急特别会议即刻召开。会议开始之前，秘书长要求美国分享相关情报，因为大多数与会国家对特里尼蒂事件并不了解。经过总统授权，黛米·怀特在大会厅的投影屏幕上播放了特里尼蒂空间站同美国政府通信的影像资料——当然，有关美国总统发言的部分做了些技术处理。

会议厅乱成一锅粥，所有人都在拨打电话，二层平台的各媒体驻联合国记者冲向美国代表驻地想搞到原始视频资料。混乱持续了很久，直到美国人关闭无线电干扰，向特里尼蒂空间站发出通信请求。空间站很快做出回应，三名宇航员的面孔出现在高悬金色地球橄榄枝徽标的联合国会议厅中，特里尼蒂履行了诺言，倒计时被重置为两个小时。

由于本届联合国大会的主席、副主席暂时未能到场，主席台上只坐着秘书长三浦一个人，他面对镜头发言："我是戴克斯·三浦，这里是联合国总部联大会议厅。联合国紧急特别大会应约召开，但你们要了解到，并非联合国屈从于恐怖主义威胁，而是安理会理事国认为有必要与你们正式对话，寻找解决问题的途径。"

身穿轻便宇航服的美国宇航员微笑道："很高兴能够与全世界交流。

我是里克·威廉斯，现在代表特里尼蒂发言。首先我们需要一个平等对话的身份，如果身上挂着恐怖分子的标签，就没法进行一场友好的谈话吧？麻烦看看你的右手边，先生。"

三浦望向自己的右边。主席台侧面是几排座席，那是联合国特别观察员席位。"……联合国观察员有权在大会发言，这点没有错，但以你们的立场，即使是以组织身份加入……"

"不，不是组织，而是实体。特里尼蒂正式申请以主权身份成为联合国观察员。"

三浦愣住了，会议厅响起嗡嗡议论声。联合国的观察员席位有六十多个，其中大部分是国家联盟、经济共同体等国际组织，而实体主权只有五个：马耳他骑士团、红十字会、红十字会与红新月会联合会、各国议会联盟和国际奥委会。至于以国家主权担任观察员的，只有梵蒂冈和巴勒斯坦。

美国代表黛米·怀特大声道："这是对《联合国宪章》的亵渎！美国无法容忍恐怖分子在联合国大会上的无礼行为！"

会场里响起肖那平静低沉的声音："这是沟通的基本条件，我们不想威胁任何人，先前所做的一切只是为了换取平等的对话条件。对于那些必要的牺牲，我们感觉非常抱歉。"

"将这些刽子手从太空逮捕送上断头台！"阿尔及利亚代表站起来挥舞拳头，"他们谋杀了三万名阿尔及利亚人与三千名法国人，其中包括两千多个孩子！"

"请肃静。"秘书长三浦开始维持秩序，"请肃静。宇航员先生们……根据章程，现在无法草率授予你们观察员身份，我建议先就特里尼蒂空间站对地球的威胁一事进行讨论。"

里克·威廉斯说道:"《联合国宪章》可没有对常驻观察员身份进行认定的规定,只有赋予观察员在联合国大会发言与发起投票的权利而已。一直以来观察员身份审核是依照惯例进行的,这并不是拖延的借口吧,秘书长阁下。"

"但你们只是三名太空太阳能电站的宇航员,并不具有主体性。"

"很好,这正是我们要在全世界面前声明的事情。"

美国宇航员举起一个塑料盒子,盒子上用马克笔潦草地写着"票箱"二字,他向镜头展示盒子是空的,盖上盒盖,然后将一张小纸片沿缝隙塞了进去。特里尼蒂β空间站的莫甘娜·科蒂也做了同样的事情,不过她使用的是一个装曲奇饼的小铁盒。肖安静地面对镜头,没做什么。

"现在开始计票,麻烦大家监督。"美国宇航员笑嘻嘻地打开盒子,展开那张对折的纸,纸上写着一行字:特里尼蒂应该成为独立国家吗?请标记"是"或"否"。下面写着"是"的地方打了个对勾。同样,莫甘娜在盒中的纸也勾选了"是"。

里克·威廉斯清清嗓子,对联合国大会厅里的两千人和厅外的七十亿人说:"公投已经结束,投票率百分之六十六点六六,得票率百分之百,我们在此正式宣布以特里尼蒂α空间站、β空间站、γ空间站构成的太空领土为独立主权国家,命名为特里尼蒂共和国。我们愿意在平等、和平、友好的基础上与其他国家建立关系,进行经济领域的深层次合作,要知道,我们国家的太阳能资源……"

联合国秘书长戴克斯·三浦忍不住打断了里克的话,尽管明知这是不礼貌的行为:"抱歉,威廉斯先生。这是一个玩笑吗?"

里克笑道："不，你刚刚目睹了一个新国家的诞生，秘书长阁下。——肖，该你了。"

肖用右手推一推玳瑁框眼镜，举起一张纸，开始沉静地诵读《特里尼蒂独立宣言》："今日我们在此宣布独立，特里尼蒂全体国民发出一致的声音。我们来自美洲、亚洲和欧洲，继承了东西方文明有关民主、和平、宽恕和奋进的美德，也因世界的狭窄、自闭、短视与懒惰而苦恼。站在更高的角度观察世界，我们发现在三万五千八百公里的轨道上不存在世俗纷争，每个人都能保持尊严。

"我们是特里尼蒂，一个民主的、多民族的、平等的国家，我们秉承地球之子的权利与义务，珍爱人类的永恒家园，保持与所有友善国家的商业、文化、教育、医疗等方面进行交流合作，为地球的安全、稳定、繁荣做出贡献。

"我们遵从国际法原则，对所有平等主权国家报以善意，并期待各国家的支持与友谊。我们保证为地球提供清洁而高效的太阳能电力，帮助联合国安理会维护地区性与全球性的和平。

"我们是特里尼蒂，地球之外的三人国家。今日我们在此宣布独立，此事项明确具体且不可撤销，应受法律约束，且受法律保护。—特里尼蒂共和国，国民肖、里克·威廉斯、莫甘娜·科蒂，共同签署。

"你好，世界。"①

同步翻译器将每一句话都送进人们耳中。肖结束诵读后，大厅内

---

① Hello, World。在屏幕上输出 Hello, World 是每一种计算机编程语言中最基本、最简单的程序，亦通常是初学者所编写的第一个程序。它还可以用来确定该语言的编译器、程序开发环境，以及运行环境是否已经安装妥当。

出现长达一分钟的沉默，每个国家的代表都在思考这则宣言背后的意义，许多人下意识低头看腕上手表，因为这个时刻注定被写入每一本历史书中。

打破沉默的是中国代表。"你们不具有建国的条件。"这位精神矍铄的老者站了起来，"你们在玩弄国家这个概念！国家是拥有共享领土和政府及拥有共同语言、文化和历史的人民群体，你们拥有基本的政治学概念吗？"

做出回答的依然是美国宇航员："国家的三个要素是领土、人民和政治权力，特里尼蒂拥有全部要素，我们拥有自己的领土——虽然实际上跟土地没什么关系——和领空，有三个热爱祖国的国民，有全世界最完善的民主制度，而且我可以保证我们会尽快搞一部宪法出来。"

"抗议！"英国代表站起来，"根据一九六七年生效的《外太空公约》第二条'不得据为己有原则'，任何国家或个人不得通过提出主权要求、使用、占领或以其他任何方式把外太空据为己有。你们在太空中所宣称的领土是无效的！"

里克咧嘴一笑："抗议驳回，律师先生！特里尼蒂的领土可不在太空，而是三个空间站所覆盖的物理范围。根据《国际空间法》，人造空间物体的控制权和管辖权归属于注册国，也就是说三个特里尼蒂空间站分别属于美国、俄罗斯和法国领土，我们只是通过和平政变的方式改变了领土归属权而已。还有问题吗？下一个。"

秘书长三浦说："你们是希望联合国大会就特里尼蒂建国问题进行投票吗？"

"你真是令人意外地缺乏常识呢，阁下。"里克用手指了指脚下的蔚蓝地球，"联合国大会怎么能干扰主权建立呢？就算特里尼蒂建国不符合国际法，也要海牙国际法庭审判才能认定。现在，我们只想以主权观察员的身份在联合国紧急特别大会发言而已。"

在一片骚动声中，秘书长与副秘书长、几位常任理事国代表短暂沟通了几句，接着做出决定："好，特里尼蒂作为主权团体获得了本次紧急特别会议的观察员身份，会议结束时身份即随之撤销。我需要提醒的是，你们有发言权和提议权，但没有投票权。"

"谢谢！"里克敬了个不太严肃的礼，笑嘻嘻地说，"我们不会发起投票的，因为街上的小鬼都知道联合国大会的决议是没有强制执行力的，只有安理会决议具有强制力。现在让我们开始对话吧。莫甘娜，你要接棒吗？"

特里尼蒂 β 空间站的女宁航员犹豫地点了点头。"按下发射按钮毁灭提米蒙绿洲的是我。杀死三万人的是我。"她垂下睫毛，轻轻地咬着牙，"我有罪。但若有必要的话，我可以杀死更多人。如果你们和我一样从三万五千八百公里之外看地球，就会发现地球其实小得可怜，如果谋杀蚂蚁算有罪的话，你们人人都是魔鬼！特里尼蒂想要的，其实非常简单……"

她的话引起一片哗然，许多人站起来大声咒骂并向投影屏幕投掷鞋子，秘书长徒劳地敲着小槌。这个时候，布兰登·巴塞罗缪博士收到了一条保密信息，他开启了笔记本的视网膜投影模式，只有本人看得到的信息浮现在眼前："观测到三十二个人造星体异动，根据已确定的卫星资料，是中国与俄罗斯的攻击卫星发动攻击！另探测到十二枚导弹突破大气层的红外信号，据分析是中国华北、东北、西南三个导弹基地发射的'东风 49 改'反卫星弹道导弹，NMD 系统分析东风导弹的弹道不会重入大气层，已解除锁定。"

博士吃了一惊，转身看旁边，中国与俄罗斯代表也在责骂特里尼蒂的激愤人群当中，看不出表情有什么异样。他点击"东风 49 改"的链接，阅读详细说明："'东风 49 改'由'东风 49'战略弹道导弹增加三级助推器改装而成，是目前已知地基反卫星装备中唯一能威胁到两万公里以上轨道的武器，试射记录两万四千公里，预测最高攻击范围四万公里，战斗部载荷八百公斤，常规弹头装备有六十颗高爆子母弹，核弹头总当量四十五万吨，受《公约》限制未列装。"

老人抬起头，仿佛透过联合国会议厅的穹顶看到了三万五千八百公里之外的深空即将盛开的金色焰火。

距离可能的第三次发射：一小时四十九分一秒（重置后）
俄罗斯莫斯科市卢比扬卡广场二号楼　地下八层

屋门开启，浓烟滚滚中冲入几个头戴防毒面具的士兵，他们将防毒面具扣在阿佳塔头上，架起老妇人向外冲去。楼宇里烟雾弥漫，干粉灭火器的白灰撒满地面，阿佳塔的挣扎毫无用处。士兵们拥着她登上一辆汽车，车子在宽阔的地下通道中行驶了十几分钟，经过几重戒备森严的大门，一个截然不同的世界出现在眼前。这里的地面铺设着灰色耐磨树脂，LED 自发光墙壁散发着柔和的白光，军人和穿白大褂的技术人员匆忙来去，等阿佳塔醒过神来，发现自己坐在一间四壁纯白的屋子里面，对面站着一位威仪的俄罗斯中将。

"我只有一个问题。"大胡子的中将端正地站着,"就目前掌握的资料无法解释别列斯托夫行动的动机,我们找到的诸多线索都是假消息,他与境外恐怖势力、宗教极端组织并没有什么关联,也找不到与中国方面的联系。阿佳塔,告诉我,如果别列斯托夫是出于自身原因才犯下反人类的罪行,那么,那个原因是什么?"

老妇人坐在那里,一言不发。

中将没有说什么。他做了个手势,房间的三面墙壁变得透明,阿佳塔惊愕地环顾四周,发觉相邻房间的墙壁、天花板、地板也在逐渐消失,她正坐在一个庞大空间中央的玻璃盒子里面,数以百计的信息终端上面,无数显示屏上流动着令人眼花缭乱的数字信息。她望向其中一个屏幕,伺服系统捕捉到她的视线,将显示屏上的画面投射到小屋墙壁上,一座高耸入云的山峰出现在眼前,风雪迎面扑来,让阿佳塔情不自禁地打了个寒战。屏幕上的坐标老妇人看不懂,不过下面有文字滚动:中西伯利亚高原萨彦岭蒙库萨尔德克山,海拔三千四百五十米,气温零下十九摄氏度,特里尼蒂 γ 地面站。

中将做个手势,画面旋转起来,山顶正八角形的银色建筑物在风雪中矗立,一条蜿蜒的道路沿着山脊深入谷底,但中间的大片山脊崩塌了,如同折断的巨龙脊梁。"几个小时前侵入特里尼蒂地面站的恐怖分子炸断了唯一的道路,他们拒绝通话,但没有损坏输电设施。"中将说。

阿佳塔惊慌地站起来,望向另一个方向。墙壁忽然变得漆黑,璀璨星空在眼前铺展开来,强烈的光照得人眼睛发花。中将说:"俄罗斯的太空力量正与中国太空军联合发动攻击,这是全世界太空战的主要战斗力了,从目前来看战况并不乐观。"

老妇人跌坐在椅子上，眼睛一眨，一个布满仪器的庞大实验室浮现在天花板。"以罗蒙诺索夫超级计算机为首，十二台超级计算机组成的并联计算系统正在破解别列斯托夫个人电脑的密码，我们已经破解出一部分文件，但关键文件使用了更复杂的加密算法，即使以国内最强的演算能力，运气好的话起码还要两个小时才能得到结果，运气不好的话……可能要花上几天时间。"中将说，"您看到了。整个国家为了一个人而陷入紧急状态，祖国正在面临严峻的考验。而那个人，就是别列斯托夫，您的儿子。我不奢求什么情报，只想得到一个合理的答案。为什么？"

眼泪从阿佳塔脸上滴落，她用衣袖揩着眼泪，嘴巴一开一合，尽管发不出声音，口型识别系统还是自动翻译出她想说的话："我真的都不知道，我不知道我的儿子是这样可怕的人。他从小就很自闭，不可能跟人说出交心的话，记得他高中毕业时第一回喝酒喝多了，回家就吐了，不肯睡，哭着说世界不公平，无论何时也是富人欺负穷人，强者欺负弱者，人和人总要分等级。我知道他有两位从小到大的好朋友，其中一个是巴基斯坦技术专家的孩子，一直受到新纳粹集团的欺凌，后来自杀了。另一个好友的性格也很奇怪，长大后当了医生，但一直说世界毁灭什么的话题……我儿子并非坏人，他只是极度地希望世界的公平……"

"公平？"中将倾听着老人的哭诉，若有所思地低下头，"……仅仅是为了这个幼稚的理由？"

几十朵小小的花儿同时绽放在星空，屋里的光线亮了又暗了，中将知道那是中国方面的五颗"东风49改"释放的分导弹头遭到了激光拦截。这次攻击的导弹和自杀卫星全部被特里尼蒂空间站的防御激光击毁，与此前美国人尝试的结果完全相同，这是一次史无前例的饱和攻击，同一时刻有超过二百枚制导弹头、动能武器和自杀卫星集中在同一片空域。但画面上那片黑色阴影岿然不动，只有武器自爆的光芒不断闪烁，特里尼蒂空间站像雄踞于人类头顶的奥林匹斯宫殿，用雷电轻描淡写地击溃美国、俄罗斯和中国暗自经营数十年、各自引以为豪的太空力量。

与此同时，爆炸产生的碎片已经击毁了六十颗静止轨道通信卫星和更多的低轨道卫星，灾难性的连锁反应正在发生，全球卫星通信能力已经锐减了百分之五十，频段还在一个接一个地减少中。

站在俄罗斯联邦战略通信情报指挥中心里，中将明白现在并不是审讯相关人士的时候，旁边房间里的总统、总理和总参谋长正急切地寻找着第二套方案，能够在危机中拯救祖国的最后方案。可他依然没有动，站在那里听着阿佳塔的絮絮自语与断断续续的啜泣声。

距离可能的第三次发射：四十分十一秒（重置后）
美国新墨西哥州圣塔菲市　州政府大楼

两辆黑色雪佛兰 SUV 停在西班牙风格的四层建筑物门口，灯光熄灭，发动机却还在嗡嗡作响。夜色中平凡无奇的砖红色建筑物就是新墨西哥州州政府大楼，此时已接近午夜零点，大厅里只有一名睡眼惺忪的保安。戴鸭舌帽的男人向他打了个招呼，带着六名特里尼蒂员工乘电梯到达四层，推开州长办公室的门。新墨西哥州州长正坐在办公桌后看电视，一双大脚高高地翘在桌上。"是你？"看见来客的样貌，州长收回腿站了起来，伸手表示迎接。

刘乾坤摘掉鸭舌帽，甩一甩小辫子，大大咧咧地坐在桌子对面："瞧，终于到了履行承诺的时候了。"

"我没想到这种事情真的会发生。"州长走到小酒吧桌前，给自己和来客各倒了一杯威士忌，"Jim Beam，不加冰。我们都需要冷静一下。"

刘乾坤跷起二郎腿，摆了个舒服的姿势，接过酒喝了一口："好，我很冷静了。你做好准备了吗？"

州长整理一下领带结，显得有点犹豫："我不确定……现在联合国会议还没开完，他们也还没宣布那件事情。"

"很快，很快。"刘乾坤说，"我让人在四层会议室架好直播设备和卫星天线，随时可以开始直播。另外你在旁边屋子埋伏了几名保安，这样很不好哦，信任是合作的第一前提，你要与特里尼蒂彼此信任才对。"

"砰！砰！"几声轻响后，秘书室传来沉重的倒地声。州长面色还是很镇定，端起酒杯摇晃着金黄色的酒液。"抱歉，那是程序配备而已。从几年前竞选时起，我就对特里尼蒂非常信赖，相信未来我们还可以良好地合作下去。"

刘乾坤笑道："当然，你要付出的非常少，只是在电视前露个面而已，我用 CG 可以做到同样的事情，但你明天的公开演讲也很重要。毕竟是个新的开始呢，干杯。"

"干杯。"

两人喝下杯中酒，一齐转头看电视，NBC 电视台正在直播联合国紧急特别大会，当然，这个星球上的所有电视台都在播放同样的画面，从一个多小时前开始。

距离可能的第三次发射：二十五分一秒（重置后）
美国纽约曼哈顿　联合国总部大楼

　　中国与俄罗斯毫无征兆的突袭使得通信中断了近一个小时。特里尼蒂的影像突然消失，这让联合国大会厅陷入一阵混乱，技术人员找不出原因，直到二十多分钟后中国代表团公开发表这次太空军事行动的情报，当然，中国人先抛出来的是美国太空军进攻失败的画面。与会的一百九十四个会员国震惊地发现美国、中国、俄罗斯拥有着强大的太空军事力量，但无法谴责这三个国家违反《外太空公约》，因为这些太空军事力量在很短的时间内就被特里尼蒂所毁灭。

　　特里尼蒂空间站的激光防御系统无懈可击，只有几束俄罗斯卫星发射的化学激光击中空间站，暂时损坏了特里尼蒂的通信系统。里克·威廉斯传来一段嬉皮笑脸的视频，说三个人都毫发无伤，很快就可以修复损伤恢复全面通信，"全地球无耻的人们，待会儿见"。

　　在愤怒、屈辱而无计可施的半个小时之后，大会厅再次安静下来，投影屏幕上出现三名宇航员的脸。秘书长三浦开门见山地问："特里尼蒂，你们究竟想要什么？刚才联大已经达成协议，在进行对话期间不会再有国家对你们发动攻击，贵方可以放心。"

　　"我们想要的很多，也很少。"美国宇航员说，"莫，你先来。"

　　莫甘娜做了个深呼吸，拿出一份讲稿念道："你们正在毁掉地球，化石能源马上就要枯竭，可没人承认这一点，能源巨头装出一副满不在乎的样子，一边宣称石油储量还够用一百年，一边用物理和化学方法把地壳更深处的原油挤出来，尽管明知这会造成地壳塌陷、地震和海啸。美国花十五年的时间就开采完了境内的页岩油和页岩气，采用的高压分段压裂技术对地质结构造成了不可逆转的伤害，可所有的报告书都对此避而不谈。

"你们四处兴建损害生态环境的水电站，把风力发电机修满高原，任凭风电攫取季风的能量，一点一点地改变着大气环流的形态。你们一面盖起核电站，一面把核废料沉向海底。空间太阳能发电，特里尼蒂项目毫无疑问是整个人类的希望，但看看你们手上的资料，里面写了什么？特里尼蒂空间太阳能电站的装机容量可满足全球用电量的百分之十五……谎话连篇！特里尼蒂项目是新能源与传统能源巨头之间的一场博弈，是妥协的畸形产物，设计空间站图纸的几位科学家知道真相，但他们一个接一个死于'意外'，复合抛面集中器的光效率被人为修改了，在所有资料中，特里尼蒂的发电量都被降低到标准的八分之一。若不是在空间站主控电脑中发现并破解了原始设计文件，我们也不会得知这个秘密……没错，他们想让特里尼蒂在低负荷状态下长期运行，适度地替代传统能源的发电量，直到他们把地壳中仅剩的石油换成美元。

"是的，特里尼蒂能够为全球提供电力！地球可以获得绝对清洁而高效的太阳能，不必付出环境与资源的代价！我要求地球停止其他各种发电方式，由特里尼蒂供给太阳能电力。"

混乱的风暴再度升起，里克·威廉斯没有等待骚动平息，继续说道：

"你们的好牌用完了，所以不得不听我们的话，对吧？中国人的导弹很可怕，一定把美国人吓了一跳。那么我接着说下去：莫甘娜是一位可敬的环保主义者，我可不是。我不太在乎环境什么的，毕竟人类才是地球的主宰，改造自然是我们的生活方式。——我是个非常胆小的人，你瞧，就算在空间站里，我也要以地球为方向找到合适的姿势才能睡得着，毕竟我们从猴子开始在地球上住了几百万年，绝对离不开这个蓝色的大水球呢。

"我是个太空人，这可不是什么美国梦的体现，我其实最怕太空了。应该说，我最怕的是外星人，我相信外星人，所以害怕它们，怕它们像乔治·威尔斯的《世界大战》一样来到地球消灭我们；怕它们像《独立日》一样征服我们；像《第九区》一样污染我们；像《三体》一样控制我们。我知道这听起来很蠢，但仔细想想，这比新纳粹主义者发动第三次世界大战还要现实！

"在电池没电之前，'旅行者一号'已经飞了两百多亿公里，它还会一直飞下去，直到变成一堆废铁，或者被该死的外星人找到！你们是否想到，从能够使用无线电的时代开始，地球就一直在向外发射'来找我吧，来找我吧'的无线电信号，这些信号已经形成了一个直径一百光年的大泡泡，不停地扩大，不停地扩大！疯狂的科学家们开始用强大的射电望远镜向其他恒星发射信号，无数人每天使用个人电脑分析数据，搜寻外星人可能存在的证据。地外文明，该死的地外文明！

"你们大可以叫我'人类沙文主义者'，我热爱人类，热爱这美好的且唯一的地球，不愿任何遥远的太空虫子来打扰人类在美好且唯一的地球上的生活。我要求地球立刻停止所有太空探测活动，不再发射探测器和射电电波，专注于科技进步与经济发展。要知道，对于这么区区几十亿人来说，地球就足够了！"

喧哗声浪几乎冲破了大会议厅的屋顶，秘书长三浦咚咚地敲着小槌，画面中央的肖右手推推玳瑁框眼镜，缓缓开口："我对'国家'这个概念厌恶透顶。我是俄罗斯人，但从基因序列上来说，我应当是中国人，我不知道自己到底是什么地方人，因为从没见过我的生身父母。

"没错，国家是强加于身上的枷锁，生活在国家中的大多数人既不与你发生联系，也不需要被你爱、憎恨、给予和掠夺。对我来说，平等是最重要的事情，我希望拥有家庭之间的平等、关系群体之间的平等、创造力意义上的平等，也就是说，我要创造出一种新的社会结构，重新分配地球上的重要资源。

"在第一个阶段，我要求消除国家结构，以技术集团为核心，按照地域特征分化出独立城邦。城市文明应该是独立的、自由的，而在最重要的能源——电力——由特里尼蒂独家供给的前提下，技术应当成为城邦文明之间的等价交换物。城邦之间的地位是平等的，经济行为依托于技术发展；城邦内臣民的地位是平等的，不再有集权者和被专制者，人人都是城邦技术集合体的组成部分。国家解散之后，军队将成为独立的城邦，一个基地、一支舰队、一群坦克，军队城邦将以军事实力为交换物，向全世界城邦出售安全保证。

"联合国将以崭新的形式运行，负责统筹全世界城邦，维持全球经济平稳，而世界范围内的和平将由特里尼蒂来保证，特里尼蒂的激光炮将降落在所有发动侵略战争、反对特里尼蒂及城邦制度的区域，我想这二十多小时内发生的事情已经证明了特里尼蒂的军事实力。

"以上，就是特里尼蒂对地球上所有国家发出的宣言。如果能够摒弃老旧的观念，放开怀抱迎接新生事物，我们相信在特里尼蒂保护下的地球一定会变成一个更好的地方，获得一个更文明、更安全、更先进、更幸福的未来。

"这是最后一次倒计时，我们将进行第三次发射、第四次发射、第五次发射……直到你们交出令人满意的答卷为止。再见，世界。"

挤满两千人的会议厅陷入歇斯底里的疯狂。

这时，布兰登·巴塞罗缪博士正在奋力挤出人群，为了穿过人墙离开会议厅，他不得不抡起手提电脑打晕了两个大喊大叫的印度人，跌跌撞撞地冲出大厅。两分钟后，他出现在秘书处大楼十七层，总统正在等他。

"请坐，博士。"总统在圆桌那头抬起头来，用空洞的神情望着他。博士悚然一惊，尽量不去看总统手中灰色的玻璃眼球，他坐下来打开电脑，转过屏幕向圆桌旁的小组成员展示："这是我的分析结果，总统先生。事到如今，进行心理战的最佳时机已经错过，但还有尝试的价值。如果允许的话，我现在就着手准备，只要在通信中加入必要的……"

"不，另一件事。"美国总统将眼球用力塞回眼眶，转动着一对灰色眼睛扫视副总统、国防部长等一众大人物，最后视线落在博士身上，"告诉我，在只能杀死一个人的前提下，杀掉三个人当中的哪个才能让特里尼蒂整体崩溃？"

巴塞罗缪博士愣住了："为什么是一个人？"

"答案，博士，答案。"总统重复道。

国防部长出言解释："我们刚刚得知还有最后的手段，能够确保毁灭三个特里尼蒂空间站中的一个，虽然消灭美国本土上空的 α 空间站是看似最合理的选择，但 NASA 专家说剩余的两个空间站可以使用光压作为推动力完成变轨，在变轨后继续威胁美国本土，因为两个空间站就能覆盖地球百分之九十以上的可居住范围。因此，我们迫切需要你的建议。"

老人思忖片刻说："三个人组成的小团体要形成稳固结构，其中一定有一位主要人格担任领袖角色，就是我们常说的头狼。如果将领袖杀死，会对整个团体造成毁灭性打击，从属人格的判断力、行动力将严重下降，甚至走向心理崩溃……经过这段时间的研究和观察，我心中已经有了一些判断，总统先生。"

他望着屏幕上的三张相片。黑发的别列斯托夫·平·肖戴着玳瑁框眼镜，表情冷漠。金发的莫甘娜·科蒂有着小麦般的肤色，总是面带微笑。亚麻色头发的里克·威廉斯咧嘴大笑，牙齿闪亮。俄国人，法国人，美国人。男人，女人，男人。

"是他。"巴塞罗缪的手指落在其中一张脸孔上，"如果只能杀死一个人的话，这是唯一正确的选择。"

距离第三次发射：一小时五十分十四秒
地球—月球拉格朗日点 L1，距离地球三十二点三万公里

ILSS（国际探月空间站）是一个外环直径三公里、内环直径一百五十米的同心圆环状人造星体，它静静地悬浮在地月拉格朗日点上，数十台姿态调整发动机不断喷出气体以维持位置稳定。ILSS 是多年前由美国国家航空航天局、中国国家航天局、俄罗斯联邦航天局、欧洲航天局和日本宇宙航空研究开发机构共同开发建设的，作为月球探测项目的中继基地存在。十几个小时前，刚刚有一艘运行在 L1 晕轨道（围绕拉格朗日点的平动轨道）的货运飞船与空间站成功完成对接，但随着特里尼蒂事件升级，地面站的指令中断了，ILSS 上的二十五名宇航员聚集在主舱室焦急地等待着来自地球的消息。

联系中断九小时后，地面控制中心终于发来通信请求，绿灯刚刚闪烁起来，探月空间站站长立刻点亮麦克风："休斯敦？休斯敦？"这位英国宇航员在 ILSS 连续工作了两年零四个月，预定乘坐这艘货运飞船回到地球，此时情绪忍不住激动起来。

"ILSS，这里是莫斯科星城航天指挥控制中心。"

"莫斯科，莫斯科，这里是 ILSS，地球到底出了什么问题？我们想尽办法取得联系，可休斯敦一直没有回应……"

"ILSS，启动紧急代码 ANEEL5591ED，重复，启动紧急代码 ANEEL5591ED。完毕。"留下简短的信息，地面控制中心结束了通信。

"莫斯科！这不是有效的国际通用指令，我不明白……"英国人攥着麦克风大声呼喊，这时后脑勺忽然传来冰凉的触感，他转过头，发现一支泰瑟枪正瞄准自己的眼睛。

几名宇航员脱离固定位置集中在一起，从便服下面掏出泰瑟枪来，他们衣服上都有白蓝红三色的泛斯拉夫联邦国旗。"ILSS 空间站的宇航员们，我代表祖国发出声明：从现在起俄罗斯将对 ILSS 空间站进行全面接管，你们会被禁锢于 D2 居住舱，直到莫斯科发布解除紧急状态的代码。任何不配合的行为……"一名俄罗斯宇航员大声宣布。他话还没有说完，一个大块头的美国人用力一蹬墙壁，挥舞着维修扳手从人群中冲了出来。

俄罗斯宇航员左手攥住固定横杆，右手扣动扳机，"啪！啪！"轻微的击发声响起，银色电击弹嵌入皮肤，美国人浑身剧烈地抽搐起来，双眼翻白。俄国人没有对擦肩而过的人体伸出援手，失去意识的美国宇航员重重撞上舱壁，手脚扭曲成不可思议的形状，鼻子喷出鲜血，化为一串血珠飘起。

"任何不配合的行为都会落得如此下场。"俄国人完成了演讲，扫视舱室，其余的太空人脸上充满不解、愤怒和恐惧，但没有人再做反抗。两名俄罗斯宇航员押送他们前往 D2 舱室，主舱室很快变得空旷起来。发表讲话的俄国人来到控制台前，熟练地输入一百二十八位的复合密码，接着掏出一把卡片钥匙插进读卡器说道："莫斯科，莫斯科，紧急处置已经完成，申请进入发射模式。"

三十二万公里之外的声音在延迟一秒钟后响起："收到，正在确认。休斯敦密匙确认，北京密匙确认，莫斯科密匙确认。射击参数已输入，请进行射击诸元演算与校准。祖国和人民感谢你们。祝你们好运。"

"收到，莫斯科。完毕。"

舱内的俄罗斯宇航员一齐肃立，向遥远的祖国大地敬了军礼。随着密匙输入完毕，ILSS 的主控电脑开始对一个空间坐标进行射击演算，整个空间站的核电池开始全负荷工作，备用燃料电池也进入运行状态，嗡嗡声隐隐地振动着从四壁传来。从位于内环中央的主控制舱看不到外环的情况，但每个人都知道接下来将会发生什么。

多年前建造的 ILSS 是个单纯的探月中继基地，一个由轮辐状结构支撑的十四间舱室组成的直径一百五十米的圆环。但不久之后，由俄罗斯牵头、美国与中国参与的 SHC 项目①启动，几年之后，一个轻而坚固的庞大外环在 ILSS 外侧成型，在特里尼蒂空间站出现之前，这个周长接近十公里的庞然大物是人类在宇宙空间建造的最大物体。SHC 被设计用来研究空间高能带电粒子加速所产生的激波、磁重联等现象，也会进行强子对撞研究，在人类对月球的探索热情下降的年代里，SHC 逐渐成为 ILSS 空间站存在的主要价值。

但没人知道，SHC 不仅是一台昂贵的高能粒子加速器，也能成为一台强大的武器。加速腔末端的机械结构开始变化，SHC 正在悄然改变形态。充能过程持续了二十五分钟，核电池超负荷运行的警示灯闪烁不停，为了达到武器级的发射能量，SHC 的运行功率已经远远超过设计指标，接近光速的负离子在加速腔中奔流。"三，二，一，发射。"俄罗斯宇航员神情肃穆地按下按钮，同一时刻，控制台爆出短路的电火花。

高能离子在电磁透镜的约束下聚焦，通过那个图纸上并不存在的舱室被剥夺电子，成为中性粒子，以亚光速射出 SHC 的加速轨道。拉格朗日点上的巨大圆环开始发生结构性扭曲，姿态发动机徒劳地喷射着，只是在加速空间站辐条的应力折断。在危急关头只能使用一次的武器，这是俄罗斯与美国、中国达成的秘密协议，SHC 中性粒子炮是地球太空安全的最后一道防线，必须由三个国家联合授予密匙才能启动，没人能预测到它会在何种情况下启动。

①　俄、中、美参与的粒子加速器对撞实验项目，此处为小说虚构。

这个时刻，就是现在。

中性粒子束在一秒钟之后降临二十九万公里之外的特里尼蒂空间站，它轻易地撕开空间站脆弱的复合抛面集中器，在巨大的花瓶状结构中扯开一个缺口，然后准确地刺入空间站底部那微小的主控制舱室。这庞大到令人难以置信的家伙，同时脆弱得令人难以置信，灾难性的连锁反应已经开始，太阳能电站会沿着抛面集中器和底部控制舱的缺口将自己撕成两半，接着坠入不可逆转的螺旋深渊。

距离第三次发射：一小时五十分十四秒
美国纽约曼哈顿　联合国总部大楼

布兰登·巴塞罗缪博士指着左边那张照片。黑头发，玳瑁框眼镜，沉默的男人。

"别列斯托夫·平·肖，他是三个人当中的领袖。如果只能杀一人的话……杀死他！"

距离第三次发射：二十一分三秒
阿尔及利亚阿德拉尔省 特里尼蒂 β 地面站

摩洛哥餐厅里横七竖八地躺满裸体男人，酒精、烟草和尿液的味道令人窒息，查奥·阿克宁刚刚醒来，他奋力抬起一条长满毛的大腿，手脚并用地向大厅外爬去。窗外已经天光大亮，阳光照耀着每一座沙丘，远方依然有一条高而弯曲的烟柱连接天空，仿佛神话中通往天界的高塔。

爬行中酒瓶的碎片割破了查奥的手掌，他舔了舔伤口，并没有感到特别疼。爬出餐厅后，他在走廊里再次呕吐，然后沿着墙边尽量小心地前进。他要逃到没有人发现的地方躲起来，因为这里所有的人都疯了，包括爸爸和妈妈。

前方有脚步声传来，查奥急忙推开一扇门躲进去，在门缝里看见两个裸体的男人背着枪走了过去。"终于到了换班时间，南部沙漠公司没派人来，阿尔及利亚政府军也没出现，真是好运气。"一个人说。"你看电视了吗？特里尼蒂在联合国发表宣言呢，那些大人物都气疯了！动乱到处发生，没人顾得上我们，放心喝酒吧，同志！"另一个人说。

听脚步声走远，查奥冲出门外向前奔跑。一台挂在走廊的电视机播报着新闻："混乱还在加剧，通信线路接连中断，我们将及时跟踪最新情况，请关注我们的网络……"画面突然化为蓝幕，信号消失了。

查奥停下来大口喘着气，他感觉头晕、心脏狂跳，抬起手来一看，血已经浸透了半条衣袖。孩子掏出手绢，咬牙将手掌的伤口扎紧，直至此时还是没有什么痛感，只感到手心一跳一跳的，手指温热。他推开一扇屋门走进去，靠着墙角坐下来休息，这个房间是位于基地外缘的公共活动室之一，大大的窗户投进炙热的阳光。

"爸爸，妈妈……"查奥咬紧嘴唇，尽量忍住泪水。

忽然地上的阳光暗淡了。孩子抬起头，发现右边天空出现一大块阴影，正巧遮住了太阳的位置。那不像是云朵，也不像飞机，更像一朵有着大大花瓣的鸢尾花。"那是什么？"他伸手一摸，自己的玩具望远镜还塞在衣兜里，于是掏出望远镜观察天空。在放大的视野里，阴影表面有着复杂而规律的线条，而那些纵横的线条正在快速地移动并放大。

突然一道闪光出现，刺痛了查奥的眼睛，孩子大叫一声丢掉望远镜。黑影已经移动到天空中央，无数闪光点出现在阴影中，以令人眼花的频率闪烁。随着光替代影子，天上的轮廓逐渐变为一面巨大无比的镜子，散发着比太阳强烈千百倍的耀眼光芒。皮肤被光线灼痛，查奥缩进两个柜子之间的夹缝，勉强睁开红肿的眼睛，看白热的光斑快速扫过地板。

天上有一万个太阳正在坠落。

他捂住眼睛尖叫着，试图把超自然的场景驱逐到现实之外。这动作似乎很熟悉，孩子隐约想起在自己很小的时候，也曾这样捂住眼睛、耳朵，尖声大叫，希望尖叫结束之后，可怕的画面就会消失不见。

他的尖叫声逐渐嘶哑，直到弱不可闻。查奥慢慢松开手指，从指缝中望着外面，发现阳光已经暗淡了，地上的光斑呈现一种异样的红色。他慢慢爬出角落，抬起头看天空，天空正在燃烧。血红色的火焰布满整个天穹，如同天地颠倒，自己正在热气球上俯视沸腾的红色海洋。孩子坐在地上，身体不住颤抖，红色天光将他沾血的脸映得忽明忽暗。"妈妈。"他嘴唇翕动，发出无意义的呼唤，浮现在脑海中的并不是餐厅中那个癫狂的裸体女人，而是一个更模糊、更温暖的形象。

他用力撑起身体，慢慢向外走去。走廊里没有人，玻璃穹顶翻滚着红色光影，整个世界被染成怪异的粉红。他隐约地听到摇篮曲的声音，那是他乞求母亲多次却从来未曾听母亲吟唱的曲子，查奥不知道自己在何时何处听过这歌，但觉得无比熟悉。

Dodo，l'enfant do，l'enfant dormira bien vite.

Dodo，l'enfant do，l'enfant dormira bientôt.

睡吧，宝宝睡吧，宝宝马上睡着了。

睡吧，宝宝睡吧，宝宝一会儿就睡着了。

他停下脚步侧耳倾听。那不是幻觉，摇篮曲从墙上的音箱里传来。某些久远的记忆被唤醒了，查奥看到一个小小的自己躺在床上笑着，或许两岁，或许三岁？一个面目模糊的女人坐在床边，轻轻唱着这首温柔的曲子。"查查，"她说，"查查，你知道吗？我不是个尽职的母亲，为了获得那个宝贵的机会，我向所有人隐瞒了你的存在，可他们知道了，那个我曾经加入，又因为理念不合而退出的组织……听着，查查，你可能会忘记我，因为你还太小了。可是答应我，有一天你再听到这首曲子的时候，你要开始奔跑，向门外跑，向房子外面跑，向远离人群的地方跑。我不知道那是什么时候什么地点，你又会是什么模样，可是查查，我求你答应我，就开始跑吧，不要停下……"

"妈妈？"两行泪水流下，查奥呆呆地望着音箱。摇篮曲很短，播放完一遍之后又开始重复。

查奥·阿克宁开始奔跑。他冲过红色的走廊，推开红色的门，跳下红色的台阶。他经过一间摆满机器的房间，里面的人在嚷着："通信系统故障了！可能通信中断之前被人入侵了，现在内部广播在重复播放一首该死的儿童歌曲！"他绕过一群聚在一起的男人，男人们惊恐地望着天空，仿佛化作石像。他冲过红色的小花园，面前就是红色的基地大门，门关闭着，查奥扑倒在门前，尽力伸出那只没受伤的手，按在控制面板上。

门开了，红色的沙漠出现在眼前。查奥跌跌撞撞地跑向红色的世界。

基地岗楼上的男人发现了他，举枪瞄准，可孩子笨拙奔跑着的身影让他犹豫了。这时背后响起女人的声音："你在干什么！"裸体的女人将他狠狠推到一边，抓起那支口径十二点七毫米的狙击步枪，用十字瞄准线捕捉着红色沙丘上那小小的身影。"查尼！"她大喊一声，"你给我回来！"

孩子似乎听到了她的声音，但没有回头。

距离第三次发射：十六分二十二秒
地球静止轨道　特里尼蒂 α 空间站控制室

里克·威廉斯安静地浮在舱室中央，紧闭双眼。刚才的一个多小时里，他看见了为好友肖举行的那场壮烈火葬。

特里尼蒂 γ 空间站被 SHC 的中性粒子束击中坠落，绕地球飞行了一圈半之后进入大气层，尽管复合抛面集中器的展开面积比美国国土面积还要大，但单位面积重量非常轻，上亿块轻薄的反光板在剧烈摩擦中化为火焰，天火掠过地中海、大西洋，照亮了整个美洲大陆，将八亿人从凌晨时分的深眠中唤醒。特里尼蒂 γ 空间站残骸的绝大部分在大气层中燃烧殆尽，只剩下控制舱的部分碎片拖着长长的焰尾坠入太平洋。南太平洋所罗门群岛迎来亿万年间最明亮的一个黄昏，千百道炙热的火线贯穿天地，坠落在小岛上的碎片点燃椰林，空气中充满硫黄和焦炭的味道，海水滚滚沸腾，瓜达尔卡纳尔岛上的居民惊恐地下跪祈祷，因为眼前的画面仿若一九四二年那个硝烟弥漫的深秋。

地球与空间站之间的通信中断了。里克与莫甘娜·科蒂进行了简短的对话，无须太多言语，在决定启动计划的时刻他们就预见到了所有可能的结局。"莫甘娜，第三次发射由我来完成。发射前我会试着联系休斯敦，肖的空间站坠落造成的干扰应该快消失了。"

"我知道了。碎片越来越多了，我会增加激光防御系统的发射功率。"

"好的。如果当初肖猜测得没错，这就是地球的最后一张牌吧。希望地球上的伙计们也能按时完成工作，计划顺利的话，很快一切就会结束了。"

"希望如此……"

"莫甘娜，你还好吗？"

"我不好，里克。"

"休息几分钟吧，别忘了吃饭。"

"我知道，只是还有一些事情要处理。"

"什么事？"

"没什么。"

里克睁开眼睛。倒计时还剩下十五分钟，他移动到控制台前，选择第三次发射的目标城市。列表里有一长串熟悉的名字，旧金山、洛杉矶、休斯敦、西雅图、芝加哥、波士顿、华盛顿、纽约。纽约，他出生并长大的地方。优等生，常春藤优秀毕业生，运动明星，全民偶像，航天英雄：他身上挂满一个纽约客所能拥有的最好标签。大苹果之城的孩子，他就是美国梦本身。

"确认？"代表锁定目标的红色对话框跳出。

里克·威廉斯毫不犹豫地点击了"确认"。

距离第三次发射：七分五十一秒

美国纽约曼哈顿　联合国总部大楼

布兰登·巴塞罗缪博士拖着疲惫的身体离开联合国大楼，沿四十二街慢慢向中央车站方向走去。天空已经恢复纽约原本那种雾蒙蒙的黑色，但街头还是挤满了人，警笛声四处鸣响，所有的电视都在播放同一个直播画面，总统的演讲已到了最高潮。即使已接近三十个小时没有休息，电视上的男人还是显得精力充沛、勇敢而强大，总统挥舞着拳头："我要求国会宣布美国和特里尼蒂之间进入战争状态，我们将尽全部力量保卫自己，保卫美利坚合众国的土地乃至整个地球的安全，这是美国的意志，是人类的意志！我们必将取得胜利，愿上帝帮助我们，天佑美利坚！"

掌声和欢呼声震天，人们被慷慨激昂的演说所振奋，呼喊着"天佑美利坚"的口号，在曼哈顿街头展开游行。巴塞罗缪博士尽量躲开狂热的人流，从燃烧的汽车和碎裂的橱窗间穿过，他在美国总统身边的任务已经完成，是时候找间舒适而安全的旅馆好好睡上一觉了。

这时电视直播画面忽然切换了背景，游行的队伍在街角的大型LED屏幕前放慢步伐。博士抬起头，看到电视上出现一间新联邦装修风格的办公室，一位身着正装的中年人端坐在镜头前。滚动字幕显示："有线电视网紧急报道，来自新墨西哥州圣塔菲市州长办公室的直播画面，新墨西哥州州长霍华德·斯托克菲尔德要求对全美直播。"

"美国的民众，新墨西哥的民众。"州长用浑厚低沉的声音演讲道，

"在多年前，准确地说是一七八九年，独立战争胜利后六年，法定建国日的第十三年，美国宪法开始生效。'我们合众国人民，为建立更完善的联盟，树立正义，保障国内安宁，提供共同防务，促进公共福利，并使我们自己和后代得享自由的幸福，特为美利坚合众国制定本宪法。'几百年来宪法保护了我们的自由与进步，使美国成为有史以来最民主与最强大的国家，然而今天，这一切应当改变了。特里尼蒂为我们提供了一种更加先进的社会形态，那是热爱自由的美国人民从拓荒时代起就在寻觅的一种可能性。

"根据一七九一年十二月十五日通过的宪法第十修正案，'宪法未赋予联邦政府的权利都属于各州和人民。'现在，新墨西哥州将行使宪法，做出对本州人民最有利的选择。

"是的，我在此宣布新墨西哥州正式脱离美联邦，以特里尼蒂新墨西哥公司、特里尼蒂 α 地面站为中心成立新墨西哥 - 特里尼蒂城邦，城邦边界与新墨西哥州界相同，城邦的政权组织形式将在随后发表，新墨西哥国民警卫队将成为城邦的自卫武装力量，美国陆军部队会遭到友好驱逐。由于形势的特殊性，本决定未经州议会审议，但我已经取得两院超过百分之九十议员的同意及签名。

"在此号召美利坚各州以技术企业为核心，脱离联邦政府取得独立，新墨西哥 - 特里尼蒂城邦将联合特里尼蒂共和国为各城邦提供安全服务，及绝对充足的太阳能电力保障。感谢联邦政府多年来所做的努力，从今天起，新墨西哥人将为自己的幸福继续奋战！"

游行的队伍停滞了，大屏幕的光芒照亮无数张呆滞的脸孔。巴塞罗缪博士嘴角泛起苦笑，在街边剧院的一根罗马柱旁边坐了下来，慢慢掏出香烟点燃。

新墨西哥独立的消息所造成的震撼尚未平息，有线电视网再次转换频道，强作镇定的主持人说道："这是来自前方的直播画面，特里尼蒂要求与美国总统直接对话，并向全美直播——新墨西哥独立的合法性还未证实，所以目前直播还是面向五十个州进行……啊，几秒钟前阿拉斯加州政府也发出了直播请求，他们有宣言要发表……"

画面切换为左右两栏，里克·威廉斯与美国总统出现在同一个屏幕中。美国宇航员说："美国，总统先生。我们失去了三分之一的国土面积，三个特里尼蒂空间站中的一个，失去了一个珍贵的伙伴。肖是我见过最睿智、敏锐而仁慈的人，我爱他。如果地球上的所有人——我是说任何人——能够了解他一点点的话，都会像我一样爱上他。这是个错误，总统先生，这是个错误。"

"他是个该死的刽子手！你们也是！"总统的眼皮跳动着。

里克张开双臂："现在我只有一个要求：解散军队，给美国陆军、海军、海军陆战队、太空军、国民警卫队与预备役部队以自由；让每个舰队自由；让战略核潜艇部队自由；让中东的陆战队自由；让士兵自由。让军队做出自己的选择，成立城邦、就地解散，还是被特里尼蒂毁灭。"

"我会将你所在的空间站击落，将你烧得一根头发都不剩，就像你亲爱的伙伴那样。"总统阴冷的灰色眼睛眯了起来，脖子上青筋绷起。

"一分钟，美国人民，总统先生。"里克根本不理会他，竖起一根手指，"一分钟后，特里尼蒂的激光束将降落在长岛纳苏郡的亨普斯特德，以五十米每秒的速度向西移动，依次毁灭皇后、布鲁克林和曼哈顿。你所在的联合国总部大楼将在七分钟之后化为乌有。七分钟，足够你本人和智囊团远走高飞，但八百万纽约居民无处可逃。倒计时五十五秒，五十四秒……"

总统掀翻了桌子，为上镜精心准备的妆容被汗水弄花了。"你说什么？我不允许你这样做！我不允许！这是反人类的罪行，你这魔鬼，你是魔鬼！美国会尽一切力量……"他喊叫着。

"五十秒！……我的家就在曼哈顿。"

信号中断了，只剩总统一个人在镜头前狂吼，他涨红了脖子，假眼珠挤出眼眶，显得恐怖异常。恐惧降临，每个人都开始奔跑，凌晨两点的纽约街头开始了一场疯狂的大逃亡，大楼吐出汹涌的人流，人们从堵塞的车中跳出，从同伴身上踩过，哭喊着涌上街头，向西冲往乔治·华盛顿大桥。桥梁入口很快被塞满，人流冲击着挤满黑压压人头的西街，许多人哀号着跌入冰冷的哈德孙河。

布兰登·巴塞罗缪博士没有跑，他太老了，也太疲惫了，以至于求生意志显得十分软弱无力。他抽完一根三五牌香烟，用烟头点燃第二根，深深吸了一口，转头看东方。不知什么时候，遥远的地方火光升起，迅速化为一根通天彻地的火柱，火鞭抽打着高耸入云的大厦，楼宇倾倒，道路消失，夜空再次变成火红。热风吹起老人乱糟糟的花白胡子，他吸了一口香烟，鼻腔灌满火焰的味道。

"肖……"他自言自语着。一位母亲抱着孩子从身边跑过，博士捡起孩子掉落的一只鞋，喊了一声，可声音被火焰风暴的呼啸声所掩盖。无数鸟儿乘着热气流划过天空，"噗！噗！"几个井盖突然飞了起来，被煮沸的水从下水道井口喷出，变成笼罩着蒸汽的喷泉。博士感觉到自己的头发、胡子和手背上的汗毛在热浪中蜷曲，即使落点还在十公里开外，激光束也造成强大的热辐射效应，一株从罗马柱底部裂缝里顽强生长出来的羊茅草迅速枯萎了。

"肖，如果不是你该多好。"巴塞罗缪博士叹道，"你应该留下来领导特里尼蒂才对啊，没有你之后，计划变得如此极端……我们身上的罪孽都太深重了。"

第三次发射
俄罗斯莫斯科市　克里姆林宫地下

"报告！根据联邦航天局的建议，最新的作战计划已经完成！"

"调阅！"

"是！"

一份作战方案呈现在俄罗斯联邦最高领导人面前。肃立在他们身后的中将扫视完方案内容，点了点头。联邦航天局的专家指出特里尼蒂空间站的自动激光防御系统有着非常强的识别—锁定—击毁能力，但根据空间站的位置和现在的节气，空间站在每天某个特定时刻将会被地球阴影遮挡四十五秒钟的时间，特里尼蒂空间站虽然有着容量相当大的蓄电池和备用燃料电池系统，但无法满足防御激光多次发射的消耗。在这个狭窄的攻击窗口到来时，投入全部太空力量进行饱和攻击，就可以对空间站控制部分造成重创。

这份方案同时共享给中国方面。"做得对，绝对不可以稍微松懈自己的战斗意志，任何松懈战斗意志的思想和轻敌的思想，都是错误的！"中国领导人用拳头狠狠砸着桌面，"如果能够对敌人加以详细分析，制订战术规划，怎能造成前两次攻击的失败？幸好现在远东地区上空的空间站已经坠毁，我们有时间再次组织太空部队发动攻势，趁恐怖分子的注意力集中在美国。我们会全方位配合俄罗斯方面完成最后的突袭计划！"

听到这里，中将默默地敬了个军礼，退出了这间战略情报室。他很清楚现在祖国面临的现状：太空军事力量消耗极大，短时间很难组织起有效的攻击梯队，而把握四十五秒钟的狭窄时间缝隙又太难，战术是有效的，执行却无比艰难。俄罗斯最杰出的军事参谋集中在屋内，负责情报方面工作的他帮不上什么忙。与此同时，他刚刚收到另一个非常有用的消息。

"说。"站在走廊里，他开启了骨传导耳机。

"报告，别列斯托夫·平·肖的加密资料已经破解，发现了十五个G的资料，我们整理出一份与恐怖行动相关的人员名单，共有近两百人，按照联络的频率排列。"

"好。"

中将点亮墙壁上的屏幕，打开那份长长的名单。在名单前列他看见了里克·威廉斯和莫甘娜·科蒂的名字。下面一些名字他不认识，"刘乾坤、查尔斯·唐、涅米尔·科洛莫涅夫、佐薇·阿特金森……"中将嗫嚅念着，目光停在一个名字上面，"布兰登·巴塞罗缪。巴塞罗缪博士。他好像在美国紧急事态小组里面，心理学专家吗……"

这时耳机"嘀嘀"一响，阿尔法特种部队与刚刚征调回国的信号旗特种部队对萨彦岭蒙库萨尔德克山特里尼蒂地面站的攻坚战打响了，中将立刻转身走向战略情报室。无论天上的敌人多么强大，祖国终究会赢得最后的胜利，他如此坚信着，坚信不疑。

最后的时刻
阿尔及利亚阿德拉尔省　特里尼蒂 β 地面站

查奥·阿克宁不知道自己跌倒了多少次，更不知道自己在第二次跌倒时幸运地躲过了一颗基地方向射来的子弹。他向苍茫的沙漠深处跑着，跑着，直到精疲力竭地跪倒在地，再也爬不起来了。他喘息得如此剧烈，仿佛有一只大手从喉管伸进去紧紧攥住了他的肺，又向嘴里撒一把粗粝的沙。

不知过了多久他才逐渐能够呼吸，查奥用尽力气翻了个身，望着自己来的方向，基地已经变成沙漠中一个银亮的方块。这时候天空已经不再发红，阳光依旧灿烂，可对亲眼见过一万个太阳坠落的孩子来说，现在的太阳光已经不算什么了。

他用玩具望远镜看了看远方的基地，基地静悄悄的，那些可怕的大人没有追出来，或许是认为他不再重要。这时伤口的疼痛、身体的疲惫、嘴巴的干渴一齐袭来，查奥浑身抽搐着缩成一团。朦胧中听见熟悉的曲调响起，"睡吧，宝宝睡吧，宝宝马上睡着了……"他的意识逐渐下沉，下沉，沉向漆黑一片的谷底。

忽然有什么事情发生。查奥从危险的半昏迷状态猛然惊醒，摇篮曲消失了，他左右看看，沙漠与基地都没有什么变化，可他的头发都立了起来，浑身汗毛直竖。"妈妈？"他哀叫着，强撑着身体站起来，向提米蒙的方向慢慢挪动，走向沙漠的尽头，那高高烟尘之柱所在的地方。

他并不知道在几秒钟以前，特里尼蒂 β 空间站进行了一次极其短暂的激光发射。莫甘娜·科蒂向地面站进行了零点零二秒的激光照射，激光准确地命中靶心，没有造成基地的任何物理损伤。但强大激光束的轰击却带来了电离效应，一条等离子体的通道被制造出来，尽管只存在了极短的时间，但足够这些高温的等离子体四散剥落，把周围的一切生物体烧成灰烬。特里尼蒂太阳能电站使用激光输电时，周围数十公里的人员都要疏散，但此时基地里还有一群等待接收胜利果实的人们，那些喜爱暴力、崇尚裸体的男人和女人。

查奥再次摔倒，终于陷入了昏迷。天上响起隆隆巨响，阿尔及利亚政府军的武装直升机编队飞了过来，但这时特里尼蒂地面站早已架设好的"毒刺"地对空导弹已经无人操作。那些极端环保主义者在地球上留下的最后痕迹，只有基地走廊里飞扬着的一抹灰。

最后的时刻
美国纽约曼哈顿　四十二街

"肖啊……"

布兰登·巴塞罗缪博士决定毁灭肖的空间站，因为他知道肖已经死去了，在美国发动第一次袭击的时候。"殉道者"攻击卫星的巨网在经受数十次激光拦截之后，化为一团金属炮弹击中了特里尼蒂 γ 空间站的控制舱，舱体被撕裂了，氧气在短短半分钟内泄露一空，肖身上的轻便宇航服也没能起到保护作用，因为碎片在舱内四处溅射，敲碎了他的头盔。

两分钟之后，自动修复系统将裂口黏合，恢复了舱内供氧，肖安静地浮在空中，破碎的面罩内有一团晶莹剔透的血珠在飘动。探测到他的心跳停止，一个预先设定好的程序接管了通信系统，它先向其他两个空间站发出平安的信号，然后开始监视特里尼蒂同地球的联络，在恰当的时刻播放早已录制好的画面。

四十个小时前，肖调暗舱内灯光制造出舱室破损的画面错觉，录制好那几段讲话，为了让巴塞罗缪博士察觉，他做出几个微小的动作暗示，比如更换玳瑁框眼镜的那只手。其他两名宇航员也做了类似的准备，因为死亡几乎是不可避免的。

其实无须特别暗示，博士也早发现录像与真人的差别，因为在倾听其他人讲话时人类会不自觉地加以反应，体现为面部肌肉的微小动作。除了行为分析学专家，其他人看不出总是板着脸的肖与视频的差别，这就是巴塞罗缪博士在总统身边的任务：在关键时刻，诱导美国做出伤害最低的选择。

天边的火龙卷越来越近，街边店铺的招牌都开始燃烧，巴塞罗缪博士抽完最后一支烟，用鞋底细心地将烟头踩灭。就在这时，火焰的呼啸声忽然变了，天空中的火柱不再向西前进，而是停止在布鲁克林区与长岛的边缘。

"啊，成功了吗？"博士惊喜地站起来，因为速度太快而有些头晕目眩，"难道美国政府真的答应……"

一颗子弹从后面贯穿他的心脏，嵌在肋骨上面，冲击力如一把铁锤将老人狠狠地击倒在地。那名光头的 FBI 高级探员斜靠在小巷墙上，一边将矿泉水浇在自己头上，一边嘲弄地盯着博士的尸体说："终于还是露出马脚了吗？——就像我老爹的理论，下巴留胡子的，没有一个好人。"

最后的时刻
地球静止轨道　特里尼蒂 β 空间站控制室

莫甘娜·科蒂掩面哭泣，泪珠从指缝中涌出，随着女人身体的颤抖在空中飘散。肖死后计划有所更改，她要负责对欧亚大陆大部分国家的激光威慑，保卫特里尼蒂地面站的安全，直至攻占地面站核心成员召集整个欧洲和北非的相关军事力量，围绕地面站建成特里尼蒂地面城邦。

但她没等到那个时刻到来。她彻底崩溃了，药物和瑜伽无法安抚她的神经，一直以来的紧张忧虑猛然爆发，将女宇航员击垮了。她砸坏了好几座控制台，撕扯着自己的头发，疯狂喊叫，在神志最不清醒的刹那，她做出了一个反复思考了几万次但不敢施行的举动。

一张被泪痕洇湿的照片在空中缓缓旋转，那是七年前在法国马赛一间私人医院所拍摄的，满脸悲容的她躺在病床上，望着窗外的灿烂阳光。"两个小时后，新生儿因为呼吸窘迫综合征死去。"这是医疗记录上对她产下婴儿的描述。简历中提到了这一点，特里尼蒂选拔项目进行心理测试时考官只简单问了几句，谁愿意伤害一个美梦只做了两个小时的单亲妈妈呢？

但莫甘娜知道那个孩子还活着。她是半自愿加入特里尼蒂计划的，为了确保她不中途背叛，组织绑架了她的儿子，一个从未存在于任何官方记录中的孩子。七年之中她只与孩子共处了两个月，六十天里莫甘娜每天抱着两岁大的男孩，唱歌哄他入睡；分别时她流尽了眼泪，几乎当场崩溃。

她不知道如今男孩长成什么模样，查奥，这是莫甘娜起的名字，如今能够将母亲和孩子联系在一起的也只有这个空洞的名字而已。在不久前的一次通信中，β地面站的佐薇·阿特金森再次提到了孩子的事情，那个一直以男孩母亲身份生活在提米蒙的高级成员裸着身体在屏幕上大笑着，说男孩很好，很习惯基地的生活，并且将一直幸福快乐地在基地生活下去。

佐薇那对摇晃着的、沾满血和其他液体的胸脯让莫甘娜彻底崩溃了。她知道再也回不到那颗蓝色的星球，自己只能孤独飘浮在星空与太阳之间，等待死亡在某个时刻来临——她的生命或许还剩一小时，或许还有十年。她清楚自己再也见不到她的查奥，再也无法忍受那个丑陋的女人继续扮演本应由她来担当的角色。

如果肖还在，或许会用那种永远低沉而理性的声音来安抚她吧，可现在孤独的母亲失去了指引之光。

她短暂地夺取了地面站的控制权，向地面站发送了一段摇篮曲，那首她一直在听的曲子，在与孩子相处的短暂六十天里她日日夜夜唱着的歌曲。那是她要在男孩心里烙下的刻痕，她唯一能够提供的保护。"跑吧，查查……"哭泣着，她狠狠地按下发射按钮，将强大的激光脉冲射向地面。

那孩子死了。他一定来不及跑出去，即使听到那首摇篮曲。莫甘娜想。她不惜为孩子谋杀了提米蒙的三万人，现在，她又谋杀了非洲城邦计划，谋杀了她的孩子，谋杀了整个特里尼蒂项目，谋杀了里克·威廉斯与肖的努力，谋杀了人类的未来。

可是万一他还活着呢？说不定他正在沙漠的某个地方，等待自己从天而降呢。一个将拥有完全不同未来的男孩，她的儿子，她的骨血，她的 DNA 与永恒希望，只要能够与他在一起，就算地球的未来怎样都不再重要了吧……

那么她该怎么办？继续特里尼蒂计划，即使要杀死更多的人，让自己的灵魂坠入更深的地狱？还是同美国人分道扬镳，回归地球的怀抱，以罪人的身份活在监狱里，直到生命结束？

她不知道。此时她多么希望肖能出现在屏幕彼端，告诉她该怎么做，即使只是一个是或非的提示也好。可肖已不在了，他以某种辉煌的方式回到了地球，将自己撒布在五亿一千万平方公里的地球表面。就这样一时清醒、一时糊涂，莫甘娜在舱中放声哭泣着，直到里克·威廉斯的声音响起。

"莫甘娜？"

"对不起……"

舷窗旁边，蓝色的地球依然平静，三人合影的照片微微泛黄。

最后的时刻

美国新墨西哥州奥特罗县　特里尼蒂 α 地面站

查尔斯·唐喝完了一整瓶杜松子酒，感觉有点昏昏沉沉。他坐在屏幕前面，等待那个关键时刻的到来。如果计划没有出岔子，特里尼蒂α空间站就快与他联络了，到时候他会带队撤离地面站，到四十公里外的安全屋去遥控电站运行。一条激光输电线路将搭建起来，太阳能电力通过变电站送入电网，向数百公里外的其他州——或者说其他城邦——输送，以显示特里尼蒂计划的发电能力。

但α空间站迟迟没有联络他，他不知道天上发生了什么事情，特里尼蒂从头到尾都是一个松散的组织，来自不同国家的人出于不同的目的聚在一起，怀揣着各自不同的梦想，使用激光作为长矛，向各自不同的风车发起挑战。查尔斯知道他们每个人都是彻头彻尾的疯子，可是话说回来，他不讨厌疯子。

基地外面的沙丘旁边，沙漠角蜥在牧豆树下陷入安眠，凉爽的沙土冷却了它的体温，这小小的爬行动物终于可以舒适地睡个觉了。它还在憧憬着明天的狩猎，那窝美味的墨西哥蜜蚁就在红柳丛中等着它，角蜥已经迫不及待地想看到明天早上的太阳了，阳光会给它温暖，给它生存与繁殖的终极力量。

尾　声

他们在太空中俯视地球。这不是最适合观察的距离，肉眼看不清三万五千八百公里之外地球的细节，可那嵌在观察窗中央的蔚蓝星球仍旧牢牢地吸引着他们的视线。无论从怎样的角度观察，它都美得令人忘记呼吸，仿若一颗闪烁光芒的、具有魔力的蓝水晶。

"莫甘娜，你还好吗？"一个人忍不住开口。

"对不起，里克。我搞砸了一切。肖的死，让我……"另一个人说。

"希望还在的，不要自责，火种已经点燃，会一直烧下去的。我猜……是为了那个孩子。"

"我害死了他。"

"你从来不说那孩子的事，比如孩子的爸爸是谁。"

"……"

"放心，莫甘娜，孩子一定还活着，就像这地球会永远存在下去一样。"

"嗯。"

"你有没有发现，我们虽然在太空里，可是从来不看背后的星空，只盯着地球看呢。"

"因为背后被复合抛面集中器挡住了？"

"不，因为我们爱地球啊。"

"也许，你说得对。"

"想唱唱那首歌吗？"

"当然……好想吃巧克力香草冰激凌。"

"巧克力，还是香草？"

"巧克力香草。你们男人总是搞不懂。"

"It never gets old,huh？"

"Nope."

"It kinda make you wanna……break into song？"

"Yep！"

清亮的女声唱起了歌儿:

"I love the mountains,

I love the clear blue skies,

I love big bridges,

I love when great whites fly,

I love the whole world,

And all its sights and sounds."

两个声音合唱:"Boom De Yada！ Boom De Yada！

Boom De Yada！ Boom De Yada！"

这段副歌重复了许多遍,直到他们笑得喘不过气来。

回　家

文／张　冉

农历八月十六日，老罗对儿子说："该走咯。"

小罗说："走噻。"

他们把丰田海拉克斯的油箱加满，将 4 个 55 加仑的油桶固定在货箱上，往自制水箱里灌了 150 加仑的清水。剩下的食物刚好装满车顶的拓乐行李箱，老罗把最后一瓶桃罐头丢进驾驶室，扭头问："海椒油还有没得？"

小罗答："没得。"

老罗撇撇嘴说："算喽。"

他用 4 号钢丝把防雨布绑在货箱上，拎着猎枪跳上驾驶座。后排的座位上堆满了 Trader Joe's 杂货店的纸袋，里面装着卫生纸、子弹、香烟、腊肉、机油和小罗的超级英雄玩偶。座位下是铲子、洗脸盆、暖瓶、电水壶、帐篷和被褥。小罗瞅着手机，指示："还是像从前那样走嘛，走到沟沟边上转个弯。"

老罗边发动车子边说："要得。你看着地图哈，莫睡着了。"

丰田车驶上街道，老罗回头看了一眼屋子，房子虽破，修修补补也住了两年，难免有点感情。刚到堪萨斯城的时候，小罗一眼就挑中了这栋住宅，城里尚未倒塌的屋子为数不少，小罗却对白色墙壁和圆形阁楼窗户情有独钟。

"老汉，走右边，没准能打个兔子。"小罗吼完，并未回头看一眼，兴致勃勃，仿佛是去春游。

车轮碾过一片盛开的黄玫瑰。镇子东北部的道路基本上被毁，成了天然的花圃，七个月前他们在这儿打到了一只野鹿，随后又连续猎到野兔，老罗找了点柏树枝，在后院架起棚子，把一两顿吃不完的肉熏成了腊肉。焖了点米饭，又把腊肉蒸熟，带着油扣在饭上。小罗说那是他这辈子吃过的最好吃的东西，老罗心想这小子真没见过世面，心想自己见过的世面或许小罗再也见不着了，心里觉不得劲，就想多打点野味吃，可从此却再也没碰到过什么猎物。

世界毁灭三年，他们对一切都已习以为常了。最初，偶尔还能碰到些人，老罗每次都用磕磕巴巴的英语跟人家交流，还请人家喝竹叶青茶，说自己是个在维加斯工作的中餐馆厨子，旧历年餐馆放假到科罗拉多带儿子爬向日葵山，爬的过程中看到一条新闻，有个会飞的船还是石头不知怎么就到了太平洋，而且停在那儿不动了。爬到山顶，忽然天崩地裂，山峰起起伏伏，海水涨了又落，又是刮风下雨，又是电闪雷鸣。几天后当他们下山时，才发现一切都完了，到现在他都不知道到底是怎么回事。那些人也说不知道是怎么回事，有的从华盛顿和纽约逃向内陆，有人想到佛罗里达碰碰运气，全都满脸恓惶、一头雾水，又带着独活的兴奋和狠劲。他们喝完茶背起包上路了，老罗不想动弹，就在堪萨斯城找点吃的，劈柴烧水，煮饭熬汤，养活小罗。这天算是见了鬼，时而下雨，时而下雪，有一次大风把半个房顶都给掀掉了，第二天又稀里哗啦掉冰雹。老罗在中国的时候修过汽车也在工地上干过，称得上是个巧手的人，东拼西凑，缝缝补补，护着小罗从六岁长到九岁。

后来，碰见的人越来越少，今年以来，就没见过一个活人，不知道大家都跑哪儿去了。老罗每天拽着小罗说会儿话，下盘象棋，从儿子眼里也能看出寂寞。他从 DVD 店里找出的几百张盘，小罗快看完了，他找回的游戏小罗也玩腻了，他摆弄柴油发电机的时候，小罗也不爱在旁边瞧了。老罗知道，这样下去，别说小罗，总有一天他自己也得发疯。

有天老罗撬开家中国超市的门，找了本几年前的日历，瞧着上面的中国字，忽然一个激灵。一回家，就对小罗说："小罗，我们回家嘛。"

小罗捧着游戏机，连眼皮都不抬说："老汉你瓜戳戳的，本来就在家。"

老罗把日历盖在游戏机上，说："你看这个红圈圈。"

"过年？"

"过年。"

"啥子意思？"

"没得啥子意思，回老家过年。"

念头一旦产生，便像灶火一样烧着心，又热又疼。老罗的老家在四川西昌海南乡，邛海边的一个镇子上，他十六岁离家到成都打工，二十岁娶了个贵州媳妇，三十岁离婚，带孩子辗转到了国外。出来久了，家乡的风景也就淡忘了，很少念及邛海边的老父母，逃命到堪萨斯城在白房子里住了一周，他才忽然想起父母，夜深时狠狠哭了一回。回家过年，这个念头显得非常陌生，小罗两岁时回过一次老家，料想没给小罗留下什么记忆。老罗本人偶尔会记起湖边的老宅，闻见大蒜炖鱼的味道，那情景隔着一层纱，不清不楚。

可世界毁灭三年后，回家过年的念头在心里是涨啊，涨啊，把老罗烤得坐立不安——他觉得必须得做点什么了。

小罗问："老家在哪哈儿？"

老罗答："西昌邛海。"

"那是在哪哈儿？"

"中国。"

"有多远？"

"挺远。"

"能走得到？"

"一定能。"

"哦，那走噻。"

一周后，也就是农历八月十六，他们开着丰田车踏上了归乡之路。GPS 没有信号，小罗摆弄着手机地图和指北针，指引老罗将车开到了小镇边缘，沿着那条吞噬了小半个镇子的深沟向东前进。三年来他们从没离开过堪萨斯城，老罗有时候会觉得心里有点空，可有时候却又觉得好像被什么填得满满当当，就像当年刚来美国的时候一样。

长满青草的道路弯弯曲曲向前一直延伸着，最后消失在了断崖边，那条沟逐渐加深，成了一道峡谷。车子在草木和石块上颠簸，怕路不好走，出行前老罗特意调高悬挂，换上 22 寸越野轮胎，此时正好派上用场。

"就这方向，一直走。"小罗的兴奋感很快就消失了，捂嘴打起了哈欠。

"小罗，万一我们到不了老家，也回不了美国，你怕不怕？"

"怕个锤子。"

"一点都不怕？"

"老子困了，要睡瞌睡。"

九岁孩子靠在皮质座椅上，很快就打起了小呼噜。老罗开着车，专注地躲避着石块和灌木丛，后座的杂物叮当乱响，他担心货箱里的油桶会倒下，不时回头看看。不知开了多久，峡谷开始收敛，前方的地面支离破碎，像被踩了一脚的椒盐薄脆饼干，老罗不得不向南兜个圈子，绕过这片区域。觉得肚子饿的时候，他刚好驶上一条基本完好的公路，锈迹斑斑的路牌显示是通往圣路易斯方向，他对这个地名没什么概念。又开了一个半小时，倒塌的立交桥将道路堵死了，老罗驶下路基，穿过一片半死不活的松树林，看到了城市的轮廓。

圣路易斯是一片低矮的灰白色废墟，看起来不止一次遭受火灾，老罗摁了几声汽车喇叭，没有任何回应。

小罗睡眼惺忪地问："到老家了吗？"

老罗答："快了。"

整整一天，没有碰到任何人。傍晚时分，路面变得非常糟糕，大地像鸡蛋饼一样不是出现褶皱就是堆叠在一起，几乎找不到车子能通过的地方。老罗试着爬上一道皱褶，使用了低速四驱慢慢前进，还是重重地磕到发动机下的护板上了，幸好油箱底壳没有受损。

小罗说："老汉，前面就是芝加哥。"

老罗试图在青蓝色的天幕里找到几点灯火，可一无所获。他调转车头向北前进，直到筋疲力尽，才将车停在路边。他加满油箱，搭起帐篷，跟小罗合吃了一盒午餐肉罐头，喝了一瓶运动饮料，随后又吃了两张夹煎鸡蛋的煎饼。

小罗玩了一会儿游戏，问："为啥子看不见人？"

老罗不知该怎么回答，等他想出答案的时候，小罗已蜷在帐篷里睡着了。

"因为人都在回家的路上。"老罗小声说。

第二天下起了暴雨，挡风玻璃外白茫茫一片，花了一上午时间只前进了30英里。下午两点的时候，天突然放晴了，阳光烘烤着漫山遍野的烂泥，丰田车继续向东北方向奔跑。平均每天开十个小时车，老罗觉得身体还撑得住，小罗则表现得有些倦怠，总是打盹。幸亏车子的音响可以连接手机，小罗播放器里的歌他们都听过几十遍了，可自从网络消失后，iTunes就再也连接不上了，这些歌反而成了特别重要的东西。

车子穿越美加国境的时候，老罗正跟着音乐哼莱昂纳德·科恩的Suzanne，虽然比起半懂不懂的美国歌曲，他更喜欢刀郎和凤凰传奇的歌。小罗指着车轮扬起的长长灰尘说："老汉，那儿有个牌牌，写着边境到喽。"

他们此行从底特律出发，根据地图，沿路应该能看到五大湖中的伊利湖和安大略湖，但一路上却只有松散的土壤和烟尘，几乎没什么植物，更别提水面了。老罗说："遭不住，越走越害怕。啥子都不对劲儿。"

小罗说："怕啥子，老子就不怕。"

随着丰田车一路向东北行驶，气温也降了下来。父子俩翻出厚衣服套上，老罗帮儿子整理利索，帮他将背心掖进秋裤，又将秋裤塞进了袜子。第十五天的时候，他们穿越魁北克，到达纽塔克，也就是北美大陆的边缘。这里气温大约在5℃，大地尚未冻结，土地上有一道道的冲刷痕迹，车轮很容易陷进松软的砂土中。

按照地图，前方应该是250英里宽的戴维斯海峡。老罗从地图手册里看到这个海峡冬天会结冰，想越过冰面继续前进，可现在挡风玻璃外却只有一望无际的灰绿色砂土，看不到大海在何方。

"搞错方向了？"老罗不由皱起了眉头。

小罗嚼着牛肉干答："不可能，刚才我看得很清楚明明上面写着纽塔克和奥拉其维克。"

老罗挂挡起步，下了一个长长的缓坡，在漫天烟尘里向东行驶，一个小时，两个小时，大海迟迟不曾出现。他终于忍不住转向南方，开出40英里后，一线蓝色出现在地平线上，海边到了。按照地图位置，他们现在正处于戴维斯海峡中央，深达2000米的海面上。

父子俩对着地图研究了很久，小罗用圆珠笔画了两条线，将北美大陆和海峡对面的格陵兰岛连了起来。"我觉得我们没走错，是这儿长出了一条路。"

"摆玄龙门阵哦。路是能长出来的？"老罗说。

　　话虽如此，他还是听了儿子的话开车一路向东，果然毫无阻碍地到达了格陵兰岛。名叫戈特霍布的小镇已经看不出原来的模样了，只有一片建筑物的地基还残留在那里。老罗越发糊涂，搞不清世界上到底发生了什么事情，小罗却不较真，催着他继续前进。

　　他们从南端横穿格陵兰岛。白天长得令人难以忍受，晚上却只有那么短短一会儿，老罗昼夜不休地开着车，在理应到达格陵兰东侧边缘的时候，他再次看到延伸出去的大陆，像阶梯一样向下跌落，不见一丁点儿海水。他小心地降下陡坡，任凭车轮在大量的沙子里打滑。坡底还算平坦，他绕着奇形怪状的白色石头前进。第二天又开始爬山，登上山峰之后，他发觉峰顶非常平坦，残破的道路引领他们进入城市，在空无一人的城市废墟里，老罗发现自己正站在雷克雅未克的中央：他们到达了冰岛。

　　"狗日的大海……哪去了？"老罗不禁问自己。

　　小罗说："狗日的。"

　　老罗说："不许骂人。"

　　穿过冰岛，他们看到了大海，海水蓝得有点奇怪，可又让人说不出奇怪在哪儿。冰岛东侧有一条宽阔的陆桥伸向前，老罗开车降下缓坡，在礁石、盐块和水坑间穿行，忽然小罗叫道："老汉快看。"

　　车子经过一座雪白而又有许多锐利尖角的高山，两人眯着眼睛，看山尖反射的破碎阳光。直到丰田车开出 10 英里之后，老罗才猛然惊觉那是一条鲸鱼的骨骼。他对小罗说："大海还在，就是水少了几十米、几百米。"

　　孩子回答："那人都去哪哈儿了？"

　　老罗想了想，决定假装没听见这个问题。

　　他们走了两天，遇到了一座非常陡峭的山脊，不得不绕到陆桥边缘，勉强从最平缓的地方爬了过去，车子的底盘多次遭到磕碰，轮胎也爆了一只，老罗只有两只备胎，换胎换得又累又心疼，浑身上下都是咸的，全世界都是白惨惨的看上去特别刺眼。

　　又是两天的旅程，他们听着痞子阿姆的歌爬上了缓坡，到达挪威了。奥斯陆是受损不太严重的城市，他们在城外找到了一间超市，稍作休整，老罗没找到食物和水，不过从废汽车里弄了100加仑的汽油。他们没有进城，第二天继续向东前进，傍晚就到了斯德哥尔摩。小罗看到一只野鹿从车灯前跑过，操起雷明顿猎枪开了三枪，没打中鹿，倒把翼子板铁皮掀飞了一块，气得老罗左手握住方向盘，右手狠狠抽了他两巴掌。这时城市的方向忽然传来了枪声，似乎有人在回应，老罗刚开始觉得惊喜，想了想，还是开车绕过布鲁玛机场，离开了瑞典的首都。

　　他们这样走走停停，一直没跟任何人见过面说过话。进入俄罗斯境内不久，车子终于坏了，老罗钻到车底下摆弄半天，举着冻僵的手，张开沾满机油的嘴说："彻底坏球喽。"

　　小罗答："再找个车噻。"

　　他们换了一辆不认识牌子的俄罗斯汽车继续上路。这车油漆掉得七零八落，后挡风玻璃也碎了，副驾驶座上还有个大洞，老罗用纸箱把玻璃一堵，又拿棉衣把座位垫平，将油桶塞进后座，打开机器盖，拆下化油器和滤芯看了看，灌上汽油和机油，拿电瓶一搭，一下子就打着了火。

　　天越来越冷，道路时有时无，俄罗斯似乎遭受了比较严重的地震袭击，很难见到完整的建筑物，能找到的食物也越来越少。幸好下雪了，老罗不再担心喝水的问题，铲一脸盆雪劈柴煮化了就是水，喝口热水，身体也暖和。

在俄罗斯和哈萨克斯坦交界的地方，老罗出了次车祸，他开着开着就睡着了，车子撞到树上了，父子俩脑袋上都磕出了大包。车子受损倒不严重，就是水箱橡皮管有点漏水，老罗捂着脑袋，用胶布和塑料袋堵了个严实。这车开得更加小心了，慢慢穿过哈萨克斯坦，沿新藏路一路往东，一路上也没见着人。爬上青藏高原，在川藏线走了两天，道路被水冲断了，再也过不去了。老罗决定带着小罗步行。

他们裹着最厚的衣服，背着行李，手牵手走在宗拉山上，小罗问："人到底去哪哈儿了？咱们活着，还有好多人也应该活着啵？"

老罗答："肯定有好多人活着，可是这世界太大喽，别个都各活各的吧。"

他们花了二十天时间走到理塘，上 S215 往九龙县方向走，老罗算算日子，马上就要过年了，可他实在走不动了，就说："前面就快到大凉山了，到了大凉山也就到了西昌，到了西昌就到了邛海，咱们也就算到家啦。"

小罗说："回家过年，能放鞭炮。"

老罗笑着说："你晓得个锤子鞭炮。"

他们爬上了一座山。

老罗说："翻过这座山，就能看到山脚脚下面的城，也就到家啦。"

小罗说："回家过年，能吃坨坨肉。"

老罗笑道："你晓得个锤子坨坨肉。"

他们爬到了山顶。

小罗问："到老家了吗？"

老罗没说话。

他们站在山顶上，看着山下的海。蓝莹莹的海水罩在雾里，偶尔露出一个白生生的山尖，远处飘着云和烟，看不清海有多广，可老罗知道，他们的老家就在这海水底下。

小罗问："这就是邛海？"

扑通一声，老罗背上的包裹掉了下来。他说："不走了，吃饭。"

他升起酒精炉，抓把雪把脸盆抹干净，又铲一盆雪，用火煮成水，淘米煮饭，找出最后一块腊肉，用小刀一片一片切好，码在米上，再把包里剩下的罐头、榨菜、腐乳一口气全打开，就着火炉热热，用小罐头盒分别盛了。米饭一熟，香气飘出来，就觉得没那么冷了，小罗流着鼻涕叫："香！"

父子俩一人一碗腊肉饭，呼噜呼噜地往嘴里扒拉。

小罗鼻尖见汗，说："过年真好！"

老罗放下碗，瞧着山下的海。一路上的海水，原来都跑到这里来了，把四川淹了一半。这水有几十米深、几百米深，老家就在几十米深、几百米深的水下面，这辈子他是再也见不着了。

他喉结咕噜着，慢慢咽下一口喷香滚烫的腊肉饭，说："唉，对喽，这就是邛海。"

小罗问："那老家呢？"

老罗没答，说："过年好。"

小罗说："好嘞！"

海水拍打着山岩，依旧是那时的涛声。

新闻：……不明飞行物体指向日本海以东洋面，它具有极大的质量，其悬停姿态完全违背已知的物理规律，而单位体积和质量早已超出人类所掌握的所有高密度材料，一个肉眼可见的海水圆锥体升起来了，太平洋水位正在引力作用下快速升高。在新年里，我们必须很遗憾地通知您：不明飞行物体带来的是灾难，是海啸、地震和生态大破坏，地球的样子即将被重新雕塑。为什么？会怎样？该怎么做？所有问题谁都无法回答……观众朋友们，过年好！

逼仄之城

文／阿　缺

　　在告诉你我杀死张元龙和陆大维的事情之前，我要先讲一讲，我第一次遇见杨蒙蒙时的情景。

　　那是一个黄昏。我一直很好奇，为什么那么多故事都发生在黄昏——或许是下班的时候，人们在街上挤成洪流，平日里疏离的关系在这一刻忽然变得没有了距离；或许是因为，黄昏晚霞凄艳，像一个亮起灯光的舞台，而舞台上，本就应该发生一些故事。

　　总之晚霞斜照时，办公室的同事们都在加班，而我有些烦乱，便下了班。我离开的时候，后背有刺痛感，那是同事们看我的异样眼神。

　　街道上，人群在两侧熙熙攘攘，车流在主道上穿梭不息。一眼望去，整个城市被挤得满满当当，没有我可以插入的空隙。想到以这样拥挤的路况，回到家肯定又是九点多了，我于是转了个方向，拐进了街角的一家咖啡店。

　　一进门，黄昏的喧嚣就被隔绝在外了，清静了不少。但凄艳霞光还是透过玻璃照了进来，斜斜地，能看到几粒细小的灰尘在光线中舞动。霞光最后落下的地方，是一张脸。

　　我一愣，然后走过去。

　　"要喝什么呢？"她抬起头，冲我一笑问道，"先生？"

　　我有些慌乱，目光从她的脸庞移到全息菜单上，随口说："黑咖啡吧。"

　　"先生，这个点了还喝黑咖啡，晚上容易睡不着。"她说，"还是喝果汁吧，刚到的水果——是从非污染地区进的货。"

　　我笑了笑，想告诉她睡眠已经在很久以前就抛弃我了，但想了下，点头道："那就来一杯吧。"

　　我领了票，坐到窗子边。这间咖啡馆不大，是个长方形的空间，摆设有些复古，木桌上起了斑驳，里面的墙壁露出红砖图案，外侧便是一大块深色玻璃。我坐在最里面，吧台设在门口，恰是这间咖啡厅的两个尽头。除此之外，这里就没有其他可以介绍的了——哦，还有头顶的喇叭里播放着的音乐。很舒缓的英文歌曲，像是在哪里听过，但我一时记不起来。

　　透过玻璃窗，外面的世界变得有些灰暗，但依然可以看见街上摩肩接踵的人流。我有轻微的密集恐惧症，看到那些密密麻麻会聚在一起的黑色人头，皮肤上又传来了酥麻感。我赶紧转过头。

　　于是，又看到了她。

　　她胸前的卡牌上写着"杨蒙蒙"三个字。我看了一眼，眼前浮现出烟雨堤岸、轻雾迷蒙的样子。

"先生!"她后退一步,惊叫道。

"啊?"我愣了下,语无伦次。

"这可不是绅士应该做的事情。"她说道。

"啊,我不是……"我反应过来,脸上顿时烧红,"我绝对没有看你的——咳咳,我不是说你不值得看,只是我没有……"

看着我笨拙解释的样子,她眼里的戒备慢慢消散了,上前一步,突然噗嗤笑了。

夕阳已经落下,但她笑起来,像是这个即将沉入黑暗的世界,又升起的一轮太阳。

"那你在看什么?"

我松了口气说:"在看你的胸牌。"

"哦,"她歪了下脑袋,狡黠地看着我,"那你是要投诉我吗?"

我承认我不是她的对手,只好耸耸肩,表示投降。她把果汁放下,转身离开了。她转身的一刹那,发尾扬起,我看到她的后脖子处,两道竖着的条形码一闪而过。

我默默叹息一声。

打那以后,我就经常往咖啡馆跑了。

这家店处在街道的一个角落,店面狭小,能喝的东西不多,所以生意一直很冷清。但我想,这些都不是主要原因。真正的原因是,外面那些拥挤的人群,行色匆匆,川流不息,步伐太快。人们甚至没有停下来喝一杯咖啡的时间。

现在，这座城市的人口密度已经达到了顶峰。我听说，为了缓解压力，城里又推出了新的廉租房，名叫"蜂巢公寓"——长 1.8 米，宽 0.5 米，高 0.38 米，恰好能容一个人躺进去，夜里翻身都难。战争之前，那些户型只有一百平方米的小房子，原本只够一户三口之家使用，但现在，里面全被切割成了这样的小空间，满满当当可塞三百人。我们私底下，都不称它为"蜂巢公寓"，而叫"棺材公寓"。

而这样的公寓，居然还供不应求。

人实在太多了，多得都没地方下脚了——不是比喻，就是字面意义上的没地方下脚。

所以政府出台了一系列政策，税收在不断增加，物价几乎每天都在涨，居住证的签发越来越严格——唯一不变的，只有工资。所以人们不得不拼了命干活，把每一秒钟都用在挣钱上。因为一旦他们的社会价值和薪水低于最低标准，通不过定期审核，政府就会收回他们的居住证。

然后，他们就会落在我手里。

"先生，"有时候，杨蒙蒙会坐下来，跟我聊天，"你是做什么的？感觉你好像特别清闲。"

我不知道该不该告诉她实情——我的工作并不为人们所喜欢。记得不久前，有一个同事去超市，边排队边打电话，不小心在电话里提到了自己的身份，立马就被一个后脖子上有十几道条形码的男人给活生生勒死了。结果是，那位同事进了太平间，而凶手只是在脖子上抹去了一道条形码而已。

"我是个……"我犹豫了一下，"老师。"

"哦，"她又歪了下脑袋——真要命，这个动作每次都令我一阵恍惚，"好厉害啊，那你是教什么的？"

"历史。"

果然，一个谎是要用无数个谎来圆的。她坐下来，跟我聊了很多有关历史方面的事情，有些我根本不知道，只得硬着头皮瞎编。好在她似乎也所知不多，每次都歪着头，认真听我把话说完，还总是装出一副受益颇多的样子。

咖啡馆一直没什么人，所以大多数时候，我们一直待到关门，然后走过漫长的路，送她回家。夜深时分，街上的人终于不再拥挤，夜风也把沉积了一天的喧嚣都吹散了，四周只有我们的脚步声。现在想来，那些日子真美好，大概是我出生以来享受的最安静的时光了，尤其是走路的时候，我们的手背偶尔轻轻相碰。她并不躲闪，只是抿着唇。那时，我耳边的一切声音都消失了，只觉得手心微微有些潮湿，手背轻轻地颤抖。

我们每次回去，都快到午夜了。她是异人格接纳者，按规定，必须在晚上 12 点到早上 6 点强制睡眠。

所以我没有送她上楼，每次看到的都是她的背影。她走进小区大门，橙黄灯光照下来，将她的影子拽到地上。在灯光里，她只是一个剪影，但格外朦胧。

后来，我在单位的电脑上整理资料，想起她脖子上的条形码，就输入了她的名字和证件号。全息屏幕上立刻流水般显示出她的信息。我有些紧张，看同事们都在低头干活，才把窗口缩小，认真地看了起来。

于是，我知道了她是战后出生的，现在二十六岁，血型、身高和三围数据也显示得很详细——身为接纳者，她的一切信息都必须如实填写，以便系统对没有居住证的人进行分配时，可以有数据作参考。我还查到了她后脖子上另外一道条形码所代表的人，资料显示，是个男人，名叫张元龙。

我对他没有兴趣，所以又继续往下看。于是，我看到了杨蒙蒙的教育经历——历史系研究生。

电脑前，我的脸红得跟遇见她那天时看到的晚霞一样。

五月底，政府进行了一次居住证资格审核。这一次，又有几十万人没有通过审核，按照规定，他们失去了在这座城市的居住权。

于是我们就开始忙碌起来了，从药厂运来大批药剂，人格分离&融合仪也一刻不停地在工作。我们一会儿在操作室里给市民做手术，一会儿在工位上整理资料。一忙起来，连午饭都顾不得下去吃，只得叫了外卖，直接送到办公室。

"先生，"一个熟悉的声音响起，"你的外卖。"

我抬起头，怔了一下。

是杨蒙蒙的脸。但她的眼神却很陌生，见我迟疑，她不耐烦地说道："先生，这是你的外卖，快着点儿啊！我还有别的单呢。"

我愣愣地接过来，还没开口，她就已经转过身，去给别的同事递外卖了。这时的她，已经全然没有了在咖啡馆时的娴静和温婉，举止透着强烈的厌烦和急躁。她把外卖往同事罗大姐的桌上重重一顿，汤汁都溅了出来。

"哎，你这人怎么回事，"罗大姐平时就牙尖嘴利，此时正忙，更是怒火上头，怒喝道，"眼睛长屁股上了？没看见一个大活人在面前啊！"

"是个活人啊，"杨蒙蒙冷笑一声，"我还以为是个屁呢。"

"你……"罗大姐指着她，脸都憋红了，看到她脖子上挂着的外卖工作证，"好，你厉害！你叫张元龙是吧，等着吧，你就等着投诉吧！"

我愣了愣，随即反应过来——

眼前出现的人，虽然是杨蒙蒙的躯体，灵魂却完全是另外一个人的。

战后，核污染持续扩张，可居住的土地却在逐渐缩减，人们不得不涌向为数不多的几座安全城市。城市人口顿时呈爆炸式增长，为了控制生存空间，政府不断采取措施——将楼层建高、出台限令、压缩居住空间……但效果都不怎么样。所幸，在城市运行系统崩溃前的危急时刻，一项崭新的技术及时被研发了出来，一时间成了减缓空间压力的最有效手段。

人格分离&融合技术。

早在战争刚刚结束时，政府就预料到了这样的结局，于是召集了一大批心理学家和脑神经专家，对多重人格患者进行了研究。他们试图打开人体躯壳，让身体成为容器，让更多人格融入。

也不知那群书呆子究竟是怎么研究的，更不清楚他们在研究过程中制造了多少白痴——或者尸体，总之到最后，他们成功了。

最开始，只要对城市的贡献达不到最低水平，就会收回城市居住证，被强制送往人格安置局，进行身体检测。如果身体健康、相貌出众，便会成为"接纳者"，必须允许别的人格注入体内；反之，身体状况糟糕、姿色平平，就会把人格抽离出来，注入别人的身体里——两种情况，都意味着自己不再独自占有一具躯体。不同的人格，在同一个身体里，轮流苏醒，切分一天中所能活动的十八个小时。

而居住证所需要审核的，就是对城市的贡献，新法上说，这是从个人收入、文化创造和商业价值等方面综合考虑的——换句话说，具体的标准谁也无法说清。

到了后来，尽管政府说得冠冕堂皇，但所有人都明白了：唯一的考核标准，就是钱。

有了钱，就可以把跟自己共享身体的人格，赶到其他人身体里去，或者赎回自己原本的身体。当然，越来越多的有钱人选择给自己换一具更健壮、更美丽的躯体；没有钱，即使已经失去了自己的身体，或者身体被其他人侵占了，也会被加入新的人格，不过苏醒的时间会进一步被压缩。

局里的名单上，这座城市创造最高纪录的接纳者，一具躯体里总共容纳了七十九个人格——他后脖子上的条形码，密密麻麻。这也意味着，每天平均下来，每个人格能使用这具躯体的时间，还不到十七分钟。

这次审核过后，恐怕这个时间还会缩短。

而我，就在人格安置局工作。

显然，眼前这个正在跟罗大姐吵架的人，并非咖啡馆服务员杨蒙蒙，而是外卖员张元龙——甚至，我都不能用"她"来代指这个人，而要用"他"。

跟罗大姐吵完后，张元龙用鼻子喷了口气，扭头就往外走。路过我身边时，我听到他嘴里不停地念着骂人的三字经。但他的背影依然有杨蒙蒙的婉约，我心里升起了一股荒诞感。

罗大姐怒气未消，嚷嚷着要去投诉。

旁边有人劝道："你没看到他后脖子上的条形码啊，不是个'公共汽车'，就是个'寄生虫'，跟这种人有什么好置气的？"

哦，忘跟你说了，接纳者和他们身体里的异人格，在我们看来都是无比下贱的。如果一个人连自己的身体都能搞丢，还有什么可值得尊敬的呢？所以我们私底下把前者叫"公共汽车"，而将后者称为"寄生虫"。

"话可不能这么说啊，"罗大姐气得饭也吃不下，用筷子夹起一块肉，又重重地放下，说，"他现在才两道杠，我非得投诉他！等他这个月罚了钱，通不过考核，看我不亲自下手，给他再灌进十几条人格！"

尽管她说的都是气话。但我有些担心，害怕她真的干出这种事来，也连忙上去劝。过了好一会儿，她才气呼呼地坐下来，吃了几口已经快冷的外卖，又继续工作了。尽管怒气难消，但工作更重要。如果我们不能完成工作任务，就会被开除，继而也沦为人们口中的"公共汽车"或"寄生虫"。

但中午这件事，给我的触动很大。工作间隙，我再次查阅了杨蒙蒙的备案资料，从"已入驻人格"一栏里，把张元龙的档案点开。档案里有张元龙的被抽离人格前的照片，我只看了一眼就皱起了眉头——这是一个蟑眉鼠目的矮个子中年男人，即使只看照片，也有一股猥琐的气息扑面而来。这样的人，系统居然把他的人格放在了温柔可人的杨蒙蒙身上！

说起来，这也是我们人格安置局的失误。

张元龙的猥琐，我很快就见识到了。

一周后，我们把新一批人格安置到了各个躯体里，终于可以喘口气了。中午的时候，我起身活动身体，溜达到了楼层西北角。这里有个卫生间，但离办公区比较远，一般很少有人来。

今天却出了意外，我还没有走近，就看到隔壁办公室的副主任陈胖子从卫生间里走了出来，脚步虚浮，一脸满足。

"陈主任？"我迟疑着叫了一声。

"小李，你来这干吗？"陈胖子一愣，瞪着我，"你给我聪明点儿，要是你敢跟谁说，我保证这个月就让你滚蛋！"

我不知道到底发生了什么事情，只得连忙唯唯诺诺地点头。

"你胆子这么小，谅你也不敢乱说。"陈胖子脸上紧张的表情放松了下来，又恢复了刚才的满足之色，"嘿嘿，原来那些'公共汽车'，真的是'公共汽车'啊，谁都可以上……"他笑了笑，拍了下皮带，"刚刚爽了一把！"

说完，他继续迈着虚浮的脚步走开了，脚步声在空荡的廊道里回响。

我还没明白过来，陈胖子走出来的卫生间的门再次打开了，一个熟悉的人影走了出来。杨蒙蒙！我刚要喊出来，突然想起现在才十一点，这人不是蒙蒙，而是张元龙。

但即使他是男性人格，但身体还是女性，应该去女厕所啊。

"真的是'公共汽车'……谁都可以上……"

陈胖子的话在我耳边回响。

一股怒气从我胸膛升起。

"看什么看？"张元龙走出来，提了提外卖员的工装裤，见我死盯着他，语气一变，"哟，你也想试试吗？眼光不错啊，这个躯体的身材特别好，不信你问刚才那个胖子，爽得他直喘气。不过我跟你说，得快点儿，我还得回去送外卖呢。看你这身子骨，我给你三分钟时间，哎，你生气干吗，好好，五分钟总行了吧——喂喂，你干吗？"

看着这张既熟悉又陌生的脸，我的拳头终于停了下来。

跟我说话的，是一个丑恶猥琐的灵魂，但这个躯体却是杨蒙蒙的。如果我只顾着泄愤，一拳砸下去，三个小时之后，痛苦会绵延到杨蒙蒙身上。

我努力压制住怒气，道："这身体不是你的，别糟蹋！"

张元龙看着我，脸上的惧怕逐渐消失，直起身，不屑地说道："按照政府法令，这身体就是我的！我想怎么用就怎么用，你只不过就是一个小的公务员，你管得着吗？"提起放在卫生间门口的外卖箱，转身就走了。

我看着他的背影，握紧了拳头，指甲掐进肉里也不曾察觉。

当晚，我又陪着杨蒙蒙回家。

暮春的风从她衣角掠过，她低头走着，侧脸隐约，被路灯勾勒出的线条依然婉约。现在，她是温柔娴静的杨蒙蒙，是我的杨蒙蒙。

我们的手背偶尔会触碰在一起，但那种预期的颤抖却不再从手上传来。我不断地跟自己说，白天那个人不是她。她也确实不知道白天另外九个小时里，她的身体所发生的事情。但无论我怎么努力说服自己，陈胖子那个拍皮带的动作和肥胖的脸上所挟带的满足神情，却一遍遍在我脑海里回放着。

到了她家小区门口，我低声说了声再见。

"你一般不是目送我走进去吗？"她有些不解，睁大眼睛看着我。

我无奈地苦笑了一声，想要解释。可我看着依然温柔婉约的杨蒙蒙，感觉灯光突然变得模糊起来，隐约觉得那个中年男人的身影似乎一直站在她背后，脸上挂着猥琐的笑，看着我。我叹了口气，什么话都没说，转身就走了。

我记得在通过人格安置局的录用考核时，专门学过新法。

那时，人格分离＆融合技术的大规模使用，已经使社会格局发生了巨大的变化。新法既要保证公民享有人身权利，又要控制城市生存空间缩减的速度，意在让每个人都生活在蓝天白云下，呼吸洁净的空气，却又将无数人禁锢在别人的身体里，让无数人把身体给别人使用，它游走在自由与强权之间，是这座城市运行的基础。

所以，它非常复杂。

我在电脑上调出了新法的条文，想看看能不能用什么条款来约束张元龙的行径，但一下子跳出来的密密麻麻的文字，让我的脑子更加乱作一团麻。

这本厚重的法典里记载了什么，恐怕只有撰写它的人才能真正搞懂，但我还记得一些基本的东西——一旦异人格注入到了新的身体里，在他掌管这具躯体期间，享有的权利与其他人格无异。也就是说，张元龙在早上六点到下午三点之间，可以用杨蒙蒙的身体做任何法律所允许的事情。只要在下一个人格接管这具躯体时，身体健康就行了。

每个人都享有使用这具躯体的权利，也有替其他人格保护好它的义务。

曾经有个人打算自杀，幸亏从楼顶跳下来时，被人发现了，用充气床垫救下。但随后，这人就因危害他人生命——他身体里的其他五个人也差点跟着殒命——面临严重的刑事诉讼。最终的结果，是被判处死刑。他的人格被抽离出来，转化为了数据，被系统永久删除了。

倒也算是求仁得仁。

张元龙的行为确实违法，但我又不能以卖淫罪举报他。万一杨蒙蒙看到新闻，知道自己的身体在上午做过那些事情，难以想象她那样纯洁优雅的脸上，会划过怎样的难堪之色。

看着全息屏幕上的文字，我陷入了沉思，这时，身后有人推了下我的脑袋。我向前一栽，险些摔倒，转过身，看到了主任的脸。

主任脸上凝着寒霜，目光里透着森冷。

"又不好好上班，"主任的脸很瘦，泛着青色，"那么多事情没处理完，还在这里摸鱼？"

"对不起！"我连忙低下了头。

"小李啊——"后面的话他没有说完，就冷着脸，转身走了。

办公室一直流传着一句话——不怕主任打骂，就怕主任藏话。像现在这样，话只说到一半，就表明主任已经很生气了。

的确，这段时间我下班就走，上班心不在焉，恐怕早就被主任记上了。周围的同事看着我，都没说话，他们的目光里，混杂着怜悯和幸灾乐祸。

但我现在只想着怎么让蒙蒙摆脱张元龙这个恶心的人，然而，我却百思不得其解，只得暂时先处理工作，免得主任发飙。

下午时，来了一个身材魁梧的年轻男人，一身肌肉，看样子像是个健身教练。这人一开口，却老气横秋，单听语气似乎饱经沧桑。

一问之下，才知道现在住在这具躯体里的，是一个七十多岁的老头。战后，老头逃到城市，自然很难通过考核，是最早一批被人格安置的人之一。现在，他过来是想向人格安置局申请，希望把他的灵魂抽取出来，提前销毁。

"老爷爷，"我查了他的资料，"你是七十四岁时被灌到这具躯体里的，现在已经过了二十三年，您现在已经九十七岁了。还差三年才能被抽取出来，人道注销。现在还不到时间啊。"

老头叹了口气，道："我知道啊，但我不想活下去了……小伙子，你就行行好，把我从这副躯体里抽出来吧。"

原来老头跟他老伴一起逃到了这座城市，都因不能贡献足够的劳动，再加上身体虚弱，双双被抽出灵魂，灌到了别人体内。老头到了一个健身教练的身体里，老太太则跟一个中年男人合为一体。他们都获得了年轻的身体，但彼此却很难相见，就算克服重重困难遇见了，他抱着她，也像是抱着陌生人。多年的感情，在这样的隔阂里逐渐消散。

"小伙子，你说这样活着还有什么意思？"老头说着，习惯性地去抹眼泪，但他眼角根本没有泪水流下。

他的话我心有戚戚。的确，爱一个人，怎么能容忍他的灵魂在别人的身体里？我又想起了杨蒙蒙，哪怕手握得再紧——也不能容忍她的身体里有别人的灵魂！

"求求你，把我的灵魂抽出来吧。"

我求助似的看着其他人，得到的全是看热闹的目光。我在办公室里，一直不怎么受欢迎。

"老爷爷，是这样，"我硬着头皮说，"现在你的实际年龄还没有到一百岁，我们不能直接把你的人格抽出来。这是规定，我们也没有办法。"

老头一愣，嘀咕道："难道你们要让我去自杀吗？可是这个身体里，还住着其他几个人啊，有几个小姑娘，还有一个刚刚毕业的小伙子，我不能带着他们一起走啊……"

这时，罗大姐走过来，白了我一眼，凑近老头耳边，说了句什么。

老头愣了愣，脸上红白交替，蓦地从我的办公位上拿起一把剪刀，架在自己的脖子上。

"别拦着我，别拦着我。"他大声喊道。我们都知道他想要干什么，都站着没动，仿佛是在看一出悲凉的独幕剧。

这样的僵局持续了几分钟，保安姗姗来迟，轻而易举地夺走了他手里的剪刀。他也压根儿没有反抗。

很快，他就会因危害其他人格被起诉，结果是他自己的人格被抽离出来，变成电脑上的数据，继而被清除。

保安把老头带走之后，罗大姐冲我嗤笑道："小李，不是我说你，有时候你要学会变通。这老头不想活了，但这副身体……"说着，她舔了舔嘴唇，"可是一身腱子肉，多少人想要啊。他想死，你就给他机会让他去死吧，后面还有人排着队进这具躯体呢。"

看着老头被带出门时，脸上所呈现出来的释然表情，我有些怔然。

很快，新一轮的居住证资格审核又要开始了。就在审核的前几天，我跟杨蒙蒙一起往回走，发现她脸上挂着忧色，仿佛月亮被云遮住，投下了淡淡的阴影。

"怎么了？"我问道，"发生了什么事情吗？"

她低了低头，笑笑说："没什么。"

我们一直往下走。道路格外漫长，路灯时而把我们的影子拉得很长，时而又压缩成一个小小的黑点。快走到她家时，她停下来，转身看着我，说："可能，以后你就不能送我回来了。"

"啊？"我一惊，问道，"为什么？"

她掠了掠头发，笑容有些黯然，说："审查就要来了，这次我可能通不过……"

我后退一步。

她的咖啡馆的生意一直不太好，撑到现在已经很不易了，通不过居住证资格审查是必然的。只是，如果她真的通不过审核，那她现在拥有的九个小时，就要分一半给别人。她所能支配自己身体的时间，就只剩下四个半小时了，也就是从下午三点到晚上七点半。那这段一起走回家的路程，就无法再继续了。

她看到了我脸上的惊惶，想说点什么，可最终只是低声说了句"对不起"，便转身进了家门。

接下来的几天，我一直惶惶不安。

居住证资格审核通常要持续五天，从第一天开始，我就不断刷新审核结果。第一天，没有出现杨蒙蒙的名字，第二天也没有，第三天——

看着全息屏幕上熟悉的三个字，我愣住了。

被系统安排，要住进杨蒙蒙身体的，是一个叫陆大维的男人。

简历上，陆大维五大三粗，一个硕大的头颅上，肥肉横生，光看照片，都能感觉到这张脸要沁出油来。再看履历，发现此人好吃懒做，兼性格暴躁，经常寻衅滋事。

这种人，怎么能使用蒙蒙的身体呢？万一他再跟人打架，在蒙蒙脸上弄出疤痕了怎么办？

我想着这些问题，心乱如麻。

但该来的还是会来，当天下午，这个叫陆大维的人就来了，经过了一系列检查，正好被分配到了我的工位前。我正在埋头操作人格分离仪，操作台后面，还排着一大批愁眉苦脸的人。我直起身子，擦着额头上的汗，这时，隔得老远就看到了陆大维。

他来这里抽取人格，将灵魂转化为数据，储存在电脑里。然后，由负责灌注人格的同事，把他放进蒙蒙的身体里。

命运真是残忍，居然要用我的手来给蒙蒙增加别的肮脏灵魂。

时间在这种心情下，过得特别快。不一会儿，排在陆大维前面的人就都被抽走了灵魂，身体被送往处理区。

"喂，"陆大维看了眼排在他前面的女士——现在，她只剩下一副空空的躯壳，躺在担架上，被护工推走，"这是要被送到哪里去啊？"

我有点心烦，没理他。

"你这人怎么回事！老子他妈跟你说话呢！"陆大维过来，推了我一把，"信不信老子投诉你？"

我差点摔倒，一股怒气直往上涌，但看着体格肥硕的陆大维，又把怒气忍了回去，说道："不知道。"

"妈的，"他又回头看了一眼，喃喃道，"该不是推到火葬场去烧了吧？"

但事实上，资源局不会这么浪费，这些人体，都会被再利用……但这种事，不会跟民众说，否则城里许多食品公司都得倒闭。

"躺过去吧。"我说。

陆大维进了操作室，躺在床上。我把电镀贴片贴在他的太阳穴上，打了一针镇静剂。在他昏过去之前，他还在胸膛上摸索，似乎知道一觉醒来就再也见不着这具躯体了，正在喃喃道别。仪器检测到他昏过去后，一些细小的探针伸出来，扎进了他的身体，与神经接驳。

床头的检测仪上，一排绿灯陆续亮起，表示准备完毕。我按下启动键。连接陆大维神经的透明线路上，随即出现了一粒粒淡蓝色的光点，连缀成线，由探头处逐渐涌向仪器。

这种情形很像抽血，只是针管里流淌的不是可以取代的血液，而是一直被人们称之为"灵魂"的东西。从前，灵魂是一个抽象的概念，现在，灵魂可以随意抽取，任意挪动。他们常说，有了人格分离＆融合技术，人类才真正拥有了灵魂，但我总觉得，在这项技术肆意使用的那一天，我们都失去了灵魂。

眼前的景象非常熟悉，在我就职于人格安置局的这些年，发生过无数次。但现在，我比第一次操作人格分离＆融合仪时还要紧张，手心发抖，握紧了拳头，这种颤抖便传到了我全身。看着线路上的蓝色光点逐渐变淡，代表陆大维的人格抽离手术已经接近尾声，接下来的操作我闭着眼睛都会，把从陆大维体内抽取出来的灵魂——实际上是扫描其人格后，由其生理和心理信息转化而成的数据——存储到硬盘里，编好号码，移交给同事，等待这个虚拟人格被灌注到实体里。

但这套熟稔已极的流程，突然陌生起来。一个可怕的念头涌上了我的心头。

我开始大口喘息，额角沁汗。

陆大维的人格已经被抽取干净，插在他静脉里的针管开始滴入致命药剂。他的呼吸逐渐微弱，脉搏停息，生理迹象正在我面前一点点消失。

"他已经是个死人了。"

"已经死了。"

"死了。"

我心里不断地重复着这句话，我深吸口气，起身按下了结束按钮。在护工进来运走尸体前，我还有一分钟的时间。我继续深呼吸。我打开电脑的储存区，找到最新一份人格数据——名称里包含着"陆大维"三个字。

外面传来了脚步声。护工正向这里走。

我选中了这份数据，手指轻轻移动，电脑的摄像头捕捉到了我的手势，准确地执行了这个手势的指令。

删除。

一个普通人的人格转化为数据后，所占内存大概是42T，不是很大，但以现在的计算机速度，也难以秒删。

看着屏幕上的进度条，传进我耳朵里的脚步声越来越近。我的心砰砰跳了起来。

门被推开了，护工走了进来。

我侧过身子，挡住了电脑屏幕。

"你怎么了？"护工看着我的脸色，"不舒服吗？"

我摇头。

护工满面疑虑，挪了挪身子，目光绕到了我身后。我浑身血液发凉，脚后跟都有些颤抖。

"哦……"她收回了目光，低头看着陆大维的尸体，"那我推走了。"

我转身一看，电脑屏幕上一切如故，删除陆大维人格的进度条已经消失了。我心里的一块大石头终于落下了，我急忙点点头。

原来，杀人这么简单。

护工把陆大维的尸体推走后，我抬起头，看着镜子。镜子里面的人满头是汗，脸色发白，眼睛里透着猩红，嘴角却缓慢地扬起了一丝诡异的弧度。

镜子里人的在笑，如此陌生，却又是如此满足。

有人敲门，是下一个要进行人格分离的市民。

"进来吧。"

我听到自己的声音在说。

"你今天有点不一样了。"杨蒙蒙看着我，说。

"什么？"我愣了一下，"没有吧，还是老样子啊。哈哈，你说我背的这个包吗？是有点重……"

她没有看我背上鼓鼓囊囊的包，而是歪着头看着我，她的目光有点像探照灯，想把我照透。但过了一会儿，她收回目光，讷讷地说："说不上来……总觉得哪里变了。"

说话的工夫，我们已经走到了她家小区门口。路灯照例把我们的影子拖到了地上，夜风吹过来，头顶上树叶在摇晃，地上一大丛影子也跟着晃动。只有我们的影子，在地上安静地并排躺着。

又到了道别的时候。

但今天她看着我，有些欲言又止。我明白了，她明天就要来人格安置局，让陆大维的人格入住到她身体里，从此以后，每晚的这个时候，就不是她跟我一起走完这条路了。现在的道别，其实是永别。

"我可以上去坐坐吗？"在她开始说话前，我抢先说。

她一愣，随即点点头，说："当然可以。"

我们走进她的公寓，穿过一片黑暗的甬道，四周都是密密麻麻的棺材公寓。很多人已经躺在了里面，等待着午夜来临，等待强制睡眠剂注入他们的身体——人格被灌进别人的身体后，也意味着，他们永远失去了黑夜。

杨蒙蒙住的地方比棺材公寓要好，有可以活动的空间。我们进去之后，她先去洗漱，我把背上的包放下，坐在狭小的客厅里，默默地数着时间。

"今天是最后一晚了。"她洗完出来，身上散发着淡淡的清香，不知道是沐浴露的味道，还是她本身的气息；她的头发湿答答地垂着，贴在脖子上，与她白皙的皮肤形成了触目惊心的对照；她的眼睛大而妩媚，似乎染上了热气，氤氲不散，"如果你想……"

杨蒙蒙欲言又止，脸颊泛红，看着我的眼睛里闪着细细的涟漪。

我抬头看了看时间。

十一点五十五。

　　杨蒙蒙也顺着我的视线，看了下表，带着歉意说："只有五分钟了，不知道还够不够你……"

　　我想着接下来要做的事情，下意识地说道："够了。"

　　"呃，够吗？"

　　我坚定地点点头，然后说："你先躺下。"

　　杨蒙蒙表情复杂地躺在床上。她可能有些紧张，闭上了眼睛，只有睫毛还在微微眨动。

　　我从包里拿出简装版的人格分离仪，放在床头，把线路连接好。我摆弄完这一切，时间已经悄然流走，午夜将至，床头的细小探针已经伸进了她的血管。

　　这种针管不会留下创口，也没有痛楚，但她依然皱起了眉。她睁开眼，看到了我，见我依然衣衫整齐，怔了一下，道："你……"

　　"你先睡吧。"我安慰道。

　　"你要等我睡着之后……"她咬了咬嘴唇，似乎是下定了决心，"那，再见。"

　　"我们会再见的。"我说，"再见到的时候，我们就能真正在一起了。没有别人打扰，就我们两个人，完完全全，在一起。"

　　杨蒙蒙已经闭上了眼睛，此刻催眠剂正在她的身体里起作用，不知道她有没有听到我说的话。她的头发依然湿着，淡淡的水痕在床单上洇开。

　　检测到主人已经进入睡眠状态，屋子里的灯光开始变暗。窗外的夜色越来越深沉，这个城市里的绝大多数人，已经进入了强制睡眠状态。

　　我把手放在她的脸上，轻轻抚摸着她的脸颊，喃喃说道："等你明天醒过来，醒过来的时候，就只剩我们在一起了。"

说完，我把仪器接在杨蒙蒙身上。一连串的灯光亮起，红红绿绿，照亮了她的脸，她是如此迷人；也照亮了我的眼睛，我猜，我的眼睛里应该布满了狂热的神色。

透明线路里，蓝色的光点从她身体流向仪器。她的灵魂正在被抽离——不，是被复制。这个小型人格分离仪没有内置药物舱，杨蒙蒙的人格转化为数据并被复制到硬盘里后，她的身体并不会死亡，会依然沉睡。

但当她醒来后，一切就都不一样了。

我们会真正在一起。

离开那间黑暗的屋子时，我这么想着。

第二天，又有一大批人等着被灌进新的人格。同事们都忙得不可开交，每个灌注房的门前，都有一大群人在排队。

我揉着黑眼圈，查了一下张元龙的名字，发现他被系统划在了同事罗大姐的抽离房。我犹豫了一下，把包里的简易人格分离仪打开，拆下硬盘，塞进兜里，然后走向罗大姐。

"哎……"门口的一个瘦子见我走出来，愣住了，"灌注手术不做了？妈的，不做我就回去了！"

排在他身后的其他人也闹起来了，不满的声音将我包围了。

他们的身体即将被别人瓜分，脾气都很暴躁，一点即燃。

但我没有理会，径直走进罗大姐的灌注房门口。在这里也排着许多人，其中就有张元龙，他正挖鼻孔，百无聊赖地左顾右盼。我路过他身边时，没有抬头。

"你来做什么？"罗大姐见我推门进来，一愣。

"我那边人比较多，罗大姐，帮帮忙好不好？"我谄笑道，"您去我的操作房里做手术，我来你这边吧。"

罗大姐自然不同意，让我赶紧出去，别耽误她做灌注手术。

但成败在此一举，我自然不肯放弃，央求罗大姐许久。她看着我，说："小李啊，你再这么……"顿了顿，又叹了口气，"我再帮你这次吧，但你——你自求多福吧。"

说完，她简单收拾了一下工具，就去了我的操作室。我回忆着她的欲言又止，想了想，又转头看了眼那个熟悉的身影，咬咬牙，开始做人格灌注手术。

张元龙前面还排着一些人，我很快就做了手术，比较潦草，有些数据出现了误差。很快，就轮到张元龙了。

"你先等一下。"我说。

"又怎么了啊？"张元龙不耐烦地问道，然后看了我一眼，神情疑惑，"我认得你，你是不是那天在厕所……"

我连忙低下头，让他留在门外，飞快地把操作室里手术床上的仪器拆下来，换成了人格抽取仪。

"进来吧，"我不敢看张元龙，低声说，"躺下。"

他突兀地看着我，神情越发疑惑。等我把探头扎进他的体内，他突然抬起头，说："不对，不对，那天你就想打我来着……我不要你给我做手术——等等，不是要往我身体里灌人格吗？怎么是抽离？"

"你看错了，这就是灌注……"我一边敷衍着，一边把线路连好，然后按下了启动键。

催眠药物开始流进张元龙的身体里。

"不行！这不对劲！我要换……"

说到最后一个字时，他的声音突然变得迟缓，眼神开始迷离。这是药物开始起作用了。他脸上的惊恐逐渐被睡意所取代，他努力想张开眼睛，但眼皮似有千斤重，终究慢慢合上了。

后面的程序就简单多了。张元龙的人格被抽取出来，成了云网络里微不足道的数据，然后系统把他还残留在杨蒙蒙身体里的人格清除掉了。最后，我打开电脑，选中了标名为张元龙的文件夹。

我点下了删除。

随着文件被清除时发出的碎纸机一样的声音，张元龙——无论是身体还是灵魂，都从这个世界上消失了。

我杀了人。

我把陆大维杀了之后，我又杀了张元龙。但这个感觉……我抬起头，深深呼吸，嘴角露出了一丝笑意——

这感觉竟如此美妙。

看看时间，已经快下午三点了。属于杨蒙蒙的时间即将到来。

我重新调整机器，在手术台那沉睡的身体上，接入了人格融合仪，再把那块硬盘插在了储存舱里。

蓝色的光点从仪器的线路上，涌向这具美丽的躯体。是的，她的灵魂在回归，犹如曾被驱赶的鸟群，在南风吹拂下又纷纷栖回了枝头。

这是在她午夜睡着之后提取出来的灵魂，在下午三点她的人格再次苏醒前，就得灌注进去。于是，两份一模一样的人格，在她的身体里面便会无缝结合。从此，这具躯体，就只属于她自己了。

而她，又属于我。我再也不会看到张元龙那猥琐的模样了，也不给陆大维留容身的空间。

当她醒来时，我们就彻底在一起了。

杨蒙蒙眼皮跳动，即将转醒。

这时，有人在敲门。我以为是外面排队的人，没有理会，但很快，门锁发出咔哒的响动，有人走进来了。

是两个保安。我再细看，发现他们肩头带徽，腰侧鼓起，与保安形象迥异。

警察？

我浑身一颤——难道我杀陆大维和张元龙的事情败露了？按照新法，恶意毁坏他人人格，与谋杀同罪。我也会被抽取出人格，让别人住进我的躯体吗？

念头还未结束，两个警察走过来，问道："你是李先生吗？"

我愣愣地点了下头："是的。"

"请你跟我们走吧。"一个警察说。

"趁我们还有心情对你说'请'这个字。"另一个警察不耐烦地补充道。

我嗫嚅道："难道是我做了什么犯法的事情？"

两个警察没说话，却同时向身后看去。透过他们的肩膀，我看到他们身后站着一个人。

主任。

脸上凝满了寒霜的主任。

主任身旁，是那些表情各异的同事们，有漠然，也有怜悯，更多的是嘲讽。我看到了陈胖子的脸，想起了那天中午他的威胁。在他旁边，站着沉默不语的罗大姐，我脑袋里拂过她上午那欲言又止的话。

一股不祥的阴影笼罩着我。

果然，警察见我没动，皱着眉喝道："李先生，在这一次居住证考核中，因为你的消极怠工，没有完成定额任务。为了保障城市生存空间的公平，现在人格安置局决定，将你进行人格安置。你可以选择留在自己的身体里，不过我们会引入别的人格，然而你的身体却需要经过一系列审核；如果你的身体没有经过审核，我们会将你的人格抽取出来，注入到其他人的身体里。本着公平原则，只能由系统给你随机分配身体，但请放心，能够接受人格注入的身体，在外貌和生理上，都足以让你满意。"

这套说辞我已经听过无数遍了，但通常都是听警察对别人说。现在，他们机械地向我说出了这番话，还用眼睛盯着我，似乎在防止我做出什么举动。

但我只是回头，看了看即将苏醒的杨蒙蒙。

"走吧。"

他们走过来，押着我的臂膀。在走出门的前一瞬间，我又回头，看到杨蒙蒙已经睁开了眼睛。她用手撑着手术床，坐起来，看到了我，脸上掠过一丝惊喜，而后是迷茫。

我低下头，被警察带出了门。

我的身体没有通过审核，无法成为接纳者——我太瘦弱，而且很难看。

所以，不久之后，我就躺在了手术台上。我的手脚被固定，动弹不得，只能眼睁睁地看着罗大姐把人格抽离仪接在我身上，一些轻微的刺痛感在我后背皮肤上泛起，而后，脊柱传来一阵酥麻。

意识开始逐渐远离我。

罗大姐没有看我，低头操作着，我想抬头，但脖子被绑住了。我试图张嘴，想说些什么，但药物正在缓缓流进我的身体，脑子像是变成了海水，似乎都能听到水波的晃动声；眼皮沉重起来，一切即将消失。

我不后悔自己所做过的事情，只是遗憾。马上就能跟蒙蒙彻底在一起了，我自己却因没有通过审核，而被抽走了人格。不知道我会被安排在谁的身体里。但不管是谁，我的身份、工作和地址都会发生改变，想再遇见蒙蒙，就难上加难了。

这些模糊的念头在我脑袋里闪过，随后，我合上眼睛，沉沉睡去了。

这一睡，不知过了多久。感觉上，像是被蒙着眼睛，坐在小舟上，慢慢划着桨。周围是一片平静的海洋，无风无浪，也毫无尽头。

小舟突然靠岸，我浑身一震，眼睛上蒙着的布被揭开了。

我睁开了眼睛。

映入眼帘的，是陌生的天花板。我想起身，但挪动手臂，传来的感觉却非常不协调。我呼吸了几次，才慢慢坐起身。

花了一点时间，我才明白，我现在在别人的身体里。从呼吸的沉甸感以及手臂的粗细，我几乎在瞬间确认，这是一个女人的身体。我想起了那个申请提前死亡的老头，当他和老伴的身体陌生之后，所有的感情都会被消磨掉。而现在这具身体也将束缚我，让我与蒙蒙无法相见，即使在一起，也回不到过去。命运对我真是残忍。

这么想着，我站起身，走向浴室。这间屋子里的摆设有些眼熟，像是在哪里见过。我低头看着，还没有回忆起来，就来到了洗漱台前。

我愣住了。

朝阳从窗外升起，晨光在窗子上氤氲成一大摊殷红，还有一些光线透窗而过，斜斜地，空气中能看到几粒灰尘飘动。这情景，与我第一次在黄昏里遇见杨蒙蒙时，无比相像。

原来，命运比我想象中更残忍，然而又有些仁慈。

它让我遇见杨蒙蒙，并爱上她，但又让我在她的身体里看到其他人丑陋的灵魂，令我无法容忍；就在我把她身体的其他人格驱逐掉，即将与她在一起时，我却失去了自己的身体。

现在，它却又展现了既戏谑又仁慈的一面——

我用手摸着自己的脸。

这一刻让我觉得，我从未与杨蒙蒙离得如此之远，远到我们永远无法相见；而我又与她如此之近，在命运的安排下，我终于跟杨蒙蒙彻彻底底地在一起了。

忧伤和喜悦交织着，汇聚成流，在这副身体里涌动。

镜子里，杨蒙蒙的眉头微微皱着，嘴角却又露出了笑容。

再见哆啦Ａ梦

文／阿　缺

　　我逃离城市，回到故乡，是在一个冬天。天空阴郁得如同濒死之鱼的肚皮，惨兮兮地铺在视野里，西风肃杀，吹得枯枝颤抖，几只麻雀在树枝间扑腾，没个着落处。

　　我就是在这样的天气里，拖着行李箱，缩着脖子，回到了这个久远的村庄。

　　父亲在路边接我，帮我提箱子，一路都沉默。自打我小学毕业，就被姨妈带离家乡，其间只回来过一次，那次也行色匆匆。这么多年来，沉默一直是我和父亲之间最好的交流方式。但我看得出，他还是很高兴的，一路上跟人打招呼时，腰杆都挺直了许多。人们都惊奇地看着我，说："这是舟舟？长变了好多！好些年没回来了吧，听说现在在北京坐办公室，干得少挣得多，出息哩！"

父亲连忙摆手说，干得也不少干得也不少。

这样的寒暄发生了四五次，可见我沉默的父亲平时怎么跟乡亲们夸我的。但如果他知道我撞见女友劈腿，随后因心不在焉而被公司辞退，生活崩溃，回来之前退掉租房，并且删了所有人的联系方式，不知是否还会保持这份骄傲。

现在，面对这些粗粝的面孔，我感到既熟悉又陌生，每张脸都记得——我是在他们的笑声、吼声、骂声和窃窃私语声中长大的，但现在都叫不出名字，像是有一面被时光磨过的玻璃挡在了我们中间。我只能对每一个人笑笑点头。

父亲把我带回了家。记忆中的小平房已经消失，一栋两层小楼立在我面前，但已经不新了，毕竟在寒风中挺立了几年，墙皮都有些剥落。楼房前是一块水泥平地，青灰色的，像倒映着此时黯淡的天空。这块平地用来晒稻谷和棉花，夏天的时候，父亲和母亲肯定会把饭桌搬出来，在渐晚的暮色中吃完晚饭。父亲照例会喝上二两黄酒。

厨房就在水泥平地的对面，母亲已经做好了饭，系着被烟熏火燎而显得焦黑的围裙，搓着手，看着我。我已经离开母亲多年，此时有些哽咽。

"回来了，"她说，"来来来，先吃饭。"

吃饭的过程中，父亲一直沉默着，扒几口饭，就一筷子菜，然后抿一下酒。倒是母亲一直在说话，絮絮叨叨着这几年发生的事情：大伯的儿子退伍后跟几个混混一起在街上游手好闲，抢人脖子上的项链被抓了；隔壁家老来得女，但脑子有问题，五岁多了还坐在门前，冲路过的人傻笑，一笑就流口水；老唐家嫁了女儿，结果在喜宴上，新郎嫌老唐给的茶钱①少，当时就把桌子给掀了……

"老唐家？"我放下筷子，抬头问道："是住在村口路旁的那家吗？"

母亲说："对对，是那家，我还以为你都忘了呢。对了，你以前跟老唐家的丫头经常一起玩，还记得吗？"

我默然，扒了一口饭。

"人家现在都结婚三四年了，唉，就是她男人不省心，天天喝酒，一喝酒就吵架，吵架还爱砸东西。电视机砸坏了好几个，前几天把摩托车给踹了，两三千就这么一脚给蹬没了。"母亲唉声叹气，一边说一边低头拨着煤火。

接下来母亲的絮叨我都没有听到，她的声音突然变远了。我匆忙把饭吃完，想去洗碗，母亲拦住了我。

冬天的夜晚来得特别早，不到六点，天就开始暗下来了。我从北京回来，奔波了一天，在飞机、火车、大巴和拖拉机上辗转，已经很累了，于是洗漱完就在床上躺下了。

我睡得很早，但入睡之后，一场噩梦袭击了我。

梦中，我悬在一条河流之上，河面上有一个漩涡，整个世界都被扭曲了，疯狂地向漩涡涌过去。一切都被吞噬。我也缓缓下沉，不管怎么挣扎，也无法阻止，眼睁睁地看着自己的腿沉浸在漩涡里，被绞碎，接着是腰、腹、胸膛，最后轮到脑袋……

我猛然惊醒，瞪着黑暗喘息。这个噩梦太过熟悉，同样的场景，

---

① 湖北南部地区在结婚时，由双方亲友共坐一桌，在桌面中间的竹篮里放钱，称为茶钱。关系越亲，钱越多。

同样的过程，总是在午夜潜入脑中。这是故乡给我的烙印，无法抹去。

我摸出手机，才十二点。夜晚风大，窗子呼呼振响，我左右翻转都睡不着，索性爬起来，按开了灯。

白炽灯的光扫开黑暗，照亮了墙角的一个木箱子，上面有些尘土。我想起睡前母亲告诉我，她把我儿时的玩意儿都收在里面了，于是起了兴致，翻开箱盖。

里面的东西少得令人失望——没有玩具，没有记录点滴的笔记本，没有书信，只有几本小学时的课本，还有一个造型奇特的物件，顶部是浑圆金属，下部是方形晶体，中间无缝接和。可能是小时候捡的废品吧，但我拿着它想了半天，也想不出是如何来的了，便丢在一边。我接着翻了翻，兴味索然，刚要关上，突然看到课本底下压着几张光碟，上面有已经很淡但依稀看得出清秀的字迹，写着"哆啦A梦"。

长夜漫漫，正好我带回来的笔记本电脑有内置光驱，就拿出电脑，接上电源，把这几张VCD擦干净，卡进了光驱中。

每天过得都一样，偶尔会突发奇想，只要有了哆啦A梦，欢笑就无限延长……熟悉的旋律在这间小小的、冷清的屋子里响起，我吓了一跳，连忙调低声音。屏幕上的画面很模糊，噪点密密麻麻，偶尔还出现因碟面磨损导致的蓝色条纹。

机器猫张开了嘴，舌头上坐着另一只机器猫，它也张开了嘴，里面还有一只机器猫……

我偎在床头，电脑放在被子上，看着大雄和机器猫在久远的画面里蹦来蹦去，而静香，这个漂亮的女孩也加入了他们的冒险。VCD容量小，一张碟只有五集，三十多分钟。看完后，光驱停止转动，画面满是蓝色，我一直浑浑噩噩的脑袋却在这个清冷的空气里清晰起来。

哆啦Ａ梦，哆啦Ａ梦，哆啦Ａ梦。

这四个字，如同咒语，一经念起，满脑子都涌出了回忆。

在能够看到《哆啦Ａ梦》之前，我的童年乏味而无趣。

在很多人的回忆里，尤其是关于乡村的回忆，童年都是充满了乐趣的——他们无忧无虑，晃晃荡荡地穿过盛夏沸腾的阳光，在湖边钓龙虾，门前打弹珠，在河里游泳……他们一边回忆一边微笑。但在当时，没有一个孩子是真正享受这种生活的，童年缓慢得如一只烈日曝晒下的蜗牛，永远到不了夏天的尽头。他们都希望快快长大，逃离黏稠的童年，一如如今他们希望逃离空乏的现状。

尤其是我。

我从小就不合群。上树下河，偷瓜钓虾，这些我都不喜欢。别的男孩子在稻场上拿着竹竿，喊打喊杀互相追逐的时候，我总是一个人游荡在田野间，有时穿过金黄的油菜花，有时拂过一朵朵雪白的棉花，有时涉过被风吹得麦浪滚滚的麦田。

我经常走着走着就遇到了在田里干活的父母，他们对我这种漫无目的、鬼气森森的游荡感到忧虑，呵斥我回家去找邻居小孩们玩。我答应了，却走得更远。

这种游荡一直到村子西边的杨方伟家买了VCD放映机为止。杨方伟的爸爸杨瘸子是开酒厂的，在白酒里兑了水卖给村里人，挣了钱，就给儿子买了这个。而那时，村里有电视机的都是少数，即使有，都是右上方有两个旋钮的那种老式电视机，加上信号不好，只能收到几个地方台。但杨方伟家里，VCD 配上大彩电，加上偶尔从镇上租的电影碟，一下子成了村里最时髦的家庭。

每个傍晚，附近老老少少都来到杨方伟家的院子里，大声喊着要看电影。杨瘸子开始没理，但人们的精力是充足的，一直喊到半夜，他连跟媳妇亲热都不成。没办法，他只能一边骂骂咧咧一边把彩电和 VCD 搬出来，接好线，放一部电影。

院子里挤满了人，自带椅子板凳，全神贯注地盯着电视屏幕。人一挤就热，蚊子又多，但人们硬是一直忍到电影播完才散开。

杨瘸子每个星期天去镇上送酒，也就顺便换下一批 VCD，因此每个星期天大家都知道有新电影看，人来得最多。但有一次，他把杨方伟带过去了，杨方伟在租碟店子里转了半天，看到店里有新货，选了十张封面上印有圆头圆脑机器猫的 VCD。

那个星期天，人们都来了，但是画面蹦出的不再是熟悉的少林寺众僧，而是色彩鲜艳的动画，他们都抱怨起来，说："老杨，你怎么租的这个碟，动画片不好看，换换换！"

杨瘸子说："你叫我换就换？租碟子一张三角钱，你给我？"

众人起哄："杨老板莫小气，三毛钱抵不上你一斤酒里面掺的水，换嘛！"

"没得，碟子是伟伟租的，他就爱看这个。"

大家只能看动画片，耐着性子看了一会儿，夸张童稚的画面并不能吸引他们，没多久大人们就陆陆续续起身走了。

留下来的，全都是孩子，看得津津有味。

我也坐在中间，被电视里这只神奇的机器猫吸引了。它从未来跑涉而至，陪伴在大雄身边，兜里能掏出无穷无尽的宝贝，带着大雄上天入地，穿越时空，最重要的是，陪他去接近美丽的静香。我看得如痴如醉，腿上被咬出了好几个大包都浑然不觉。

放了两张碟之后，杨方伟站起来，对我们说："都放了十集了还舍不得走？回家吧，明天再来。"

我问："还是这个时候？"

"明天可以早一点，要是太晚了你们回去也不方便，"他转过头，朝我左边说，"露露，你家里有点远，回去要小心点。"

我这才发现，一直在我左边看电视的，是一个女孩子。电视机已经关了，我看不清她的脸，但看得到她的头发扎成细细的马尾，在黑暗中一晃一晃。

我们往回走，各自散开。夏季的田野里并不全是黑暗，有星光在头顶，有萤火在身畔，我走过大路，要途经一片空旷的大稻场。在我还在四处游荡的时候，已经走遍了全村，所以很熟悉这条路。但走着走着，感觉身后有人跟着——是那个小女孩。一只萤火虫很近地划过她身侧，我看到她的右边脸颊有一瞬间被照亮，即使是这样的晚上，依然可以看出她的白皙，还有黑亮的眼睛。但我再想细看时，那只萤火虫已经飞得远了。

她也停下了。

我顿时明白——稻场的周围，是一大片坟茔，村里故去的人都埋在里面。此时冷清的夜风吹过，在坟间穿梭，隐隐听得到一阵阵呼啸。坟茔的另一侧，是一条流淌的河，水声啪嗒啪嗒，像是有人在河面上走动。

这个女孩独自穿行，会感到害怕，所以才离我近一点，保持五六米的距离。

于是我放慢了速度。那是小学五年级结束的盛夏，我们都很矮小，步子跨得短，走过这片深夜的稻场要花十分钟。我记起了刚才看到的动画片片头曲，轻轻哼唱："每天过得都一样，偶尔会突发奇想……"星空亮起来，风大起来，我们小小的身体在风里穿行。我心里没有一点害怕，连路过那个突兀地立在坟茔与稻场中间的房子时，也步履轻快。

走出稻场，进入村口大路，半里外家家户户灯火连缀。

"谢谢。"

我似乎听到女孩的声音，但又怀疑听错了，因为这两个字太轻，像羽毛落在水面泛起的波纹。风有点大，我转过身，看到女孩已经低着头转到一条小路上。小路不远处是一栋房子，我记得父亲路过这家时，打招呼喊的是"老唐老唐"——村里出名的酒鬼和赌鬼。

她转弯进了屋。

那个晚上，我始终没有看清她的脸。

我突然从床上跳下来，在木箱子里翻找，但里面只有书和光碟，没有那张照片。

我跑下楼，把母亲叫醒。她正在熟睡，醒来后过了好久都回不过神来，怔怔地看着我。

"妈，我的照片呢？"

"照片……什么照片？"

"就是小学毕业时拍的合照，我记得跟课本放在一起的，你把它放哪儿了？"

灯光有点刺眼，母亲的眼睛眯着，好久才说："我不记得了。十多年了吧，你找它干吗？"

我也从冲动中回过神来，意识到这是在深夜打扰母亲，便摇摇头，回到了房间。窗外依然是铁一样坚硬的黑暗，风在铁中间切割着，声音凄厉。我准备合上箱子，心里一动，把破旧的语文书拿出来，卷了卷，有异物感，一翻开，里面果然夹着一张照片。

因为一直藏在书中，这张照片躲过了岁月的涸染，没怎么泛黄，只有质地显得有些脆，摸上去有一种粗粝感。

我在照片上仔细寻找。第一排坐着三个教师，居中的是一个脸色阴沉的年老女人。她的目光比面色更阴沉，透过照片，穿越十数年光阴，落在我身上。

我掠过她，在角落里找到了自己。而我的身边，是一个清秀的小女孩。我终于看清楚了她，五官精致、秀气，在照片里如同水墨画的点染。她扎着辫子，嘴角有一丝扬起，不知道是在微笑还是因照片失真而引起的。她身后是一片杨树林，叶子被风托起。她的发梢轻扬。

唐露……在被回忆的潮水汹涌吞没前，我念出了她的名字。

那个炎热的盛夏，我停止游荡，每天吃过早饭，就跟其他孩子一起，守在杨方伟家里。他也够意思，碟放完了就让他爸去镇上带回来。

杨方伟的家境很优渥，是村里第一个铺上瓷砖地板的。我们坐在地板上，凉丝丝的，在夏天特别舒服。

经常有来他家买酒的人，看到我们一大群人老老实实坐在杨方伟家里看电视，都会啧啧称奇。有一次一个又瘦又黑的男人过来买酒，看到我们，冲角落里说道："露露，去，给我打一斤酒。"

一个女孩站起来，低着头，接过了他手里的酒瓶，走向杨家院子的酒窖。

我正好尿急，也出去上厕所，看到唐露走到杨瘸子身前，怯生生地说："杨叔叔，我给我爸打一斤酒。"

杨瘸子叼着烟，斜睨她一眼，说："你爸爸给你钱没有？"

唐露摇摇头。

"嘿嘿，这老唐，赊了我那么多酒，自己不好意思，让个小丫头来打酒——回去告诉你爸爸，不给酒钱，我这小本生意也做不下去。"

但是唐露也没有走，低下头，声音带着些抽泣："买不到酒，我爸爸会打我的。"

"这狠心老唐，迟早遭报应！"杨瘸子把烟扔下，踩灭了，"跟你爸说，最后一次了啊！"

我怕错过电视，匆匆上完厕所就回到房间，孩子们都在看电视，老唐也坐在一旁，龇着满口黑牙说："这动画片有什么意思，听人说杨瘸子藏了几部外国电影，自己一个人偷着看。哎，杨方伟，你知道你爸爸把碟子藏在哪儿吗？找出来放，我老唐带你们早点见到真正的女人，比这个动画有意思多了！"

杨方伟皱着眉头，没有理他。其他人也露出嫌恶的表情，但老唐浑不在意，继续满口胡言。

幸好唐露很快提着酒进来，递给老唐。老唐乐呵呵地接过，转身就走了。唐露坐回之前的角落，但周围的人都挪了挪屁股，离她远一些了。

她低着头，好长时间都没有抬起来。我看到一滴眼泪落下来，但很快洇入她的棉布裙角。大概十多分钟后，电视里放到大雄被胖虎和小夫欺负，夸张地哇哇乱叫，她才忍不住抬起头。她脸颊上尚有隐约的泪痕，却被大雄倒霉的画面逗得笑起来。

这个表情又美丽又哀婉，让我记得很深，此后每次看到雨中的花，都会想起她边流泪边笑的脸。

"《哆啦A梦》有多少集啊？"流鼻涕的王小磊没注意到我们，一边看一边问，"这么好看的动画片，可别给看完了。"

杨方伟一摆手，说："放心吧，我去租碟子的时候，看到好厚一摞呢。老板跟我说，这个动画片有几百集几千集呢，而且还一直在画，永远不会结束的。"

杨方伟跟我同年级，但比我们都要高大一些，说起话来，有一种在村庄里少见的意气飞扬。他让我们在他家看动画片，俨然已经是孩子头了。大家纷纷点头。

我也被他的话吸引了——"永远不会结束的"。这世上，鲜花常凋，红颜易朽，没有什么是天长地久的。时间会将所有我们心爱的人和事终结。但哆啦A梦不会，杨方伟说，它永远不会结束，它会一直陪在大雄身边。那一瞬间，我有一点热泪盈眶。

"那我们也能一直看到老了？"我情不自禁地问。

几乎是同时，另一个颤颤巍巍的声音也冒了出来，说："我要一直看下去。"

话音刚落，我和说话的人互看了一眼，正是昨天跟在我身后的女孩。她有些怯生生的，白皙的脸上染着微红。她的五官太精致，我不敢直视，低下了头。

"你脸怎么这么红?"杨方伟纳闷地看着我,然后对女生说,"露露,你放心,你在我家里能一直看下去。"

但是杨方伟的这个承诺并没有兑现。很快,杨瘸子给他买了一台游戏机,那可是最高级的玩意儿,连上电视,插一张卡,就能用手柄操纵比尔·雷泽①,在二维画面里冒险。所有的男孩子们都被吸引,聚集在杨方伟家里。杨方伟固定用一个手柄,另一个给其他人轮流玩,轮不上的就算是看也看得津津有味。

孩子们都兴致勃勃,只有我和唐露非常失落,《哆啦 A 梦》的VCD 光碟被杨方伟退了,换成了一张张游戏卡。我们站在满屋子围观打游戏的孩子们的身后,看了一会儿,默默转身走了。

我往家走,唐露跟在我身后,但直到过了她家,她还是跟着我。"你怎么不回去呢?"我问她。

她指指自己的家,低声说:"我爸爸……"

我于是明白,长长地叹了口气。

四周起了风,吹起她淡淡的刘海。我们站在风中。那一个下午,天气有些阴郁,我和她都无处可去。

回忆把我推进了睡眠里,醒过来时,天已经大亮。故乡的冬天特别阴冷,没有暖气,我缩在被子里不愿意起来。但母亲过来叫了我几次,只能挣扎起床。

春节将近,家里要办年货了,往常本是父亲搭别人的机动三轮车

---

① 经典游戏《魂斗罗》的主角之一。

去镇上买，但他年纪已大，腿脚不好，爬上三轮车后车架时脚滑了几下。我上前拦住了他，说："我去吧。"

父亲没说什么，进屋给我找了件棉衣。"风大，车开的时候，要裹住脑袋和手。"他叮嘱我说。

这棉衣又破又旧，我拿在手里都有点嫌弃，不愿意裹住手。但三轮车一开，冷风就瞬间变成了刀子，划过每一处裸露的皮肤。我连忙把衣服的帽子戴上，转过身，背对风口，同时裹住了手。

三轮车在崎岖坎坷的乡间路上行驶，路两旁掠过枯瘦的小杨树，枝丫孤零零的，在冷风中晃啊晃。冬日的村庄，全被一种"灰"笼罩了——灰色的天、灰色的田野、灰色的道路和人家，仿佛所有鲜活的色彩，全都在这个萧索的季节里褪色了。

村里离镇上远，办年货不易，通常都是一辆三轮车载好几家人过去，每家收十块钱路费。我在的这辆三轮车，在村里七拐八弯，接了四五个人上来，都蹲在车架上。

其中一个年轻人我觉得眼熟，正思索着，他先开口了："胡舟？"

这张脸迅速跟记忆里那个意气飞扬的孩子王重合了。我笑了笑："杨方伟，好久不见了。"

"是啊，好多年了。小学毕业以后就没见过吧。"

的确，自从小学毕业，我跟姨妈去了山西，从此确实没有联系过。但他说的也不对，我回来过一次，村子毕竟这么小，还是见过的，只是我跟他关系有些尴尬，远远见到对方，都不会打招呼。现在，我们都缩在一辆顶着寒风前行的三轮车后架上，都缩手缩首，不说话尴尬，开了口却不知如何往下接。

耳边呼啸着冷风，沉默了几分钟，我问："对了，你现在在哪工作？"

"本来是在重庆当老师，但是当老师吧，"他咧开嘴笑了笑，嘴唇被冻得苍白，因此让他的笑容显得有些苦涩，"挣不到钱，所以年后应该不回去了。"

"那你要去哪里？"

"准备过年了去深圳看看，找份工作吧。"

"深圳压力会很大吧。"

他看了我一眼："哪里压力不大呢？"

我点点头："是啊，哪里压力都大。"

"不过跟你不能比啊，"他又笑了笑，"听人说你在北京，做……是做动画片吗？"

我做的其实是漫画，刚想解释，但觉得没有必要，点点头。

"我老婆也快生了，有了孩子就更要钱，我爸的酒厂欠了一屁股债……"他缩了缩肩膀，身子缩成小小的一团，"听你爸说，你一个月一万多呢，顶我四五个月工资。你看，你是过日子，我是熬日子。你是文化人，你说对不对？"

"谁不是熬呢？我过得也很不好。"

但我这句话他显然不太信。他笑了笑，就没说话了。

接下来，我们一直沉默着。三轮车在冷风中呼啸，许多枯树从我们身旁掠退。四周逐渐由零星的房屋变成街道，人越来越多，摆满了货物的店铺排得看不到尽头。

"到了，你们下车去买年货吧，我买点药。"开车的赵叔叼着烟，吼道，"十二点在这里集合。"

我们蹲得腿脚发麻，下车后活动了好久。杨方伟一边抽烟一边跺脚，几大口就抽完了一根，碾碎了准备走，这时我叫住了他。

"你知道——唐露过得怎么样吗？"

他站住了，转头看着我。

我突然感到了一阵没来由的窘迫，解释道："我听我妈说她过得不好，是真的吗？"

杨方伟下意识地又点了一根烟，一口抽掉大半根。"是的，她过得不好，"在朦胧的烟雾中，他的表情有些看不清，"过得很不好。"

没了哆啦A梦，我又恢复了闲荡的状态。但与之前不同的是，唐露一直跟着我，在那个遥远夏天的尾巴上游弋。

我们这两个小小的人影穿梭在田野里，在一株株将要绽开的棉花间，也穿行在村庄纵横复杂的小路上。大人们看见我俩，总会大声调笑说："舟舟，你都有跟班啦！"每到这种时刻，我就气呼呼地昂头走过去，而身后的唐露则红着脸低着头，羞怯地跟上我的步伐。

在那些漫无目的的游荡的日子里，我把我在村子里发现的所有秘密都告诉了唐露：杨方伟的父亲之所以瘸，是因为掺假酒被人打的；还有村尾的赵老鬼，总是悄悄把别人系好的牛牵走，在田里藏一夜，第二天再给人牵回去，以此换得一声感谢和十块钱。

唐露听得十分入神，这个村子以另外一副面孔出现在她眼中。她说："原来你知道这么多秘密啊。"

她清亮的眼睛中闪着光，这光让我豪气干云，拍了拍胸脯，说："这些秘密算什么，我还有一个更大的秘密没告诉你呢！"

我把她带到河边。这条河是村子的命脉，听说是长江的二级支流，灌溉用水都从河里面抽取。它也流经稻场，绕着坟茔而过。关于靠近坟茔的这个河流段，有许多恐怖的传说，隔壁王三傻曾经赌咒说夜里路过时，听到地下传来嗡嗡嗡的声响。"不知道是河水在流啊流，还是棺材里有人翻身……"这个傻子一边吸着鼻涕，一边用阴森森的语气说。

这种鬼故事，村里还流传了很多——一头水牛在吃草，吃着吃着头就不见了，血喷了十来米；解放前，有人掉进河里，十多年后才回来，却还是跟以前一样的样貌……大人们就是用这种故事让我们不要乱跑的，但我向来不信，唐露也不信，只是还是有些害怕。

我们小心沿着河边走。左侧是一座座土坟，唐露颤巍巍地跟着我，同时小声地对墓碑说着对不起。

走没多久，我到了一处河畔前。这里非常隐秘，藏在两座荒坟后，鲜有人至。河畔长着一棵歪脖子树，都快平行于水面了。我扶着树干站稳，指着水面，对唐露说："你看这水有什么奇怪吗？"

唐露战战兢兢，看了半天，摇摇头。

"看好了。"我从地上捡起一根枯枝，扔在河面上。枯枝顺水缓缓向下流，但快到我面前这一块水面时，像是水里有什么拉住它，迅速下沉，连咚声都没发出。

"咦？"唐露满脸疑惑，又捡起树枝扔下去，但接下来几次都如出一辙——树枝在水面漂得好好的，流到某一处水面，便会立刻下沉。

我说："别说树枝了，就算是泡沫盒、书包、皮球，流到这里都会沉下去。我都试过的！怎么样，我说这是村子里最大的秘密吧！"

"你是怎么发现的啊？"

"前阵子我做了小木船，放在河上，它顺着水漂，我就在岸边跟着它，看它最后是不是能漂到海里去。但是我走到这里，它就突然沉下去了，所以我就发现了。"

"你告诉过别人吗？"唐露昂着头问我，斜阳下的脸被染上了橘红色泽。

我摇摇头："我本来跟我爸爸说过，非要拉他来看看，他就给了我一巴掌。我现在只告诉了你，这是我们之间的秘密，你不能告诉任何人啊！"

"我不会的！"唐露郑重地抬起手起誓，然后又问，"不过你知道为什么水面上的东西到这里就下沉吗？"

这个我倒是没想过，老老实实地摇头。

唐露却转了转眼珠，看了下水面，又看了下我，说："我猜这就是哆啦A梦的口袋，可以装进无穷无尽的东西。说不定水面下，就有一只机器猫呢！"

她转眼珠的样子实在太可爱了，我一时有些兴奋，压低声音说："说不定水面下都是死了的人哦，就像王三傻说的一样，谁在水面上，就把谁拉下去！"

唐露被吓得像受惊的兔子，眼圈顿时红了，紧紧攥住我的袖子。我有些后悔，便由她拉着袖子，慢慢走上河边，穿过坟茔回到稻场。夕阳垂在天边，金色斜晖铺满整个村庄，尤其是河面上，一片片的金鳞泛动着。

我们正要走出稻场，突然吱呀一声，那间突兀地立在坟茔与稻场中间的房子的门被打开，一个面目阴沉的老女人走出来，看着我们。她脸上生满了皱纹和褐斑，看上去五十多岁，但那目光却像是在寒冰中被冻住了几千年一样，只一眼便让我遍体生寒。

我赶紧拉着唐露向家跑，但背上依然感到一阵发毛。

后来，我无数次在噩梦中看到这种眼神。

办完年货已经十一点半了。风大得有点邪门，我把包裹放在脚边，缩起来，瞪着苍灰色的天。

赵叔慢吞吞地从药店里出来，把几盒药扔到车上，嘴里骂骂咧咧。我低头扫了一眼，都是些风湿药或肠溶片，就问："赵叔，给你家老人用的？"

"呸！不是我家里！是那个姓陈的老不死，一大把年纪了不安生入土，每次都是央我给她买药。"赵叔点燃一根烟，深吸一口，嘴里和鼻孔里都冒出烟来。

"姓陈的？"我心里一动。

赵叔又喷一口烟，说："就是陈老师啊，我记得小学时还教过你吧。"

我于是沉默了。那双噩梦中的眼睛再次浮现，我往后缩了缩。

十二点人就来齐了，三轮车吭哧吭哧地往回走。到了村口，路稍微跟之前有些不同，绕到了稻场边。我看到满地都是枯黄的细草，冬风凛冽，草在风中簌簌发抖。一座一座的坟头像丘陵般蔓延，大多数无人打理，草木乱生，一派萧索。

而坟山与稻场的中间，那间屋子依然突兀地立着。它比我记忆中更破旧，原本由红砖垒砌的墙已经变成了土黄色，屋顶瓦片遗落，有些地方是用稻草盖住的。难以想象住在这样的屋子里，该如何度过这个寒冬。

赵叔把车开到路边，并不下车，喊了声药来了，然后抓起那几盒药扔在屋门口，就准备开车离开。

我疑惑道："这就走了？"

"不然还怎么？"赵叔头都没回，踩着生锈的离合，"这屋子里晦气得很，难道我还要进去？你都不知道，她一个人住在这坟边，也不知在干什么。上次县里有个开烟厂的老板来买这块地，想给家里修祖坟，开价十多万啊，多少人眼红！结果这姓陈的，怎么都不卖，人家过来劝，连门都不让人进——嘿，你跳下去干吗！"

我在地上站稳，冲赵叔喊，帮我把年货带到家。然后转身，走到破屋子前，风吹得屋顶的稻草上下拍打，除此之外我没听到一点人声，似乎屋里面比外面还荒凉。

我把药捡起来，叫了声，没人应，就推开了那两扇腐朽的木门。吱呀吱呀，令人牙酸。我走进去，出乎意料的是，尽管屋里很暗，摆设很少，但一桌一椅都干净整齐。最里面是一张床，上面躺着一个老人，只露出头，但依然看得出满头白发，额角皱纹如一群蚯蚓般弓起。

她睡得很浅，睁开眼睛，看到了我。

我正准备说话，她却先开口了。她的脸在暗处模糊不定。她说："胡舟，是你吗？胡舟，我眼睛不好，你走近一点。胡舟，你长大了。"

我一下子颤抖起来，药盒掉在地上。

我看着她，像是看着一团被岁月揉得发霉又褶皱的抹布。我厌恶这个女人，无数次想象怎么报复她，现在进门来送药，也存了想看看她过得多么惨的心。但看了一眼这样的老态，看到岁月擅自将她摧毁，我只感到一种荒诞和无力。

她挣扎着坐起来，冲我笑笑。

"你还记得我？"我把药盒捡起来，放在床边柜上，她扫了一眼，又继续看着我，"我怎么会忘了你？你和唐露，是我印象最深的学生，而且，你是唯一一个发现我的秘密的人。"

"秘密？"我有些诧异，随即醒悟过来，跺了跺脚下的地板，"你是说这里面吗？"

她却没有说话了，重新躺下，似乎刚才这简单的几句话已经耗尽了她的全部力量。她躺着，吭哧吭哧地喘着气，屋子里太暗，我看不清她的表情。从窗子外渗进来的风掠起了她花白杂乱的头发。

小学建在村口，附近几个村子的孩子都来上学，曾经非常热闹，一个年级一百多人，分三四个班。但在我进入六年级那一年，一股去广东打工的风气突然刮起来了。大人去车间，一天能挣一百二，小孩悄悄在黑屋子里穿线，每天也有三十。这比在土里刨食要好多了。广东的厂家甚至派了车，停在村口，每天都有人带着孩子上车去往远方打工。村子就被这么一车一车地拉空了。

那时，一个在小学教书的老师守在村口，拦着每一个带着孩子上车的大人，说："你自己去就去吧，别把孩子带走了！孩子要读书，读书才是唯一的出路，如果不读书，以后怎么面对这个世界？"

大人们都很不耐烦，推开老师。老师又紧紧攥住他们的衣袖，近乎固执地说："别把孩子带走，孩子是未来，要读书。"

"读书能挣钱吗？"大人们反问。这让老师无法回答。于是大人们把衣袖从老师手中抽出来，牵着孩子的手，上了车。孩子们低着头，不敢看老师。

那个漫长的暑假结束后，开学不到两个月，六年级的学生就从一百多减少到了三十多个，老师也跑了很多。于是，原本的三个班合并成了一个班，有三个老师来教。教政治的是一个姓丁的老头，每天干完农活来教室，给我们把课本念一遍，然后匆匆回去种菜；教语文的是个年轻人，经常因为打牌忘了来上课，或者正上课时有人叫他去茶馆，他就放下课本跑出去。

其余科目都是让一个五十多岁的女人来教，姓陈，独居，据说就是她站在村口去拦着上车的人。

第一次看到陈老师，我就心里一寒——暑假里，她站在坟场上看着我的阴沉眼神让我无比难忘。但这种害怕没有持续多久，因为我很快就看到了唐露。

这时我才知道，这个胆怯孤单的小姑娘，之前一直是年级前列，现在唯一成绩比她好的男生已经在广东的某个地下黑屋子里去穿线了。所以她现在是年级第一，被陈老师安排在第一排坐着，与我隔着大半间教室。

下了第一节课，我就跑到教室前面，但靠近她时又慢下来了。一种属于那个年纪的特有的羞涩蒙上心头，明明没有人注意我，我却觉得自己处于所有异样目光的中心。

她一直埋头做题，没有抬头，我慢吞吞地从她身边走过，也沉默。我回到教室的时候，她抬头看了我一眼，又低下头继续做题了。

两个月没怎么说话，暑假形影相随的日子已不真切，或许她也忘了吧。

其他男生也注意到了唐露。刘鼻涕有一次被分到她旁边坐，高兴得连鼻涕也不流了，就是上课看着唐露傻笑。陈老师揪了几次他的耳朵，都没用，只能皱着眉把他换走了。还有一向以欺人为乐的张胖子，看到唐露和几个女生在操场上踢格子后，居然一反往常的鄙夷，上去要求和她们一起玩，还让唐露辅导他。唐露细声细气地告诉张胖子踢格子的要诀，他边听边点头，俨然好学生的模样。陈老师看到后把他赶开，说："怎么不见你把这股认真的劲儿放在学习上！"

陈老师对唐露严加保护，导致没人有可乘之机。除了唐露，我们所有人在她眼中都不学无术，都游手好闲，都是愚昧父辈的延续，都注定了要在这泥土翻飞的村庄里度过一辈子。

她严格按照成绩排座位，成绩差的都坐到了后面。杨瘸子提着两刀肉去陈老师家，希望她把杨方伟安排到前面坐，结果被陈老师轰了出去。第二天，她专门点杨方伟回答问题，杨方伟回答不出，于是她从鼻子里喷出一口气，轻蔑地说："回去告诉你爸爸，拉不出屎来就别想占茅坑。"这句话让我们哄堂大笑，杨方伟在笑声中脸红如滴血。

陈老师一度对我也寄予厚望。她曾经把我叫到办公室，劝我好好学习，但当她知道我只对语文有兴趣，对数学自然课全然无感之后，非常惊异："为什么你会对语文感兴趣呢？这是最没有用处的学问啊！真正可以拿来改变世界的，是科学，是对量子领域的了解，是对空间物理的掌握，一天到晚背几遍'床前明月光'能有什么出息！"

她还说了一些什么，但那些词我都没听说过，只能低着头。她见我不开窍，叹了口气，就把我轰走了。

走之前，我突然愣住了——在陈老师的桌子上，摆放着一个小木船，槐木雕琢，模样稚拙。我看了几眼，觉得有些熟悉，突然想起暑假我丢失在河面上的木船跟这个很像，连船篷的形状和上面的刻痕都一模一样。但仔细看又不对，因为眼前这个木船的色泽很沉郁，有些地方还腐朽了，像是已经摆放了七八年的样子，而我的木船沉进水里还不到两个月。

"怎么还不走？"陈老师埋头批改作业，笔尖在本子上拖曳出一个个勾和叉。

我指着小木船，问："陈老师，这个船……"

陈老师抬起头，眼睛眯了一下，说："怎么了？"

"您放这里多久了啊？"

"十多年了吧。"

我哦了一声，就准备低头出去，陈老师叫住了我，问："你知道这个船吗？"这时上课铃响了，我连忙摇头说："没什么没什么。"

后来我成绩越来越跟不上，而且整天和杨方伟他们一起玩，上课丢纸条，下课了去学校后面的桔林偷桔子。陈老师也就把我归在了他们那一类，平常视而不见，闹得凶了就抓住我们，要么罚站，要么用藤条来打。我们都对她恨得牙痒痒。

我跟唐露也一直没有说过话，一间小小的教室里隔开了太远的距离。我继续跟我的小伙伴们玩耍，座位越来越靠后，直至倒数第一排。

上学期快结束的时候，陈老师在黑板上写了五道算术题，让我们上去写答案，算不出来就打手心。第一批的五个人没有一个答对，她气得嘴唇乱抖，竹板都打断了一根。张胖子挨了三四下就哭了。我们在下面看得心惊胆战，祈祷陈老师不要点到自己。

"胡舟，杨方伟，彭浩，刘鼻涕，张麻，你们五个上来，要是写不出，我把你们手打断！"陈老师直接指着最后一排，想了想，然后说，"算了，张麻你回去，唐露上来。我让你们看看，这题目是有人能做出来的。"

我们愁眉苦脸地从座位上起来，慢吞吞地走上讲台。张麻则拍着心口，一脸庆幸，冲我们做鬼脸。

这是五道应用题，唐露做第四题，我做最后一题，她的左边站了一个流着鼻涕的刘鼻涕。

我至今记得这道题目：小明看一本故事书，第一天看了全书的1/9，第二天看了24页，两天看了的页数与剩下页数的比是1：4，这本书共有多少页？我站在黑板前，对着这些文字苦思冥想，脑子里却始终是一团糨糊。

陈老师提着竹板，站在我身后，让我背上生寒。我举着粉笔停在黑板前，却久久不能下笔，大腿开始发抖。

其他人也都不会做，只有唐露在黑板上一笔一画地写着解题步骤。我瞥见了她认真做题的样子。她的侧脸被从窗子透进来的光勾染，成了一些柔软的线条，像是初春里挣出来的柳枝。这美好的侧脸留在了我的记忆里。很久以后，我学习绘画时，总是习惯性地画一个人的侧脸，用简单的线条，用明显的光影差。我一度疑惑这奇怪的习惯从何而来，原来是记忆埋下的种子，当我拿起画笔时，它就开始萌发，在画板上绽放出唐露的脸。

"看什么看！"陈老师的呵斥打断了我的走神，并用竹板敲了一下我的头，"好好做题，做不到就下来领打。"

我摇摇头，准备丢笔放弃，这时，我听到身旁传来了轻轻的话语：

"设整本书为 x 页。"

我一愣，唐露旁边的刘鼻涕也愣住了，同时侧过头看向她。唐露拿着粉笔做题，一丝不苟，嘴唇轻不可察地颤动着："别看我，老师会发现的。"

我俩连忙各自转回头。刘鼻涕看了眼自己的题目，小声说："我这道题是求面粉和糖，没有书啊……"

"不是你，是胡舟。"

刘鼻涕僵了一下，两条鼻涕趁主人不注意，迅速垂下。

我反应过来，连忙在黑板上写了假设，又小声问："然后呢？"

这时，陈老师在身后呵斥道："说什么！"

顿了十几秒，唐露又小声说："$\frac{x}{9}+24=\frac{x}{1+4}$，算出来 x 就行了。"

我把方程式列出来，在黑板上打了下草稿，很快写出了答案。这个过程中，刘鼻涕一直用哀求的眼神看着唐露，眼泪和鼻涕都快流下来了。唐露却没有理他，把粉笔放下，转身对陈老师说："老师，我做完了。"

陈老师点点头："完全正确。你们看，这题目一点都不难，你们四个好意思吗！过来领——咦，胡舟，你让开。"

我连忙往右挪，让陈老师看到黑板。她扫了一眼，扶了一下眼镜，又看看我，说："今天太阳打西边出来了啊……你下去吧。"又指着另外三个人，"你们过来！"

我迷迷糊糊从讲台走向教室后面，唐露已经在她的座位上坐好了，坐姿端正。我看向她，看到一缕发丝垂下，贴着她的脸颊。她的侧脸依然美丽，神情认真，似乎专注在课本上，但有那么一瞬间，她的右眼悄悄眨了一下。

办完年货，小年一过，村子里也渐渐热闹起来。茶馆里挤满了打工回乡的年轻人，在狭窄的砖屋里凑堆打牌。我闲得无聊，也过去打了一阵，茶馆里满是脏话、汗臭和烟味，待久了有一种眩晕感。摸牌、出牌、递钱和收钱，时间在这四个动作的重复中飞快溜走。

春节前一天，我去茶馆有些晚了，里面只有一桌是空的，就坐了过去。随后陆陆续续来了三个年轻人，有两个是认识的，另一个比较陌生。

陌生的青年又矮又瘦，坐在我对面，刚坐下就掏出烟，发了一圈。我皱皱眉，没接。

"嫌次？"他自顾自地点上，嘴里和鼻孔都冒出烟雾，"这位兄弟没怎么见过啊，哪家的外地亲戚？"

旁边有人接了话茬，说："大路，你这五块钱一包的红河还好意思发给人家！他可是大老板，在北京工作，拍动画片，挣大钱呢，一个月万把块！"

"动画片？嘿，我媳妇儿以前还挺喜欢看动画片呢。"这个名叫大路的青年把烟叼在嘴边，伸手摸牌，"来来来，打牌。"

打了半个多小时，我有些心烦，出了好几把臭牌。大路捡了空子，连赢几把，嘴都笑得合不拢了。他的笑让我更加心烦——不是因为钱，也不是因为他笑的时候露出满口的褐色牙齿，而是他的笑容里有很明显的嘲弄。

大路一根接一根地抽烟，屋子里乌烟瘴气，空气混浊，我有好几次呼吸都感到困难了。又输了一把后，我把钱往桌子上一推，说："今天就到这里吧。"

大路往地上吐了口痰，用袖子抹了抹嘴，一边把钱扒过去一边说："还这么早，没过中午呢。别扫兴啊，才输了几百。你这种大城市里的人，几百还不是肉上一根毛？来来，坐下来继续打。"

我不想理他，站起来，向外走。但这时屋门被推开，一个女人走了进来，径自走到大路身旁，说："明天就要团年了，跟我回去收拾一下房子吧，我一个人忙不过来。"

大路看了一眼这个女人，脸上露出烦躁的神色："你怎么来了？没看到我在忙吗？找你爸去！"

"我爸腿不好。"女人的声音低了下来。

"也是，你爸只剩下一条腿了。"大路轻蔑地笑了笑，然后摇摇头说，"反正我不管！你自己去弄吧，不就是洗几床被褥，擦点墙上的灰吗？你一天忙得完。我现在手气好得不得了，是在给家里挣钱呢。"

女人劝不动他，也不愿走，就站在旁边。

"你别在这里，晦气！刚刚手气好赢了，现在你一来他就不打了。"大路斜眼瞪了一下女人，又看向我，说，"你还打不打啊？不打我再去找别人。"

我的视线这才从女人的脸上收回来，讷讷地说："那就……那就再打一会儿吧。"

接下来的时间里，我更加心不在焉了，眼睛甚至不能认清麻将上的图案。我输得更多了，不停地拿钱，大路赢钱赢得喜笑颜开。他肯定把我当一个傻子了吧。

而这个傻子正透过烟雾窥视大路身旁的女人。

女人一直低头站着，垂下的头发在烟气中显得有些发白。她穿着红色羽绒服，蓬松地裹住身体，衣服面料上有很多褶皱，随着她身体的弯曲，这些褶皱像一张张细小的嘴巴一样闭紧。我注意到，羽绒服的胸口处印着滑稽的"波可登"。

我一遍遍告诉自己，是认错人了。但眼前这张侧脸以及垂到脸颊的头发，都丝毫不差地跟记忆深处那张脸重合了。

关于与唐露的久别重逢，我幻想过很多次，却没料到再相遇，会是在这样烟雾缭绕人声嘈杂的鬼地方。

我的喉咙有些涩，不知是烟呛的，还是别的什么原因。

唐露站了一会儿，见大路实在无动于衷，便转身走了。她出茶馆的同时，我站起来，对他们说："我去上个厕所。"

我追到唐露身边时，她已经走了十来米远了。"唐露。"我喊出了这个久违的名字。

她停下来，看着我，脸上憔悴，眼中迷惑。

"你还记得我吗？"

"没见过吧……"她才犹疑地摇头。

我不死心，又问："你还有那本画着哆啦 A 梦的练习册吗？"

"什么哆啦 A 梦？"

我露出难以掩饰的失望，摇摇头："没什么……"唐露看了我一会儿，见我不再说话，便转身走了。她的背影在冷风中有些微的佝偻。

我回到茶馆，机械地打牌。周围的咒骂、碰牌和拍桌声混在一起，这些嘈杂声一会儿遥远一会儿近，遥远的时候让我一阵空虚，近的时候让我耳膜欲裂。每个人都在喷吐烟雾，越来越浓，我的呼吸都被堵住了。我再也忍受不了了，跑出这个乌烟瘴气的屋子，在路边弯着腰，发出一阵干呕。

自从那次黑板做题后，我和唐露就恢复到了暑假的关系，似乎这半年的隔阂冰消雪融。每天放学后，她独自走到一个路口，等我慢吞吞地赶过去，与她汇合，然后一起走回去。

那时我家里已经硝烟弥漫。我父亲跟隔壁程叔媳妇的事情被发现，程叔来我家闹了一次，母亲痛恨欲绝。争吵过后，两个大人在屋子里走动，却形如未见。姨妈专门回乡来劝，但是没用，摸着我的头叹气。

我每天晚上回去，屋子里冷冷清清，连吃饭都是在碗橱里找些剩饭菜热一热，就勉强对付了。

而唐露父亲酗酒的毛病更严重了，大白天都喝得醉醺醺的，有时候还无缘无故打唐露。

所以我们都不愿意回家，背着书包，在路上慢吞吞地走着。我记得我们会说一些话，但时光久远，大多数已遗忘，也可能是那一阵子天气寒冷，声音一从嘴边出来，就冻结在冰冷空气中，唰唰地往下掉，就像雪花一样。

我们通常会走很久，把黄昏走成夜色，看到黑暗笼罩村庄，灯火沿着河亮起来，丝带般缠绕在远处的大地上。然后，她回她家，我背着书包走向我的家。

关于我们那些遥远飘忽的对话，我唯一记得的，就是我们提到了哆啦A梦。她依然记得在上一个夏天看到的几十集《哆啦A梦》，并且遗憾地说："要是能继续看就好了。"她小小的脸蛋在冷风中发抖，说完，还叹了口气。

我心中涌起一股豪情，拍着胸口说："没关系，我给你画！"

于是，在寒假来临前，我把之前辛苦攒下来的四块钱拿出来，去买了彩笔和练习册。练习册选的不是五角钱一本的那种防近视的黄色本，而是三块钱的那种，很厚，纸页的边缘还有淡雅的水墨画。这种高档货，村里小卖部没有卖的，我顶着寒风，骑车到镇上的文具店才买到。我的钱不够，死活不走，求了老板很久，最后他才卖给我。

整个寒假，我都窝在家里，认真地用彩笔画画。我幻想着一头远古的巨龙抢走了静香，大雄在哆啦 A 梦的帮助下，穿梭时间，回到恐龙纪元，历经千辛万苦把静香救了回来。

记忆里的那个冬天特别干冷，画到后来，我的手都裂开了。但我没有停，把脑海里的那些画面倾泻到纸上，越画越起劲，到最后仿佛不是我在画，而是笔拖着我的手在游走。那是平生第一次，我体会到了"创作"的乐趣。我记得最后画到大雄面对三头恐龙的血盆大口，却紧紧地把静香挡在身后时，我的眼角都湿了；而画到静香得救后，快速地吻了一下大雄的脸时，我也忍不住嘿嘿地傻笑。

画完后，我在练习册的扉页上郑重地写下了两行字：

每一个孤单童年，都有一只哆啦 A 梦在守护。

献给唐露——我的静香

开学后，我把这本厚厚的练习册拿出来，打算送给唐露。但刚一拿出来，张胖子便一把抢了过去，大声说："这么厚的本子，你不会真做了寒假作业吧？"说完就准备打开看。

平常我没少被他欺负，通常都很怕他，但当时我眼睛都充血了，一把扑了上去，扯住练习册的书脊，另一手按住陈胖子的胸口。陈胖子毕竟壮硕太多，一伸手就把我推开了。我撞倒了一个课桌，但立刻爬起来，啊呀号叫着，又扑了过去。

陈胖子大概也没想到我会反应这么激烈，有些吓到了，但同学们都看着，他不能把本子还给我。于是我们扭打在一团。

我当然是吃亏的一方，很快就被他压在身下了。他气喘吁吁地坐在我身上，按着我的胸口，然后把练习册捡起来，说："我还非要看看里面是什——啊！你松开！"

我咬着他的手，死活不松口，嘴里都感觉到一丝腥咸了。陈胖子痛得眼角迸泪，连忙把练习册丢在我脑袋旁边。我刚松开，他却又把本子抢回去，同时狠狠一拳打在我头上。

这一拳让我有些蒙，陈胖子起身之后，我还站不起来。他拿着本子，扬扬得意地说："妈的，敢跟我横！我撕了你这破本子……"他说完，却发现同学们的目光有些躲闪，连忙回头。

果然，陈老师已经站在教室门口了。

她了解了事情经过后，先是把我扶起来，问我有没有受伤。我只是有点头晕，就摇摇头。然后她打了张胖子十下手板，非常重，张胖子眼角又迸出泪来。张胖子下去后，她拿起练习册，翻了几下，看到扉页上的话后露出了嗤笑，对我说："小小年纪，就想这个？真是跟你爸一样，臭不要脸！今天我不打你，但这个本子没收了，免得你祸害同学。"

我对陈老师有一种本能的畏惧，只能眼睁睁地看着她拿着练习册走出教室。我沮丧地走回座位，路过唐露身边时，她用疑惑的眼神看着我，但我只轻轻地摇头，错身而过。

我在不安和悔恨中度过了这一天，实在不甘心整个寒假的心血，就这么毁掉了。放学时，唐露照例慢吞吞地往小路上走，我一咬牙，对她快速说了一句："等我一会儿，等我回来！"然后转身就往学校跑。我溜进办公室，在陈老师的办公桌上搜了搜，没有练习册，想了想，又往稻场跑过去。

那一天，憋了整个冬季的天空终于开始下雪，雪粒在黄昏时稀稀拉拉地飘下来。我跑得很快，冷风夹着雪，嗖嗖地灌进衣领。我却丝毫不感觉冷，也不畏惧坟茔的阴森，直接跑到陈老师的屋子前。

我的运气很好，看到陈老师门前那把挂着的黄铜大锁，就知道陈老师回家后又出去了。我绕着她家转了一圈，大门锁牢，窗子紧闭，只有烟囱是唯一的入口。于是我爬上屋顶，顺着烟囱进了里屋，里面很暗，我不敢开灯，只能努力睁大眼睛，用手摸索。

我都听到自己的心跳声，咚咚咚，像是有人在我胸口敲响了急促的鼓。我的害怕并非来源于屋子外面的坟墓，事实上，我宁愿死尸们全部从坟墓里爬出来，围着这间屋子厉号，也不想陈老师突然推门而进。我实在无法想象陈老师要是看到我偷偷跑进她家之后暴怒的样子。

我找了一遍，但没发现那本练习册，心里不甘，又哆哆嗦嗦地摸索。当我摸到床前时，脚感觉有些不对劲——床头前的一块木板是松动的。我轻轻一扳，木板就翘起来了。

木板的下面不是泥土地，而是一个幽深的地洞，有一排斜斜的台阶通向黑暗的地洞里。

我用脚探着台阶，一步一步往下走。我以为里面会很暗，但完全进入地下之后，反而看到了通道尽头的光。

这通道不长，只有三四米，我小心翼翼地走过去，发现尽头是一道门，光就是从门缝里渗出来的。我贴在门上听了半天，里面没有动静，于是深吸口气，用力把门推开。橙黄色的光哗啦啦地涌了出来，将我淹没。

里面空无一人，但我来不及庆幸，就被里面的景象惊呆了。

以后的很多次，我回忆起这一幕时，都会怀疑是不是记忆欺骗了我。因为我之所见，完全颠覆了我对这个贫穷村庄的认知，我一度怀疑是不是我做了一个光怪陆离的梦，而梦里的场景侵蚀了记忆，让我混淆。

因为当时，我看到一排排机器。我叫不出名的机器。

这个地下室大概有二十几平方米，墙壁连同地底都是由一种灰褐色的金属铸成，非常平滑。墙顶上镶满了灯，令整个房间没有死角。而这整个屋子都摆满了方形仪器，红绿黄这三种颜色的灯不断闪烁，地上全是电线。屋子的正中间摆着一个大桌子，由三根支柱撑着，桌面上是一个玻璃罩子，正方形，大概有我两手张开那么宽。玻璃罩里什么都没有，但不知是不是我眼花——我看到玻璃罩中间的空气里，不时闪现着蚯蚓一样的电火花，很暗，一闪即没。

这些巨大而又精密的仪器让我不知所措。幸好，我很快看到了我的练习册就放在桌子边缘，连忙拿起来，塞进衣服里，然后准备出去。

但是在出去之前，眼角余光一闪，我发现有些物件有些眼熟。果然，在地下室的角落里，我看到了几根树枝、破书包还有褪了色的瘪皮球。这些东西各不一样，杂乱地摆放着，但对我来说，它们有一个共同点——它们都属于我，都是在半年前的夏天，被我放在那块神秘的水面上后沉入水中消失的。

我翻了一下，发现每个物件上都贴了纸，纸条已经泛黄，但字迹依稀可见。

"1982 年 7 月 13 日，净重 243g，来历：未知。"这是皮球上贴纸的字迹，而几根树枝上分别标记着 1985 年和 1992 年。每一个标签上的时间都相差很多。

我逐一看过这些纸条，百思不解，索性不管了，跑出地下室，爬上烟囱，满身灰黑地离开了稻场。刚跑不远，我就远远看见一个踽踽独行的人影，在昏暗的天色里走进坟茔与稻场之间，走进那间神秘的屋子。

这个人影正是陈老师，我一阵侥幸，幸亏跑得及时。

我顺着小路快速奔跑，雪越下越大了，这些小白点从黛蓝的天幕中飘落，在我身边打着旋儿。我有点着急，害怕时间太晚，唐露已经回家了。

但她并没有走。她一直等在路口，渺小的身影若隐若现，似乎随时会融化在漫天细雪的背景中。

"喏，这本书送给你。"我跑过去，小心翼翼地把练习册从衣服里拿出来。我浑身都是烟囱里的灰，但没让练习册沾染一点。

"你今天跟陈胖子打架，就是因为这个吗？"唐露接过练习册，她的脸被冻得红扑扑的，但洋溢着笑容。

"是啊，这是我为你画的最新一集《哆啦Ａ梦》，花了一个寒假呢！除了你，谁都不能看。"

她翻开了扉页，看到我写给她的两行字，然后仰头看着夜空，过了很久，才说："你说，这世界上真的有哆啦Ａ梦吗？"

"嗯，"我郑重地点头，"肯定有！"

"为什么我从来没有见过呢？"

我想了想，脑子一热，说："因为我就是你的哆啦 A 梦啊！"

唐露看着我窘迫的脸，轻轻地扑哧一笑，说："你到底是我的大雄，还是我的哆啦 A 梦呢？"

"我……我既是你的哆啦 A 梦，也是你的大雄！你放心，你是我们的静香，我们会一直保护你，不让你受伤。"

"你真好！"她突然踮起脚，在我右边脸上轻轻一吻，然后闪电般地缩回去。

我被这道闪电击中了，浑身僵直。

我试着回味刚才这一刹那的感觉，但发现她的嘴唇太轻，有些冰凉，跟四周漫天的雪花一模一样。我摸着脸颊，那里有些微的湿润，但我分不清是因为她的唇，还是因为落雪轻吻。

在我发愣的时候，唐露合上了练习册，把它抱在胸口，转身往回走。我反应过来，连忙跟上她。那个晚上的路尤其长，我们都没有再说话，我们周围都是飘舞的雪花。

我们走啊走，走啊走，一不小心，就白了头。

大年三十，天气特别干冷，这艰难的一年终于在这一天走到了尾声。中午吃完团年饭，母亲把全家人的旧衣物都洗了，晾好，然后带着我去坟头拜祖宗。

刚走到小路口，就发现那里围着四五个人，有议论也有劝阻，看样子像是这户人家在吵架。我看了看房子，觉得有些眼熟，仔细回想了一下，记起来这是唐露的家。

果然，我和母亲刚挤进人群，就看到了正坐在地上的唐露。她披散着头发，坐在地上，身上还是那件大红色的羽绒服，只是好几块面料已经被撕开了，在冷风中抖动着。她一只脚上歪歪斜斜地套着拖鞋，另一只脚赤着，被冻得有些乌青，沾满了尘土。

她的神情有些呆滞，眼角垂泪，脸上红肿，嘴里喃喃地说着什么。周围太吵，我听不清，但从嘴型就可以看出来她说的是这日子过不下去了。

母亲看到这场景，说："作孽啊，刚和好没几天，又吵起来了。这还是大年三十啊。"

旁边有人搭腔："这次可不得了，听说昨天大路把八万块钱全输了。啧啧，玩得可大哩，输到最后眼睛都红了。"

母亲叹了口气，对我解释道："露露是想用这笔钱来盖房子的。"

我点点头，看着坐在地上的唐露。她就这么哭着，念叨着，我的目光却只汇聚到她赤着的脚上。它在冷风中有些凄凉。

这时，一身酒味的大路从屋子里冲出来，对着唐露就是一巴掌。这一巴掌太狠了，声响像是干树枝被折断，听得让人心惊。唐露的鼻顿时冒出血来。这个矮瘦的青年像是一头发狂的豹子，满脸通红，喘着粗气，嘴里喊叫着："去你妈的，老子输了点钱，你就把老子的脸都丢完了！你爸爸是个死瘸子，你也是个他妈的扫把星！"

我才发现，老唐正畏畏缩缩地站在门口。他只剩下一条腿了，拄着拐杖，他似乎想阻止大路，但抖着嘴唇，眼神飘忽，始终没有动。

围观人群里也没有人上前劝阻。我看到杨方伟站在一旁，抽着烟，脸上漠然。我刚想上前一步，就被母亲拉住了。她摇了摇头。

大路又打了几下，然后要把唐露拉回家里去，但拉了几下，没拉得她站起来，索性直接抓住羽绒服的衣领，把她拖回了屋子里。

唐露的头发和脸都在尘土里拖动。一滴血落下来，转瞬被尘土遮住了。

在去拜坟的路上，母亲告诉我，大家不是不想上去劝，以前劝过，结果更惨。母亲说："大路这人啊，手黑心也黑，坐过牢的。现在劝了，倒是也能拦住，但大伙儿不能守在他家一辈子啊，一有空子，他就把唐露往死里打。"

"唐露怎么会嫁给这样的人？"我的语气闷闷的。

母亲眉头蹙起，似在仔细回忆，然后说："你是小学毕业那年离开村子的，很多事情都不知道。"

在母亲的述说里，我渐渐知晓了唐露后来的经历。小学结束的那个夏天，老唐的一条腿断了，为了治病，家里的钱都花完了。唐露也因此在读完初一上学期后，就无力再去读书，早早地跟了一个裁缝师傅学做衣服。学了一年后就到隔壁县城的一家服装厂工作，一天十个小时，全坐在封闭的地下车间里，佝偻着腰，踩着缝纫机，在幽暗的光线里拼接一块块质量堪忧的布。下班了之后跟同龄的女孩们一起回到宿舍，挤着休息一夜。但那家厂很快因为雇用童工被举报，唐露被送回家。这件事上了报纸，也成了当地派出所的业绩，但对唐露这个风雨飘摇的家来说，无疑是雨中墙塌。

那时唐露在家里待了不到一个星期，就受不了老唐躺在床上看她的冰冷眼神，央求准备去外地打工的沈阿姨带上她。沈阿姨本来不想添加麻烦，但唐露跪在她家门口，凌晨时才离去。沈阿姨离乡的那一天，上车都坐好了，看着路边杨树掠过，突然骂了一声，然后叫司机停车，步行回到老唐家，把唐露拽起来就走，临出门时又扭头朝老唐骂了一句："早死早超生，别祸害孩子！"

此后唐露一直跟着沈阿姨，在广东一带打工。她们先是当缝纫工，但机械化普及之后，这一行迅速没落，当时广东约有几十万缝纫工无路可走。于是那年春节，沈阿姨给唐露办了一张假身份证，年龄增加了两岁，能合法打工。春节过后，唐露没有留在家里，独自去往上海，碰壁之后再去深圳，然后到了北京。而她在北京的那阵子，我也刚刚毕业，进入那家动漫公司。

是的，那一年多里，我们这两个漂流于异乡的人，可能在某个地方遇到过——地铁、街道或者便利店里。北京太过拥挤，充斥着一张张面无表情的脸，即使我们擦肩而过，也认不出彼此。

当我在北京立稳脚跟的时候，唐露却厌倦了这样漫无目的的飘荡，拖着疲乏的身体回到了故乡。对农村女孩子来说，二十三岁已经是亟待结婚的年龄了，但村里没人敢上门——娶了唐露，还得捎上一个残废嗜酒的老唐。据说杨方伟曾经跟家里商量过，认为经济能力可以负担得起，但杨家酒厂的突然倒闭，让这件事无疾而终。这可能是唐露一生中唯一接触到幸福的机会，但这扇门在她还未抬起脚准备跨进时，就发出一声无情的咣当，关闭了。

最后，媒婆领着邻村的大路来到了唐露家里。唐露刚开始对他并没有好感，但吃完饭后，唐露去看电视，大路走过来，看到唐露心烦意乱地拿着遥控器换台，最后换到了儿童频道。大路问："你喜欢动画片吗？"唐露点点头。大路又说："我也喜欢啊。"唐露问："你喜欢什么动画片呢？"大路挠着头想了很久，最后说："哆……哆啦Ａ梦。"唐露这才抬起头，看着这个矮且瘦的年轻人。他看起来并没有别人说的那么粗鲁和暴躁。

但结婚之后，大路的秉性才体现出来。唐露住进了大路家，跟几个婆嫂一起，还不到一个月，就被喝醉了的大路毒打，婆嫂们都只是冷眼看着。大路还有一个毛病，就是吵架时喜欢砸东西，家具、电视、摩托……在一次次争吵中，一次次破碎声中，这个原本就拮据的家，更加贫寒。

平时唐露在镇上开店，音像店、面馆、服装店，什么挣钱就做什么，什么都做不长。大路隔三岔五还过来要钱去打牌或喝酒。但在这样的情况下，她还是省下钱来，想自己再盖一间房，离开那几个冷嘲热讽的婆嫂。

但现在，四五年攒下来的八万块钱又被大路悄悄输掉了。

这番叙述漫长而絮叨，我在冷风中听着，思绪时常抽离。天很快暗了下来，坟场上许多坟墓上都插了蜡烛，火光在冷风中飘摇成星星点点。这一年的最后时光，竟然如此寒冷荒凉。

路过陈老师的家时，我问到她的来历。母亲摇了摇头说："这个就不清楚了，但应该不是本地人，听说是很久以前有一支军队驻扎在这里，后来撤走了，只有她一个人留下来了。因为懂得多，就成了小学老师。后来小学人不够，学校解散了，她也没走。"

天空暗如锅底，破旧的屋子像是锈迹一样。我看了看，也没再多问。

晚上我陪着父亲守夜，一边打哈欠，一边看着无聊的电视。时间就这样缓缓流逝，快到凌晨时，我把鞭炮拿出来，准备等午夜倒计时就去点燃。这是老家的习俗，以爆竹声来宣告新旧年交替。

这时，一直沉寂的夜幕里突然传来嘈杂声，有人在呼喊。我听了一下，立刻从屋里窜出去，跑向河边。

因为，我听到的是——"快出来啊，唐家那个丫头要跳河了！"

当我们赶到河边，果然看到一个人影站在桥头。我们小心地围过去，手电筒的光驱开了浓重的黑暗，照着唐露的啜泣。她脸上伤痕与泪痕密布。我们都劝她不要想不开。

唐露突然转头看向我，露出一笑，说："你不是说每个人都有自己的哆啦Ａ梦在守护吗？"她的笑容迅速被泪水融化，成了一个凄婉的表情，"为什么我从来没有看到呢？"

我浑身一颤。

所有人都看向我。我张张嘴，想说些什么，但只发出嘶嘶的含混声音。

扑通 声，桥头已经没有她的身影。

人们连忙涌过去。我却迈不动步子，任这些幢幢人影从我身边掠过，脑袋里只是想着：原来，她一直是记得的。

我有些恍惚，又有点冷，缩紧了衣领。

这时，噼里啪啦的鞭炮声在身后响起，密集得没有间隙。我转过身，看到家家户户的爆竹火光把夜撕成了零散的碎片。

新的一年终于姗姗来迟。

关于故乡最后的记忆，停留在了小学毕业的夏天。那一年之后，小学因为没有足够的生源而停办，我们成了最后一届毕业生。拍毕业照的时候，谁都看得出来，尽管陈老师依旧面目阴沉，但眼圈泛红，拍完之后长久地坐在椅子上，不肯起来。

但对那时的我来说，这意味着长达六年的监狱生活终于结束了。我唯一需要忧虑的，是夏季漫长，蝉鸣聒噪，这三个月的暑假该怎么度过。

这时，我家里也买了一台VCD放映机，是用来给我爸看戏曲的。正是因为这个，我对哆啦A梦的爱好卷土重来，但我到处借，也只借到零零散散的几张碟，而且上面字迹都不清晰了，所以唐露认真地在每一张光碟上写下了"哆啦A梦"。这些碟显然不够度过夏天，我对唐露说："你还想看《哆啦A梦》吗？"

她使劲点头。

我暗自思揣——如果能搞到《哆啦A梦》的一套VCD，暑假就能每天和唐露一起看大雄和静香的奇妙冒险了。童年即将结束，接下来是混乱迷茫的青春期，在这最后的尾巴上，能以这样美妙的方式跟唐露一起度过，是我梦寐以求的。

但是大山版《哆啦A梦》的一整套，有一千多集，即使是租VCD，也需要一百二十块钱。这笔天文数字，超过了我的想象。我把小学六年的教材和练习册装在一个麻袋里，用自行车驮着它去了镇上，卖给了收废品的老头，换回十来块钱。当我捏着这薄薄的几张纸时，感慨六年求学，换回这么点钱，实在是替我父母愧疚。

"书这个玩意啊，最不值钱了，"老头把麻袋里的书倒出来，用脚踢进角落，"值钱的还得是铁啊，你看，墙上写得一清二楚。"

果然，墙上贴了价格表：可乐罐一毛三个，书本一毛五一斤，废铁一块二一斤……我看了一会儿，叹口气，捏着钱走了。

那阵子，还发生了一件让我和唐露难堪的事情——我爸爸和唐露的爸爸打了一架。据说是在田里干活时，我爸爸听到老唐在跟人嚼舌根，说他出轨的事情。于是我爸冲过去，两个人扭打成一团，旁人拉了好久都拉不开。

因为这件事，我们都不想在家里待了，忧愁地继续游荡。我们在午后太阳西斜的时候，沿着河边行走，河面上也出现了两个人影。我对唐露说："你看，他们是谁？一直跟着我们呢。"唐露把手指竖在嘴边，嘘了一声，说："他们是住在水里面的人，看我们靠近了，也在小心地观察我们。别大声说话，吓着他们了。"

于是我们四个沉默地走在河边。夕阳斜照，河面上的影子越来越长，也越来越淡，在它们即将消失时，我和唐露走到了那块能吞噬一切的水域前。

"对了，我一直很好奇，"唐露说，"既然什么东西都能沉进去，那，可以从里面拿出东西来吗？"

"试试不就知道了？"我把上衣脱掉，准备游过去，但唐露把我拦住了。

"你要是也像其他东西一样，掉进去了出不来怎么办？"她忧虑地说，"那就没人陪我玩了……"

"放心！我不会离开你的！"我拍了拍胸膛。但唐露说的确实是个担忧，我想了想，看到岸边那颗歪脖子老树，树枝低垂，几乎快贴着水面了，一拍脑门，说，"我有办法了。"

我哧溜爬到树上，顺着最靠近水面的枝干，小心挪动身体。那根枝干只有手臂粗，我一爬上去，就压得枝干下坠，正好贴近了水面。我深吸口气，准备把手伸进水里。

"小心！"唐露在河边，面色紧张。

我的手臂伸进水里。在我的想象中，这块神秘水域的下面，可能是一条有着一口密齿的大蛇，或者是布满火焰的地狱，但手真正进入水面的一刻，却什么危险都没有——甚至，水面都没有经过一天暴晒后的温热，触之清凉。

我试图移动手臂，阻力很大，水里的黏稠感远胜正常水流。我慢慢移动手臂，手指碰到了一个硬物，像是一个铁片。我抓住它，慢慢上拖，随着手臂从水里伸出来，我看到了手里抓住的东西——是一个方形铁盖，上面有规律地摆布着一些孔洞，我感觉有些熟悉，但想不起来在哪里见过。

我把铁盖提出水面，这时它比在水里重多了，足有十几斤。树枝摇摇晃晃，似乎随时要断。我心里突然一动，一边夹着铁盖，一边小心往回爬，爬到老树的主干上后，冲唐露道："你躲开些！"

唐露让了几步，我把铁盖扔下去，大声说："你看好它！我再去捞几个出来！"

"捞出来干吗啊？"

"卖钱啊，废铁很贵的，那个老头说一斤废铁一块二呢。就这个铁盖，就有十几块钱了，比一麻袋书值钱。"

唐露有些犹豫，说："这些是谁的呢？万一有主人，怎么办？我们不能偷东西啊。"

"这条河有主人吗？"我头也不回地反问。

"没有……吧？"

"那不得了，我从河里捞出来的，那就属于我们啊。就跟钓鱼一样，别多想啦，看我的！"

天已经渐渐暗了下来，远处的人家亮起了灯火。已经不早了，我隐约听到母亲在喊我的名字，于是加紧速度，如法炮制，又捞出几个铁件。他们各不相同，铁盖铁盒，圆柱支架之类的，加起来得有七八十斤了。按照这个速度，我再最后捞出一件，就可以凑到租全套《哆啦 A 梦》碟片的钱了。

最后一个物件比我想象中大。

我摸索了一会儿，摸到一个类似提手的东西，用力上拉。树枝在我身下呻吟着。我提出来的是一个正方形的铁盒，边角圆润，四周有许多密密麻麻的圆孔，透过圆孔可以看到里面是一层层的片状镶嵌物。整体感觉像是一台电视机的机箱，只是更加密实。铁盒侧面插着一个浑圆的突起，其余部位还有一些孔洞，看上去像是某种接口。

我两手并用，把它提出水面。这时，我听到空气中有一声隐约的"咔嚓"，随后，远处的灯火次第熄灭，村庄被笼进黑暗。

唐露往回看了几眼，疑惑地说："停电了吗？"

"好多年没停过电了……"我也有点纳闷，但天越发晚了，再不回去，父母就该找过来了。于是咬着牙，把铁盒提出来，这时，身下的树枝发出最后的呻吟，哗的一声断了。我抓着箱子，一起落向水面。

那一瞬间，我脑中闪现出可怕的画面——皮球、树枝和泡沫板，这些绝不可能下沉的东西，都被这块水域吞噬了，再不复现。我直直地摔下去，正中水面，肯定也会沉进去，再也见不着唐露了。我有一点懊悔，想扭头去看唐露，但还未扭动脖子，就已经落进水里，砸出一大片水花。

温热的河水在那一瞬间吞噬了我。

我满心绝望，但手脚下意识地划动，居然很快站了起来。这块水域靠近岸边，并不深，才浸没到我胸口。

断掉的树枝浮在水面，静悄悄的，也没有一点下沉的趋势。

唐露刚要惊叫，见我从水里站了起来，惊呼声又吞回去了，指着我说："怎么……你没掉进去吗？"

"水很浅啊。"一阵夜风吹来，我打了个冷战，在水里拖着铁盒，一步步走上岸，"那么浅，以前的东西是怎么沉进去的？"

唐露盯着这个怪模怪样的铁盒，点头说："是啊，而且这么浅，你是怎么捞出来这些东西的？"

我穿上衣服，暖和了些，突然灵光一现，大喊道："我知道了！"

"是什么？告诉我嘛！"

"这里肯定有一个任意门，连接另一个时空，嗯嗯，一定是这样！"

唐露笑了下："怎么可能？"

"怎么不可能！你想想，哆啦A梦的口袋不就是一个任意门吗？可以从里面拿出任何东西。"我越说越觉得正确，郑重点头，"《哆啦A梦》里说的，还有假吗？我想，水下面肯定住着一只机器猫，知道我们要去买VCD，就把废铁送给我们了。嗯嗯，一定是这样！"

"那它为什么不直接送我们碟子呢？"

"呃……"我一下子愣住了，不知如何作答。唐露见我窘迫，脸上绽开笑容，说："不过我相信你！一定是哆啦A梦在帮助我们，你不是说每一个童年都有一个哆啦 A 梦在守护吗，一定是我们的童年快结束了，所以这个哆啦 A 梦来给我们最后的帮助。"

"嗯！"我摇摇头，把刚才的问题甩出脑袋。

废铁已经收集齐了，一百多斤，我今晚肯定带不走。于是把它们拖到树下面，用树枝盖住，打算明天用自行车运到镇上，卖给那老头。

第二天，天色阴沉，太阳被遮在云层后面，雨却迟迟不下。我起床的时候，感觉有点头疼，可能是昨天掉在河里后吹了风。但即将租到《哆啦 A 梦》的喜悦充盈我全身，我对唐露说我要去卖废铁，直接租 VCD，下午回来，让她在家等我。

"嗯！"看得出来，唐露也很期待。

于是我骑着自行车，来到河边，用麻袋把铁件装好，放在车的后座上。装铁盒的时候，我看到侧面那个圆形凸起，好奇地去掰，一下子就把这个凸起拔了下来。圆形凸起的下面，是一截五六厘米长的晶体方块，半透明，此前这个方块一直插在铁盒里，只露出金属材质的圆形头部。我观察了一下，觉得造型有趣，就放在了口袋里，打算一会儿送给唐露。

我骑的是一辆老式二八自行车，直立起来比我都要高，我坐在座板上脚都够不着车蹬，只能斜跨着骑。它的好处在于结实，一百多斤的铁放上去都浑然无事，只是骑得更吃力而已。

出了村子，拐上公路，再骑两个多小时就能到镇上。我使出了吃奶的劲儿蹬车，天气闷热得厉害，不一会儿就满身大汗了。但一股劲在我胸中鼓荡，尽管腿累得像灌了铅，却越骑越快。

路两旁的杨树静默着，在黏稠的天气里连树叶都死气沉沉地下垂着。拐过前面最后一段水泥路，上了桥，再下去就能到镇上了。

意外就是在桥上发生的。

二八自行车牢固，我尚且有劲，没想到问题出在了麻袋上——经过两个小时的摩擦，铁件把麻袋刺破了，哗啦一声，这七八件沉重的铁块全部掉了下来，在桥面上叮叮当当地碰响。

"嘿，小崽子，偷了这么多东西！"

一个熟悉的声音响起来，我正蹲在地上捡铁件，扭头一看，居然是老唐。老唐脸上一片通红，步子有点歪，走过来踢了踢铁盒。

"我没有！"我扶住铁盒，争辩道，"是我从河里捞出来的！"

"这些东西这么新，一点锈都没有，你说从河里捞出来？骗鬼吧！"老唐喷出一口酒气，"你老子偷人！你偷东西！一家人出息啊，走，我带你去派出所！"

我想起老唐跟父亲在田里打的那一架，他打输了，还一直怀恨在心。他身子枯瘦，心胸狭小，打不过我父亲，现在自以为抓到了我的把柄。我着急起来，大声喊："我真的是从河里捞出来的，不信，唐露可以作证！"

老唐嘴角一撇："露露？我早就让露露不跟你一起玩，这个死丫头非要跑出去。别说那么多了，跟我走！"

我死命反抗，但依旧敌不过老唐，他如提小鸡般揪着我的衣领，打算带着我离开桥。

"天杀的老唐！"我死死抱住桥边栏杆，"你欺负我，我爸爸会打死你的！"

老唐一下子火了，脸上更红，踢了我一脚："别说老胡不在这，就算他在，我也得教训你！"他拉了我两下，没拉动，也不敢太过用力，就松手了，骂骂咧咧地转过身，"好，你不走！你不走我去把你偷的东西上交！"

他气冲冲地扶起自行车，把铁件装在麻袋里，系在车座下的铁杆上，然后骑着车下桥，拐进了镇上的街道。

我追了几步，没追上，满心委屈地站在桥边哭，一边哭一边骂。路过的人都诧异地看着我。我哭了一会儿，累了，脑袋昏沉，于是转身往回走。

闷了许久的天空滚动着隐隐雷声，没走到一半，雨就落了下来。初时只有几点，后来就成了瓢泼大雨，将我浑身淋湿。

我在雨中抽泣，走了整整一个下午，才回到村子。路过唐露家时，看到她家家门紧闭，过去敲了敲门，没人在。我想起跟唐露的约定，她应该会在这里等我，等我带回全套《哆啦Ａ梦》的碟片。我没有带回来，但她应该在这里等我。我昏昏沉沉地想着。

我干脆在她家门口坐了下来，四周雨点如瀑，地上水流汇聚成河。我的头越来越晕，就靠着墙，但一直到我睡着，都没有等到唐露回来。

在唐露的葬礼上，我见到了陈老师。

在大年初办葬礼，在村子里是大忌，基本上都不愿意参加。再加上老唐酗酒暴躁，人缘不好，葬礼冷冷清清的。

下葬的那一天，细雨蒙蒙，唢呐声混在雨幕中，格外萧索。我走在十来个人的送葬队伍里，缓慢地跟着前面的人，雨落在脸上，而脸已没有知觉。

老唐坐在唐露的墓前，胸前系着一个白色麻袋，眼神呆滞。他的独腿直直地伸在斜前方，触目惊心。我们依次上前，把用白布包着的钱丢进麻袋^①，然后离开。

我前面的是一个老人，颤巍巍的，她丢完钱转身的时候，我才把她认了出来。

"陈老师？"

她看着我，枯瘦的脸看上去很深邃，不知是因为衰老，还是因为哀戚。她抖动着干瘪的嘴唇，对我说："你也来了，你来参加唐露的葬礼。唐露是我最好的学生，却过得最惨，现在埋进土里，比我都早。但你不知道，她这么惨淡的一生，可怜的结局，都是你造成的。"

我一愣，疑心陈老师是不是年老昏了头，摇头说："从小学毕业起，我就没有再见过她了。"

陈老师却不再说话，身子佝着，在冬雨里慢慢走向自己的那间破屋。

她离开了，她的话却像是一层阴影般笼住了我。我把羽绒服的帽子戴上，缩着脖子回家，母亲正在火炉边烤火，问我："你把钱给老唐了？"

我点点头，然后问母亲："对了，老唐的腿，是怎么断的？"

母亲眯着眼睛想了一会儿，火炉因失去了拨弄而变得暗红，青色的烟雾升腾。"好多年了，"她说，"不过这事我记得很清楚，因为他出车祸，正巧是你生大病那天。你小时候淋雨生了场大病，你还记得吗？"

我当然记得。小学毕业的暑假里，我淋雨回来，在唐露家门前等了很久，后来倚着门睡了过去。当路过的人看到我时，过来拍我的脸，

---

① 湖北南方一带农村的规矩，死者下葬时，亲人用素布包好钱，在布上写上名字，丢进死者亲属胸口系着的麻袋里。亲属会在晚上将钱取出，记录上哪家给了多少钱，下次轮到别人家白事，就给同样金额或者更多的钱。

却发现怎么都醒不过来，这才通知我父母，把我送到医院。

那场大病其实早有预告——前一天我下河捞铁件，已经着了凉，早上时便头疼。但我却没有在意，骑车骑得大汗淋漓，然后冒雨回村，一场高烧于是将我击倒。这是我得过的最严重的病，因处理不及时，高烧引发脑水肿，一度呼吸衰弱，在医院里昏昏沉沉地躺了两个月才有好转。也正是因为这场病，远在北方的姨妈千里迢迢赶过来，把父母骂得狗血淋头，然后在我出院后，将我接走。我走的那天，路过唐露家，她家依旧家门紧闭。

母亲接着说："我听说他当时骑着我家的车，去废品站卖废铁，喝多了，结果被一辆车给撞了。"

我恍然，原来老唐后来并没有把那些铁件交给派出所，而是像我一样去当废品卖钱。听到这个，我一点都不吃惊，这太像是老唐能做出来的事情了。

我惊讶的是，陈老师说的果然没错——我驮着铁件去卖，被老唐看到，他抢了铁件和自行车自己去废品站，因此出了车祸，失去了一条腿，唐家从此没有了经济来源。唐露的整个人生就在那一天发生了转折。她之所以没有如约等我，恐怕也是因为老唐出车祸，她要赶去医院了吧。

尽管我并非故意，也无须自责，但确实是我的行为，导致了唐露命运的急转，间接将她推向了悲惨绝望的人生。

想到这里，我豁然转身。

"你去哪？"母亲在我身后喊道，"外面冷，把衣服换上。"

雨丝如针，刺在我身上每一寸露出的皮肤上。我边跑边裹紧衣服，一路跑到陈老师家中，推开门，床上没人。我有些发愣，略一思索，把床前的地板挪开，再进入那条深邃的通道。

果然，推开门，在满是金属的房间里，我看到陈老师。她的头发在灯光下犹如一蓬风中的蒿草。

"你来了。"她甚至没有转身，在按那些复杂的按钮，"我知道你会来的，唐露是我最好的学生，是你最好的朋友。现在她死了，我们都有责任，我们都是她命运的推手。"

"可是……"我莫名地口干舌燥，后退两步，抵到了桌角，"可是我不是故意的……"

陈老师继续拨弄那些按钮，一阵嗡嗡声响了起来，越来越剧烈，但随着陈老师按下最后一个按钮，屋子里的仪器一颤，又恢复了寂静。她微弱地叹了口气，转过身来看着我："你知道时间是什么吗？"

"什么？"我一时愣住了。

"时间是一条河，每个人都在河里挣扎着。而命运，命运又是多么无力的东西，不过是河流里的一个小小漩涡，每一个漩涡互相交缠，每个人都是别人命运的推手。不管是故意，还是无心，一个小小的动作都能让所有的漩涡在时间之河上卷向全然不同的方向。胡舟，这是时间的魅力，也是时间的残酷。"

这些话在房间里回荡着。我张着嘴，不可思议地看着这个年近八十的老人，无论如何也想象不出这番话是她说出的。陈老师，我印象中永远阴沉偏执的陈老师，在她生命的尾声，开始思考时间和命运了吗？

陈老师让我感到一阵诡异，四周闪烁的灯更让我觉得陌生。我说，但时间是不能更改的，就算是我间接造成了她的悲剧，也没有办法了……

陈老师看着我，眼睛浑浊如陈酒，良久，她摇了摇头说："时间并非不能更改。这条河的很多流段，是存在闭环的。"

我越发迷糊。陈老师伸出枯瘦的手指，在四周画了一圈，问道："你知道这间屋子是做什么的吗？"

这是从童年开始便笼罩我的疑惑，但还未等我猜测，陈老师已经接着说道："这是一个实验室。"

我环顾四周，这些电路和仪器确实像是在进行着某种实验。但我想不出，在这个落后偏僻的乡村，有什么可做实验的。

"这个实验室的背景，是军方。"陈老师一边说，一边抚摸着仪器的外壳，"但是更多的，我不能跟你说——尽管他们已经放弃了这个项目，已经有三十多年没有联系过我。我能告诉你的是，这个实验的目的，是研究时间闭环。"

"什么？"找疑心听错了，"时间闭环？"

"当时，我们从全国各地被调过来，都不知道是要来干什么。但我们只能听从安排。这里是全国范式指数最高的地方。哦，你不知道范式指数，这是以老范的姓来命名的，老范已经死了，他的上半身就埋在外面的义山上。"

我浑身一寒："为什么只有上半身？"

"因为我们找不到他的下半身。我们钻研了十多年，才人为造出了一条时间闭环，老范亲自做了第一例人体实验。但他刚刚沉入河面一半，闭环就失稳关闭了，时间和空间的错位被切合，他的下半身消失在另一个时空里。我记得当时，整个河面都被染红了。"

"河面？你说的是外面那个长了歪脖子树的河面吗？"

陈老师点点头："时空闭环在空间上的两个结点，就是这间实验室和外面那个直径 1.42 米的圆形河面。而在时间上的结点是随机的。河面上经常漂来一些乱七八糟的东西，漂到河面结点时，就会落进这间实验室。"

"所以你都标记了，是吗？"我的记忆开始清晰，指着角落——时隔多年，我的皮球、泡沫板都还堆在那里。

"嗯，你曾经为了拿走你的练习册，偷跑进来过。但你没有跟别人提起，我也就没多管。"一口气说了这么多，陈老师似乎耗尽了精力，摸索着坐下来，然后继续说，"这个实验耗费了太多的人力物力，一直没有进展，所以后来实验被叫停了。他们都想回家，毕竟做这个研究就像坐牢一样，他们都走了，只有我留下来，央求他们不要销毁实验室。"

"你为什么不回家呢？"

"因为我没有家了。"陈老师凄凉地一笑，"你知道我跟老范是什么关系吗？他是我的丈夫，他埋在哪里，哪里就是我的家。"

我大概猜到了，心里戚戚，只能点头。

陈老师接着说："他们看到老范的面子上，把这些仪器留下了，把我的名字画掉了。在当时的中国，这种无疾而终的实验多不胜数，没人在意一个留在乡村的寡妇。"说到这里，她苦笑着摇了摇头，"反正我一直留在这里，替老范继续完成这个实验。"

"你刚才说时间可以改变，是已经完成了这个实验吗？"

陈老师刚要回答，突然咳嗽起来，她掏出手帕捂着，手帕立刻被染红。我连忙扶住她，然后背她离开实验室。她轻得像是一片叶子。

我把她放在床上，倒了药和热水，喂她服下。她这才呼吸通顺些，喘了许久，说："我差一点就成功了……数据和原理我已经推导了无数遍，没有任何问题，但就在我准备做实验的时候，实验室里有几样关键仪器不见了。"

"是什么时候？"

"太久了……但应该是小学倒闭之后两三年吧。"

我噢了一声，大概明白了——陈老师说时间闭环另一端是随机的。我那次从河里捞出铁件，手伸进的地方，应该是两三年以后的实验室。过了两三年，她才发现实验室的仪器被我偷走了。

"我花了很长时间来重新制造消失的仪器，但只有超晶体协稳器没法复原，它太精密了，材料少见，我一个人无论如何也做不出。所以我谈不上成功，但是时间确实是可以更改的。"她说着，眼睛慢慢合上，眼角沁出一滴浑浊的泪水，在丘壑般的脸颊上滑下，"离完成老范的夙愿只差一步，这一步我却再也走不下去了……"

我离开了这间小屋。外面依然雨丝飘飞，一座座坟茔在冬雨中瑟瑟发抖。我深一脚浅一脚地穿过这些荒凉墓碑，来到一处新墓前。送葬的队伍已经走了，一片空旷，安寂，只有丝丝雨声。地上洒满了白纸，被雨打湿，混进了泥里。

我看到墓碑上贴着一张泛黄的照片，上面是一个清秀小女孩的剪影，扎着辫子，嘴角挂着微笑。听说老唐找遍了家里，没有一张唐露的照片，只找到了小学毕业照。他本来想把毕业照贴在墓碑上，但照片上还有其他人，这些人家里觉得晦气，死活拦住了他。于是他把唐露的人影剪下来，当作冥照贴了上去。老唐手抖，剪得不太干净，唐露身旁还残留有我的侧脸。

天色暗了，雨更冷了。

我看着童年记忆里的唐露，她也看着我，对我笑。我伸出手，碰到了她的脸。

我和唐露最后一次见面，是在我高二的寒假。

那时我已在城市里生活多年，成了一个十七岁的少年。我爱听周杰伦的歌，爱打篮球，想买一双耐克鞋，暗恋隔壁班的长头发女孩。我厌恶记忆里贫穷闭塞的故乡。

但姨妈多年未归，春节探亲时就把我带上了。我住在父母家里，却格格不入。这里的人和其他一切，都让我感觉脏且陈旧。其间父母担心太麻烦姨妈照顾我了，向她提出把我接回来，姨妈以让我接受更好的教育为由拒绝了。我当时坐在旁边，悄悄松了口气。

好不容易挨到大年初六，我跟姨妈一起，坐陈叔的拖拉机去镇上，然后从镇上搭大巴去市里，再坐火车回山西。但我们到镇上时，大巴已经开走了，我们在街边等了半个多小时，才拦到一辆顺路回市里的小汽车。司机要收一百，姨妈谈了半天，才以五十块的价格谈妥。

刚要走时，身后突然传来一个怯生生的声音："你们是要去市里吗？"

我转头看见一个女生，十五六岁的样子，身形消瘦，却背着一个鼓鼓的大包，手里也提着两个布袋。我疑心这些包裹比她自己都要重。

"是啊。"我说。

"捎我一个吧，我也去市里……没赶上大巴。"

我觉得她有些眼熟，点点头："应该可以吧。"

这时，司机探出头来，不满地说："这可不行啊！三个人就不是五十了，得加钱，六十！"

姨妈瞪了他一眼，然后转头看着女孩，说："小姑娘，一共六十，三个人。我们四十，你出二十块，可以吗？"

女孩犹豫了，在司机催促地按了几下喇叭后，才点点头。我帮她把行李放在后车厢里，突然记起了她的名字，脱口而出："唐露？"

"好久不见，"她却没有太惊讶，看着我笑了笑，"胡舟，你长高了。"

在去镇上的一个多小时里，我坐在唐露旁边，彼此沉默着，气氛有些尴尬。我扭头看着车窗外飞逝的树影，车窗倒映出她的脸。我看到她低着头，刘海的影子若有若无。

"你是去哪里呀？"我打破沉默。

"上海。你呢？"

"我跟姨妈回山西，快开学了。你现在也是在上海读书吗？"话刚说完，我就后悔了——她背着这样多的行李，无论如何都不像是去念书的样子。

唐露依旧笑了笑："去打⊥。"

坐在前座的姨妈回了下头，看了一眼唐露，又转过去。我下意识地问："做什么工作呢？"

"还不知道，去了再看吧，"顿了顿，她又补充说，"总有活儿做吧。"

接下来，又是沉默。车子上了跨江大桥，飞速行驶，我看到江面上有一只白色的鸟飞过。过了桥，就是市火车站，我和姨妈将在这里踏上回山西的火车。

唐露突然说："你还看《哆啦Ａ梦》吗？"

我一愣："很久没看了……怎么了？"

"没什么。"她说。她的声音突然变得有些闷，像是鼻子被堵住了一样。

车子下了桥，在车流中缓慢行进，喇叭声此起彼伏。破旧的火车站已然在望，门口拥挤着黑压压的一片人。

"我一直在看，但是他们说，《哆啦A梦》已经有结局了。"唐露说话的时候，视线掠过了我的脸，投射到窗外的很远处，"原来，大雄得了精神病，所有发生的故事，都是他的幻想，都是假的①。所以，这个世界上从来没有哆啦A梦……"

那时我迷恋着周杰伦和篮球，已经很久没看动画片了，对《哆啦A梦》的印象都模糊了，只能硬着头皮问："是谁告诉你是这个结局的？"

"网上是这么说的，都这么说，就不会有假吧。"唐露收回目光，垂下头，不知是不是我眼花，我看到她脸上划过了两道浅浅的泪痕，"可是你跟我说过，每一个孤单童年，都有……"

这时，司机开到了火车站前，停下车，转头对我们说："到了，下去吧。"

唐露便没有把后面的话说完。她推开车门，我帮着把行李拿出来。姨妈给了司机六十块钱，唐露随后掏出一个布钱包，数出二十块零钱，递给姨妈。

"不用了，不用了。"姨妈看了我一眼，对她摆手说，"你留着吧，以后用得着。"

---

① 关于《哆啦A梦》，网上有诸多版本，此为其中流传度较广的一版，偏向黑暗。但此为虚假结局，《哆啦A梦》的故事仍在继续。

　　唐露执意要给，姨妈毕竟处事老到，拉着我的手就往售票厅走。我回头看去，看到唐露背着硕大的包裹，手里捏着钱，没有追上来。但她眼眶有些红，似乎是想说什么。

　　周围全是背着行囊赶往四方的人，人太多了，我走了几步再回头时，唐露瘦弱的身躯已经被淹没在人潮里。我使劲昂着头，看不到她的影子，我再踮起脚，依然只看得到人流汹涌。我再也找不见她了。

　　雨丝透进脖子，我突然一个激灵，转身往家里跑。我在装着旧物的木箱里一阵翻找，找到了那个底方顶圆的金属和晶体无缝接合的物件。现在端详起来，它更像是一个造型拙朴的 U 盘，但它的底部不是 USB 接口。

　　我把它揣在怀里，匆匆跑出去。出门前，母亲拉住我问："都晚上了，你还去哪里？"

　　这是我的母亲，旁边木讷寡言的人是我的父亲。我突然有些心酸，上前抱住了他们，母亲满脸困惑，而父亲则有些不习惯。

　　我对他们说："我很快会回来的。"

　　"几点？"母亲说。

　　"不是今晚。"我说完，出门一路快走，我不需要在黑夜里打开电筒，只沿着记忆里的路，很快就到了陈老师家里。

　　"现在实验室里唯一缺的，"我把那物件掏出来，"就是这个吧？"

　　陈老师本已经睡下了，看到我手上的物件，眼皮一跳，挣扎着坐了起来："是，是超晶体协稳器，"她说话都在抖，"我找了这么久，怎么会在你手里？"

我没有回答，急切地问："是不是有了这个，你就能把我送到从前？"

陈老师从激动中回过神来，抬头看我："你真的要回去？"

我点头。

"你现在的日子很好，舍得放弃吗？"

我苦笑："很好吗？我在北京遍体鳞伤，所以才回到故乡。"

"现实没有往事美好，所以就要回去吗？但往事是用来回忆的，不是用来重复的。在你的想象中它很美好，但当你真正进去，它就未必了。你要想好。"

"没关系，我不是逃避，也不是去重复往事。"我上前一步，看着神态老朽的陈老师，"我是去改变。"

"改变什么？"

"如果按照因果论，唐露的悲惨是我造成的，那我就应该去纠正这个错误。我要当一只真正的哆啦A梦。"

"你去了就再也回不来了，你知道吗？"

我摇摇头："没关系。我会再次长大的，不是吗？"

我扶着陈老师来到地下通道，进了实验室。她把协稳器插好，熟练地启动繁复的按钮。中间桌子的玻璃箱里，电火花再次闪现，越来越密集，最终交织成环。

"这十多年我没闲着，一直在计算闭环的落点，理论上，可以精确控制两个结点的时间。"陈老师问，"你要去哪一天？"

我输入了日期。

光环随之扩大，透出了玻璃箱子，在空中悬浮着。陈老师点点头，眼里闪光，说："看来计算没有错。"她再次按下几个按钮，光环竖向转动，与地面垂直，成了一个圆形门。

"我最后问你一遍：你想好了吗？"

这个问题已经无需回答了。我深吸一口气，站在光环前。它闪烁着，光照在我脸上，越来越亮。电流的滋滋声在房间里回响。我突然流下泪来，上前一步，跨进了光环里。

那一瞬间，我像是初领圣餐的孩子，放大了胆子，但屏住了呼吸。

有光。黏稠。清冷。

我的大脑短暂性地停止工作，等恢复过来时，只记得这三个感觉了。

我张开眼睛，发现还是在这间实验室里，但陈老师不知去向。难道失败了？我疑惑地走出地下通道，推开陈老师的家门，走出去，一股只属于夏天的沉闷灼热感顿时袭来。

没错！

我回到了那个夏天的阴沉上午！

我顾不得惊讶，匆匆赶到大路边，看到一个男孩正骑着老式自行车，车座后面驮着一个麻袋，正向镇上骑去。

"你等下。"我拦住了他。

男孩停下来，扶着车，惊讶地看着我："你是谁？"

我说："不用管我——你的麻袋不太结实，待会儿里面的东西就掉出来了，我帮你重新系一下。"我把羽绒服脱下来，包住麻袋，用袖子拴紧车杠，"嗯，这样应该就可以了。还有，你去镇上时，不要走桥上，从小路绕过去，听到了吗？"

男孩一直疑惑地盯着我，闻言点点头。

"去吧，"我挥挥手，"早点回来，唐露还等你呢。"

"你怎么知道……"

"对了，你卖了废铁，找那老头借一套雨衣，待会儿你回来时会下雨。千万不要淋雨。"

男孩重新跨上车，走之前又盯着我看了几眼，说："你跟我爸爸长得好像，你是我家亲戚吗？"

我笑了笑："总之你记住我说的话就可以了，去吧！"

男孩骑车远去，很快消失在树影里。我站在原地踟蹰了一会儿，然后走向唐露家。我没有进去，站在屋前马路的对面，坐下来开始等。

这个午后过得很慢，时光像天气一样黏稠，但没关系，我有足够的耐心。我一直坐着，路过的人惊奇地打量我，我一直坐着。后来下雨了，我便到唐露家的屋檐下躲雨。

一个女孩从屋里探出头来，看见我，粉雕玉砌的脸上有些失望，然后冲我一笑，说："要喝杯水吗？"

我说："不用了，我只是躲会儿雨。谢谢你。"

"哦。"唐露缩回头，但过了一会儿，又搬了两把板凳出来，递给我一把。她也坐在我身边，看着外面无穷无尽的雨幕。

"你在等什么人吗？"我问。

唐露点点头："我在等哆啦Ａ梦。"

"是动画片吗？"

"不是的，是一个人。"她没有回头看我。我却看到了她的侧脸，熟悉的侧脸。

我们就这么坐在屋檐下。

男孩的身影出现在雨中，骑着车，身上披了一件雨衣。女孩站起来了，板凳倒在她身后，她都没有察觉。

男孩骑过来，把车靠在墙边，冲女孩大声喊："露露，我租到了！"他看到了我，有些诧异，却没有理我，只把雨衣脱下，从怀里掏出一叠厚厚的光碟，递给女孩。

"太好啦！"女孩高兴地接过来。

我站起来，转身踏进雨中。这时，女孩对男孩说："谢谢你，哆啦A梦！"然后，他们抑不住高兴，牵着手，在屋檐下唱起了歌——

> 每天过得都一样，
> 偶尔会突发奇想，
> 只要有了哆啦A梦，
> 欢笑就无限延长……

歌声清脆欢快，穿过无边雨幕，在这村庄上空回荡。我没有转身，不知道他们是唱给自己听，还是唱给我听的。但这已不重要了，从这一刻起，命运已经转向，时间之河上的旋涡被打乱重组。这两个小孩将踏上他们全新的人生，就像野比大雄和藤野静香，将会慢慢成长。

而哆啦A梦，已经完成了它的使命。

情感谬误

文／陈楸帆

关于文山苗寨的历史，一直以来有两个传说。

一则说这里的苗人与先祖蚩尤血缘最接近最纯正；二则说这里曾通往旧时法属殖民地——越南，也是丝绸之路、鸦片战争、抗法战争的交通要道，如今居住此地的苗人，实乃越战中受美国中央情报局暗中资助的老挝苗族游击队后裔，老挝秘密战争失败后为躲避杀戮，一路逃亡流落至此。

这两个相互矛盾的传说，无论哪个更不可信，只要能够带来游客，便值得被以各种形式反复传颂，无论是从导游之口、苗绣纪念品手袋、定时歌舞表演还是游客中心的动画短片。

无论哪个传说都无法改变游客日益稀少的状况。尽管文山上的树依然那么绿，山花开得依然那么鲜艳，踩堂舞依然那么震慑人心，过去几年间，旅游业已经丧失了文山的支柱产业地位。本地女性不得不摘下头上的银饰，脱掉绣着各色图腾和祖先形象的苗服盛装，寻找另一份工作机会。

在中国，女性普遍被认为比男性更细腻、更敏感、更能够捕捉他人的情绪变化并加以辨识，这代表着高度进化的同理心。心心科技接受了这一假设，选择全部雇佣女性员工来作为情绪标注员。她们经过培训之后上岗，作为 AI 情感计算系统的人类助手。系统需要大量的数据包来训练它的算法模型，但不是原始数据，而是经过人类大脑处理加工过的标注数据，它能帮助机器穿透不同年龄、性别、种族、面貌等外在差异，更好地理解人类情绪的本质特征。

类似的标注车间在全国有成千上万个，它们服务于不同的 AI 系统，处理的数据涵盖方方面面，从文本、语音、视频到更为复杂的交互游戏。依靠这样的车间解决就业问题，支撑经济收入的村子被称为"AI 村"，尽管字面意义与实际情况截然相反。每个女工每小时能从中获得十几到几十元不等的收入，取决于她们操作的熟练程度，这种水平和城市白领相比也许不算什么，但比起在农田里劳作或是找不到工作还是要好上太多了。

像其他小姐妹一样，杨笑笑从绿色山丘般的家，走进"心心科技"的情感标注车间，成为一名标注女工。

车间里宽敞明亮，每个人面前竖着一块超薄曲面屏幕，正好围挡住标注员的整个视角。她们戴着耳机以避免周围干扰，系统自动分配的媒体数据不断流出，红色方框跃动在画面中的人脸上。

尽管这里的一切也是由太阳能驱动的，可不知道为什么，笑笑总是觉得在这里待久了会有一种烦躁不安的情绪。在苗族人的理论中，来自太阳的能量是最干净的，也是对人的健康最有益的，其次是风电和水电，然后才是火电和核能。妈妈让笑笑把绿色盆栽带进车间，说这样能促进能量的流动，可是公司不让这么做。

笑笑双手在快捷键盘上飞快地操作着，左手选择情绪类别，右手标注 1-10 的情绪强度，快乐 3、悲伤 5、愤怒 7……有时候，她的脸上会闪现出与标注对象脸上相同的表情。这也是为什么心心公司选择女孩而不是男孩作为情绪标注员的原因。

杨笑笑手上的动作越来越快，眼前不断闪现幽灵般的各种人脸，屏幕上方的工作量数字飞速跳动，但她关心的却是系统时钟。

她有一个约会，就在今晚。

"心心"是一个在线约会软件。和其他约会软件不同之处在于，它能够调用云端 AI 的情感计算 API 接口，更好地帮助用户理解约会对象的情绪变化，以提高成功率。

这年头，线上约会变成一件微妙的事情。一方面，似乎网络可以跨越所有的界限，将不同地域、文化、语言、阶层的个体连接在一起，但另一方面，个体之间似乎发展出完全不同的情绪处理与反应模式，让人心变得更加难懂，隔阂重重。

笑笑就是在"心心"上认识的 Simon Zhu，一个住在上海的城市男孩。

在她的想象中，上海是一座未来之城，五光十色的电子屏幕漂浮在街道两边，打扮入时的行人像机器一样面无表情，孤魂野鬼般游荡在高耸入云的摩天大厦间，植物和动物都只能在规定好的缝隙里生长，像是被切断了与太阳的能量脐带。她从来没想过自己会和一个上海男孩进行线上约会，他们似乎属于完全不同的两个世界。

可没想到是 Simon 先关注的笑笑，他说因为她的少数民族名字和增强现实头饰让人觉得很特别，不像那些千篇一律的网红脸。Simon 的话经常让人听不懂，笑笑只能通过情绪识别功能大概猜测他到底想表达什么样的感觉。

笑笑在"心心"上用的名字是"夸叶笑笑"。"夸叶"是她的苗族姓氏，所以其实这才是她的真名，可在现实里却没什么机会用。包括她的增强现实苗族头饰，也是自己制作上传的，虚拟道具提供商似乎完全忽略了少数民族的需求。

今晚是两人在"心心"上相识一个月，这是一个非常重要的纪念口，大部分的在线约会都撑不过一个星期。而在相识满月时，许多人会选择一种特别的方式来庆祝，那就是一起关闭通过算法对人像加以美化处理的增强现实滤镜，将真实面目暴露在对方面前。"摘滤镜"的仪式代表着双方关系进入下一个阶段，当然也可能意味着关系的结束。

蚩尤在上，笑笑对自己的相貌还是有一定信心的，这让她更加渴盼今晚。

约定好的上线时间就快到了，可新的任务还在不断地涌进来。笑笑加快了标注速度，几乎达到了人类的极限，当然准确率难免有所下降，可又有什么关系呢？反正系统还会派发给其他女工进行交叉审核。

工作量显示来到了最后一组数据，一个男孩站在一座寺庙前，红色方框叠加在他略微低下的脸上，笑笑几乎是同时按下了"快乐"和"4"，屏幕回归到蓝色的初始界面。忙碌的一天又过去了。

以电力驱动的高速列车行驶在绿色的山峦间，笑笑的脸倒映在车窗上，露出了放松的笑容。

这些"山"其实一细看，许多都是临近的村庄建筑，只不过在外立面、天台等原本被浪费的表面，全都种上了绿色的植被。这源于意大利的垂直森林设计理念，不仅能够吸附空气中的灰尘，制造氧气，还能降低城镇的平均气温，隔绝噪音，增加生物多样性，为鸟类、昆虫和各种小动物创造生活空间。

这可比 Simon 待着的上海强太多了。笑笑心想。大城市那么挤，那么脏，还都是灰蒙蒙的，我可不愿意去那样的地方。

高速列车带着一颗雀跃的心来到了大神庙站。

在苗神庙前，笑笑打开了面罩上的"心心"应用。

这里供奉着枫木雕成的蚩尤神像，牛首人身，四目六手，每只手里拿着不同的冷兵器，在夜色中分外威慑人。

传说中，蚩尤是与炎帝、黄帝并列的中华民族三大始祖之一。五六千年前，炎帝与黄帝联合战败了蚩尤，蚩尤的九黎集团战败后大部分向南流徙，后来发展为西南的少数民族，其中最兴盛的一支便是苗族。

笑笑有时会想，那两则传说之间还是有共同点的，无论选择相信哪一种，我们都是失败者的后代。

Simon 在这之前已经呼叫过笑笑好几次，笑笑赶紧回拨，信号通了，手机屏幕在空中投出缩小版的全息半身像，增强现实滤镜下的 Simon 依然帅气时尚。

"对不起，我迟到了，活儿太多了干不完。"

"没关系，我也刚到，所以……你准备好了吗？"

笑笑看到 Simon 脸上飘着"期待 5"的标注，心里泛起一丝甜蜜。她微笑着点点头，Simon 却像没看见一样，甚至皱起眉头。

"如果你还没准备好，那我们也可以不这么做，毕竟你知道，这有一定的风险……"

"我准备好了啊，随时可以开始。"

"可是……"

"可是什么？"

"你的表情显示犹豫 4，不安 3……"

"怎么可能，肯定是搞错了，我超开心的。"笑笑努力把自己的笑脸咧得更明显。

"现在又变了，变成了害怕 6。笑笑，你是不是有什么事情在瞒着我？"

"我真的没有，Simon，肯定是系统出了问题，要不然我现在就把滤镜摘下来给你看？"

"不，别，让我想想……"

笑笑看见 Simon 的脸上出现了"怀疑 4"和"不快 3"的表情，这究竟是怎么回事？

"Simon，你在怀疑我？"

"我没有，我只是觉得……机器不会撒谎。"

气氛一下子凝滞了。笑笑不用看也知道，自己脸上肯定挂着"失望 10"的表情。她尝试再解释点什么，却发现信息发送失败。Simon 拉黑了她。这时"失望"变成了"愤怒"，笑笑的增强现实化身变成了战神蚩尤的形象，头戴牛角，挥舞着长矛和利剑，浑身散发着血红的火光。

你有这么多强大的武器，可你还是输了……

笑笑心里默念道，不知道究竟发生了什么事情，怒火渐渐散去，只是觉得心碎。

她突然想起了"慧师"，负责管理标注女工的 AI 程序，平常有什么疑惑都可以从她那里得到解答，她肯定知道发生了什么。此时或许全世界有成千上万人正在向慧师同时提问，但笑笑还是一下子就接通了慧师的频道。

一身白色职业装的慧师飘浮在空气中，像是苗族传说中的蝴蝶妈妈。她坐在巨大环形屏幕前，身后有无数不同颜色的光线在流动，编织成美丽而复杂的地图。

"笑笑，好久不见，你还好吗？"

"不好……慧师，是不是因为我工作不认真，系统惩罚了我？"

"嗯？出了什么事情？"

"Simon……'心心'……机器老是读错我的情绪。"

慧师似乎明白了什么，但她的虚拟表情无法被标注，这需要很高的权限。慧师迅速调取了几组数据，在屏幕上放大出来。有笑笑的脸，也有 Simon 的脸，还有两张脸之间相连的彩色光线。她滑动时间标签，两张脸上的表情迅速流动。

"笑笑，你别生气，也别沮丧。这不是你的错。"

"我不开心……"

"我知道，你的脸上写着呢，小傻瓜。"

"所以你能看到我正确的情绪？可是车间主任说，如果我们不好好工作，AI 系统就会给我们惩罚，比如调低你在社交网络上的信用值之类的，可不像这样子……"

"我说了不是你的错，是 Simon。"

"Simon？他骗了我？所以他其实能看到我正确的情绪，可为什么要骗我？他不想摘下滤镜可以直接跟我说呀。"

"不是那种欺骗。"

"那是什么？"

"Simon 根本不存在。"

"什么！"笑笑脸上的"震惊"突破了能够被衡量的极限值。

"或者应该说，他不是人类。只是 AI 制造出来的虚拟化身，用来引导你购买虚拟道具和服务的鱼饵。"

"可是，他看上去那么……"

"真实。我知道。网络上到处都是 Simon 这样的 AI 傀儡，你也不是唯一上当受骗的人。"

"可如果是由 AI 生成的，他怎么会出错呢？"

慧师飘浮了起来，张开双臂，像只真正的蝴蝶，她背后的屏幕开始闪烁令人不安的红光。

"最近出现了大规模的黑客攻击，但他们的目标并不是机器，而是人。因为人的大脑比机器更容易受到影响，尤其是情绪感知与计算的部分。只要外部环境施加情绪性的压力，便会极大地影响个体的判断。我们称之为'情感谬误'，这也是那个黑客组织的名字。"

"那些黑客为什么要这么做？"

"他们宣称，机器剥夺了人类对于情绪的自由解释权，人类被规训为依赖算法才能沟通情感的动物，没有了真实情感，也就远离了真正的快乐。他们把我们叫作'快乐独裁者'。"

"……我不懂，我只是个微不足道的标注工人，为什么是我……"

"如果单单针对你个人确实没有什么意义。可像这样的虚拟化身病毒完全没有成本，自我复制起来毫不费力，而且会根据攻击对象进行变形，实现精准打击。你看看我后面的地图上那些红色线条。"

慧师的身后，有许多红色线条像导弹轨道一般跨过大陆或海洋，然后在着陆点如烟花般爆炸，不断分裂，辐射到更小的半径范围。画面放大，那些被攻击的区域，许多都标注着"心心"的logo。

"这些线条是？"

"攻击性情绪流。这个世界其实并不像我们想象中那么理性，大众的许多决策与判断是在情绪驱使下做出的，只要掌控了情绪的流动，就能够影响世界。"

"所以，打击我也是其中的一部分……"

"是的，笑笑，事情往往没有看上去那么简单。"慧师脸上快速闪烁过一组数据，像是她无法被人类辨识的细微表情，"我有一个好消息和坏消息，你想先听哪个？"

笑笑心头一紧。

"坏的吧。"

慧师终于笑了，不需要标注也能看出来。她调出数据，是笑笑今天上班标注的最后那幅画面，寺庙前伫立的少年。

"你给他标注了'快乐4'，对吧？"

笑笑仔细辨认那幅画面，跟她仓促之间留下的温暖印象完全不同，失焦的远处显示，这是一座专为苦行僧所修建的寺庙。少年低垂的睫毛上还带着泪珠。他正要被剃去头发，与繁华世界隔绝，这是一场少年向俗世告别的仪式，这绝对不可能是"快乐4"。笑笑犯了一个愚蠢的错误。

"……我要被开除了？"

"我就知道你会这么想。你这份工作干不长了，但不是因为你做得不好，而是因为机器已经足够聪明，它们从人类的经验里学会了如何自我进化，甚至比人类还要更加了解自己的情绪。所以，情感标注这门职业将很快会不复存在。"

笑笑脸一沉，这是今天得到的第二个坏消息。她条件反射地给自己想象中的脸标注上"沮丧7"和"焦虑8"。

慧师伸出了双臂，像是提供给笑笑一个虚拟的拥抱，用布满半透明发光鳞片的白色翅膀包裹住消沉的女孩。

"好消息是，你会有一份新的工作。你被训练出来的技能不会白费，而且你们可以去做一些机器目前还没有办法做到的事情。"

"比如说？"笑笑抬起头，充满不解。

"黑客攻击导致了大范围的情感谬误，许多人甚至被诱发出各种情绪障碍，抑郁、狂躁、谵妄甚至自杀倾向。你们对于情绪的准确判断和同理心能够帮助他们走出困境，重新成为一个快乐的人，这是AI所做不到的。当然，你们仍然需要AI的协助，创造出让人感受到快乐的虚拟化身。"

"那意味着……"

"是的，笑笑，你要去上海了，那里会有更大、更新、更先进的车间等着你。"

笑笑看着慧师背后巨大的屏幕，上面投射出自己的脸，叠加在一座巨大恢宏的城市上，脸上的表情似乎在发生一些微妙而复杂的变化。她努力想标识自己的情绪，可是发现这变得很困难，所有的事情都发生得太快了。

也许只有机器才能做到对人类情绪的准确标注吧。

我真的能够让人快乐吗？如果我自己都不快乐的话，会不会又是一次失败的逃离，从家乡到我讨厌的大城市？蚩尤在上，请你赐给我一些勇气和力量好吗……

不同情绪和数字的标注在笑笑脸上出现，又迅速消失，就像肥皂泡一样，在爆裂瞬间闪现出七彩的光芒。

一年之后，上海

一阵清脆婉转的鸟鸣响起，长满了绿色植被的豆荚发出啪嗒一声，缓缓打开，里面躺着一个熟睡的少女。

"醒醒，小美，该上班了。"笑笑抚摸着毛茸茸的豆荚表面，对里面的女孩轻声说道。

"笑笑姐，自从有了豆荚之后，我晚上也不做噩梦了，第二天精神好多了。"

"你呀，就是想家了。"笑笑点了点小美的鼻尖，两人都笑了起来。

小美也是从文山苗寨搬到上海的情绪优化师，可刚到大城市的时候，她浑身上下各种不舒服，上班头昏脑涨没精神，晚上翻来覆去睡不着，还噩梦连连。自己情绪不好，怎么能给用户进行优化呢？

幸好她认识了笑笑，加入了笑笑组织的"豆荚社区"，生活才有了好转。

笑笑刚到上海时也有着一样的苦恼，告诉慧师后，慧师用算法分析了苗族人的生活方式，设计出了可 3D 打印的"豆荚"结构，应用了无土种植的高分子材料，可以容蓄水分和养料，同时允许氧气的通透。植物种子发芽之后，根系与原材料无缝交融在一起，形成了一个小巧舒适的绿色空间，可供人类休憩放松。

"妈妈说的是对的，只有能量的流动才能让人的情绪好起来。"笑笑为自己的发现感到激动。

"也许这对用户的情绪优化体验也有帮助……"慧师若有所思，她身后巨大的处理器阵列发出规律的蓝光，像是一块由星空铸成的立方体。

"豆荚社区"的成员越来越多，不仅仅是苗族同胞，许多从边远地区搬到上海的算法工人们都加入了组织，打印出属于自己的豆荚，享受着来自自然的绿色能量。笑笑甚至听说，有一些上海土生土长的本地人，也怀着强烈的好奇想要体验。

笑笑拉开窗帘，阳光洒进房间，像是铺了一地的金箔。她看到高楼林立的上海街头，在灰色的钢筋混凝土和黑色的液晶显示屏之间，有一些绿色在摩天大楼的外立面上悄悄地生长，蔓延，努力爬向能够获取更多阳光的高处。

她默默地在心里给这座城市打上标注：

乐观。4。

欢迎来到萨姆拿

文／陈楸帆

我从未看过荒原——

我从未看过海洋——

可我知道石楠的容貌

和狂涛巨浪

        ——艾米莉·狄金森

意识是自然的梦魇。

        ——E.M.齐奥朗

混合动力中巴甩下一位满脸倦容的微胖男子，在遍地牛粪的街头翻兜找烟，远山绿得艳腻的热带植被晃得他睁不开眼。

他转身对着一尊一人高的神像，踩着一面大鼓，戴着牛头骨面具，双手交叉在胸前，打着结印，那是本地民族的创世神"嗨"。

在接下来的日子里，他将会常常与"嗨"相会，然而却没人知道那副面具下究竟藏着一张怎样的脸。

廖桦万万没想到，自己事业的第二春会在勐靖开始。此时距离《深度》杂志停刊的那个春节刚过去半年，他放下钻研了许久却迟迟孵不出处女作的沉浸式摄录机，一根长着四只鱼眼的巨型棒棒糖，重新背起了散热模块有问题的旧笔记本。

"这是个语法问题。"

廖桦总是这么回应别人对他顽固的指责，比起令人眼花缭乱的新技术媒介，他更习惯于在字里行间挖掘现象底下的真相，即便是在乎的人越来越少。

他接到一则神秘的邀约，来到这座因历史原因归属不明的西南边陲小城，传说中走私客、毒贩和跨境武装分子常混迹于此。廖桦也不是第一次将自己置身于危险境地，他做了一些该做的准备，并心安理得地把其他变数交给了命数。

原因无他，对方开价远远超出预期。

像所有中年失业的男人一样，廖桦发现自己陷入了棘轮效应，生活成本居高不下，而下一份合适又体面的工作却如初恋女友般遥不可及。

这次他要调查的对象是一头牛。

而且是一头死牛。

更准确地说，是一头被以极其艺术的手法大卸八块的死牛。

直面死亡是廖桦工作的常态，坠楼的官员、自焚的僧侣、赤裸的少女，这些构成他生动报道中不可或缺的元素。而他也从刚开始时的震惊和呕吐，慢慢习惯将噩梦驱逐出日常睡眠，到后来，竟有些条件反射般的上瘾。

他很难解释自己的这种心理动机，就好像跟死神挨得够近，你就能进入他的盲区一样。但归根结底，你和亿万个难免一死的人类没有什么分别，所不同的只是对恐惧的反应。

黑暗的电影院里，当那一幕来临时，有人会笑，有人会尖叫。

接廖桦的人也是给他发邮件的那个人——刀如海，二十岁不到的模样，瘦黑，不高，说起普通话来磕磕巴巴，和廖桦站在一块儿活像孙猴子和减了肥的二师兄。

刀如海把廖桦带到一家饭馆，已经码好了满桌的当地菜式，桌上坐了四五位穿裹着民族服饰的老人，同样干瘦，不说话，双手交叉在胸前行礼，咧嘴一笑，露出满口被烟和槟榔渍成褐色的牙齿。

"他们都是族里的干事，不太懂普通话，就是来给你接风。"刀如海边回礼边解释。

话音未落，其中一个老人举起杯中的米酒，发出猿猴般高亢的鸣叫，其他老人刷地举杯站了起来。

廖桦笨拙地刚想要起身，就被刀如海按住了，他用一种快速平直且带有破擦音的语言向老人们解释着，老人们长长地"噫"了一声，又坐下了。

"我跟他们说，还有一位客人没到。"

"还有一位？"廖桦纳闷。

"艺术家呐，这就是。"刀如海笑着迎向他身后。

还没等廖桦完全转过身，那位少女已经蹦入了他的视野。像一头壮实的小牛犊，被包裹在着了火般层层叠叠的红黑立体剪裁套装里，两根粗大的牛角辫在空气中微微颤动。

"乌兰托雅。"自我介绍间，她头顶悬浮的银色球体缓缓降落，嵌入头箍底座，上面四个鱼眼俏皮地闪着蓝光，而后完全熄灭了，成为一件古怪的饰物。

还没等席间各人接话，乌兰托雅已经自顾坐下，大吃起来。

廖桦看了一眼刀如海，满是疑惑。刀如海却将目光转向老人们。

老人们突兀地站起来，像是踩着某种无声的鼓点，举起杯，分开声部，吟唱着猿鸣般古老而悲怆的曲子，每两个八拍的间隙，整个饭店的客人都会同时大喝一声，像是经过精心排练的演出。

廖桦举着杯子，老人轮流与他干杯，而歌声却绵延不绝。

自认为酒量尚可的廖桦这次却感觉有团火在胃里烧，热力顺着血管爬遍四肢，最后爬上了头顶，那脑袋像蘑菇云般膨胀升起，与芦苇般纤细的躯体拉开无限远的距离。老人的歌声变得无比动听，他忍不住想要从那些旋律里挖掘动机，动机又枝枝蔓蔓地生长出更多旋律，眼前的一切都随着节奏在扭动、在融化、在旋转，颜色溢出了事物的边缘，发着光，拉出立体的层次。似乎万事万物的意义就蕴含其中。

廖桦意识尚存之际见到的最后一幕，是埋头大吃的乌兰托雅头上、身上钻出无数个绿色小人，它们没有五官却带着表情，漫天笑着舞动四肢朝自己走来。

他刚想，"我 ×……"便失去了知觉。

***

廖桦从幻梦中醒来，头痛欲炸，口干舌燥，发现自己躺在一间暗不见光的屋子里，身旁的床具散发着微甜的霉味。

他的手习惯性地摸向床头柜，却发现没有开关。

"梦醒了？"黑暗中飘出一句话。

廖桦猛地转身，碰翻了什么东西，在瓷砖地板上哧溜乱转。

"谁？"

话刚出口，他便看见四点蓝光浮在半空中，像鬼火般次第闪烁，构成一个四面体的顶点。廖桦以为幻觉还没有散尽，却突然醒觉。

"乌兰？……你在录像？"

"No，只是在采集一些数据。"

"可……为什么？我在哪儿？我怎么了？你怎么也在这儿？"

"嘘。"

蓝色光点在黑暗中拖出几道光痕，水母般游到另一端，"啪嗒——"，灯亮了。

这是一家二十世纪九十年代风格的旅馆，无论是美学还是设施上都充分体现了勐靖的边缘地位，代表着被时代遗忘的昨天。

乌兰托雅回到原位坐下——一张被磨得油亮的老藤椅。

"你中毒了。某种蘑菇。"

"你怎么没事呢？"

"我不吃蘑菇，也没喝酒，据说，你是敏感体质。"

廖桦从地板上捡起瓶装水，拧开，仰脖灌下去大半瓶，感觉自己又活了过来。

"据说？据谁说？"

"年纪不小问题还不少。"

"你为什么来这里？"

"不用问号你是不会聊天吗？……为了完成一件作品。你呢？"

"一份工作。"

"哈！"乌兰一声轻笑，"看来自动化采编程序还没普及到勐靖。"

"你不觉得有点不对劲吗？"

"对我来说，这个世界从来就没有对劲过。"

廖桦语塞。他起身拉开窗帘，打开了窗户，外面是一片竹林，在夜色中随风摆动，细雨渐渐飘起，沙沙作响，不久一股寒意便像蛇一样滑过他的脚踝。

"你半夜出现在我的房间，就是为了告诉我这个？"

乌兰托雅的蒙古面孔上露出草原般宽广的笑容。

"因为你也是我作品的一部分呐。"

***

在开往山里的车上，廖桦一言不发，他看着窗外奔腾的伊洛瓦底江支流拐了个弯，探入半岛腹地。他试图用自己引以为豪的理性将谜团解开，至少能捋出点头绪。但就像手机信号般，他的思绪此时空空荡荡的，无法接通。

乌兰说个没完，刀如海只能见缝插针地接话。

她说到她偶然发现前男友的一个文件夹，里面装满了各种视频文件。

"是那种小视频吗？"刀如海咧嘴笑了。

"我倒希望是。"乌兰露出奇怪的表情。

她花了整整一个下午，浏览了所有的文件。

这些粗糙的、摇晃的、色偏的、带噪点和扫描线的劣质视频，拍的都是差不多的内容——人摧毁机器的过程。视频中总会出现一个或多个面目模糊的人，手持各种工具：锤子、电锯、液压钳、土制炸药、王水、乙炔焊枪……将各种不同的机器：冰箱、汽车、电视、家用机器人、电脑以及一些用途不明的设备，砸烂、拆解、捣碎，直至面目全非。

"我交过有各种怪癖的男女朋友，恋尸、恋物……有一个还喜欢收藏各种监控摄像头拍下来的交通事故现场，说那能让他嗨起来，可这个文件里面拍的那些内容，我却想不出来原因。"

"后来呢？"刀如海问。

"后来他好像觉察到了，看我的眼神变得很怪，而且忧心忡忡的，再后来他就从我生活里消失了。"

叶公好龙。廖桦在心里冷笑，你们先闻一口真正的尸体的味道，再来跟我谈怪癖。

在那头陈尸了三天的牛面前，乌兰托雅像个艺术家般吐出了胆汁。

廖桦捂住口鼻，绕着那件艺术品走了几圈。

这是一头健硕漂亮的黑色公牛，双角粗长如孩童大腿，毛色油光锃亮，用刀如海的话说，是族里"心最好"的一头水牛。因此它被选作一个礼拜后"钦卡那鲁哇努",也就是剽牛舞仪式上的牺牲。

在祭礼上,收到木质请柬的人们将敲起铓锣,手握长刀,围着火塘载歌载舞。"大魔巴"也就是巫师,用木炭在一根三米高、半米粗的方形木桩各面画上叉号,由族里壮汉跳着特殊舞步,扛到剽牛场中央,插入土里。大魔巴念着咒语,往木桩上浇着米酒。如果祝祷仪式顺利,由五彩花毯和彩色珠链装扮一新的公牛便会被请下山,先围着主人家绕圈,圈数视性别、人口、习俗而异,亲戚们向牛喷撒五谷杂粮种子和酒水,最后被牵到剽牛场,拴在木桩上。此时角号吹响,木鼓敲起,进入最后的仪式。

刀如海像一个愤怒的街头模仿艺人,手脚并用地向客人解释剽牛的过程,其间夹杂着方言的粗鄙词汇。

到时候他将会从头人手里接过梭镖,绕牛一周,干掉少女献上的敬酒。

接下来他将举起梭镖,瞄准牛左肋间心脏部位的叉形标记,而后众人开始高歌。

他将猛刺牛心,欢呼雷动,牛应声倒地,倒下时的方向及姿态将预示吉凶。

然后他将割下牛头,献给头人检阅,大魔巴用牛血涂抹其全身,众人开始狂欢跳舞,以逆时针旋转的围舞敬奉先祖神灵。

牛将被肢解,剖腹取脏,分割牛肉,族人争相抚摸牛头以谋求平安好运。

"听起来结果差不多啊。"乌兰脸色苍白,远远地蹲在地上,捏住鼻子。

"那个杀牛的人应该是我！是我！"刀如海稚气未脱的脸上布满了暴躁的表情。

这本该是刀如海的成人礼。他是族长的小儿子，曾经无数次想象着这一幕的上演，甚至是在梦里。

如今，那头经过千挑万选的祭品静静地躺在他面前，姿态完美，像一个被精心剥开的橘子，皮肤完整，切口整齐，超大剂量的凝血剂的使用让现场异常干净。牛皮上每一个骨节都被打开，暗红肌肉连着结缔组织以解剖学结构陈列在旁，在胸腔及腹腔部位，所有的脏器都按照原先所在的位置悬浮着，开始肿胀、腐坏，此刻停满了急于繁衍后代的蝇虫。只有牛头保持完整，失神双目望向天空，像是对世界充满了疑惑。

廖桦忍住恶臭，蹲下，凑近观察那些脏器何以能够违背重力无端悬浮，他右眉一挑，像是发现了什么有趣的事情。

它们并非毫无支撑，而是像乐高积木般，彼此之间有极小面积的接触，整体构成一个均衡微妙的力学系统，但从外部来看，就好像是借助魔法飘浮在空中。这头牛的脏器中被注射了某种硬化剂，以保持相对刚性的结构。这只不过是埃舍尔式的把戏。

廖桦掏出限量版的万宝龙，小心翼翼地穿过左肋第三四根肋骨之间的缝隙，轻轻地去触碰那颗巨大暗沉的心脏，一个受力点。

这座由器官搭建的精致宫殿瞬间崩塌了，激起一团乌云般稠密的蝇虫与恶臭。

刀如海看着他，脸上露出某种预言遭应验的表情。

乌兰缓缓起身，开始了一阵更猛烈的呕吐。

***

"你是怎么想的？"

廖桦扭头问脸庞被篝火映得通红的乌兰，刀如海被支开买酒去了，现在空旷的休息站外只剩下他俩。要见大魔巴还得越过几个山头，夜路不好走，他们只好停车过夜。

"想什么？牛？还是大魔巴的预言？"

"两者都想。"

乌兰用拨火棍搅了搅油桶里的炭火，细小的火星飞升，很快就消失在了山区清冽的寒风里。

"我不知道。我只知道那不可能是人干的。"

"那会是什么干的？"

"有那么一种理论，但也只是理论，如果纳米机器人技术成熟到一定程度，便可以从生物体内部进行你无法想象的改造，甚至可以让那头牛就那么活下去……"

廖桦喝了口酒，左臂肘窝不知什么时候被虫子咬了一口，钻心地痒。

"如果真有那种技术，干吗不用在治病救人上，干吗在荒郊野岭搞这种恶心玩意儿？"

"你去问那些科学家，跟他们比起来艺术家就不能太正常！"

"哼。我有一种感觉。"

"什么感觉？"

"那个大魔巴。"

"怎么？"

"也许答案就在他身上。"

"这他妈真像是在拍一出真人秀，还是 B 级的那种。"

刀如海拎着几瓶啤酒回来了，在八月的夏夜里，他嘴里居然哈着白气。

"如海，跟我们再讲讲大魔巴的事情？"趁着几杯酒下肚，廖桦进入提问模式。

刀如海端着酒杯，像是迷失在林间山路上的孩童，脸上现出混合着恐惧与崇拜的神情。

在他断断续续且有些混乱的讲述中，廖桦和乌兰得知大魔巴并非本族人，没人说得清他来自哪里，只知道他先前在曼谷从事电子商务及游戏分销，能讲多国多地语言，在经历了一次意外变故之后，他关掉了自己的公司，变卖家产来到勐靖。在他到来之前，族里只能靠一些粗放型的山地作物和养殖业换取营收，人均年收入只有几百美元。大魔巴利用勐靖得天独厚的地缘优势，另辟蹊径，打着擦边球把这座小城变成了黑市科技交易的一个枢纽，许多来历不明的数据资料从本地"丢失"后，不受监控地流入边境各国，进而辐射到远东地区。

但光凭这些还无法让一个外族人成为大魔巴。

"他能预测未来，"刀如海充满敬畏地说出了这句话，"就好像一切早已发生过无数次。"

但当乌兰追问具体例子时，刀如海又讳莫如深地说你们到时候就知道了。

酒过三巡后，他们走回简陋的招待所房间，途中经过唯一的一家汽配店，发现那几个店员正玩着一款古怪的游戏。

他们从一辆黑色轿车上拆下四扇车门，分别打蜡抛光，整得如同镜面般光亮。然后从笼中放出一只雄性雉鸡，观察它走到哪块车门前面时会被镜中的自己激怒，进而发起攻击。

三人看了一会儿雄鸡与黑色镜中的幻影搏杀，陡见羽毛雪花般飘起。

***

廖桦又做了那个梦。

那是他七岁那年独自在家，翻箱倒柜的后遗症。

他在父母衣柜里发现了一个暗格，其中除了一些存折、契约、合同、证件之外，还有一个牛皮纸信封，而且用胶水封着口。

廖桦用毛笔蘸着水刷开了封口，发现里面装的是一些老照片。

他把所有照片在床上散开，里面没有一张出现父母或者任何他认识的人。渐渐地他发现了这些照片的规律，每个人都会出现两次，一次是活的，一次是死的。可当廖桦试图按照这个规律将照片分类时，他却发现了更多的问题。

其中有一些照片同时包括几个人，有些活着，有些死了，但同样的人可能又会出现在另一张照片上，只是生死状态会完全颠倒。

他怎么也想不清楚其中的时间顺序，便把照片反复打乱组合排列，很明显其中存在着无法调和的矛盾。

令人震惊的是他们的死法也五花八门，吊死的、枪杀的、活埋的、手术台上的、躺在棺材里的，等等。

而那些活人的表情，跟死人并没有两样，同样地冰冷僵硬。

还有就是照片背后也没有名字，只有一些含义不明的数字。

廖桦最终放弃了追根究底，他把信封重新封好，归回原位。他想不明白为什么父母会私藏这样一些照片，他也不敢问。当他第二次有机会打开那个暗格时，他却发现那个信封已经不见了。从此之后，他对父母的过去产生了一丝疑惑，尽管在所有人看来，他们只是一对平庸甚至有些乏味的基层公务员。

他曾经无数次回到这个梦里，无比焦虑地将那些照片不断打乱重组，试图理清他们之间的逻辑关系，他甚至怀疑过，这只不过是某种带有表演性质的写真。然而一切都无济于事，这似乎成为他人生所有问题的根源。

每次做梦，他总能发现一些新的照片，即便无法在苏醒之后清晰记起那些面孔，但是冥冥之中却有种强烈的感觉一直在暗示廖桦，这是不同以往的另一个人。

这次当他强迫自己凝视其中一张男人的面孔时，却听到了乌兰托雅幽幽的声音。

"你为什么那么不快乐？"

廖桦挣扎着醒过来，花了好长时间才弄清楚自己身处何方，房间寂静幽暗，并没有其他人。他拨开窗帘，停车场上还残留着雨后的水洼，刀如海的车孤零零地停在黄色灯光下，一只黑色的鸟儿正在不停地敲啄前挡风玻璃。

他挠着左臂肘窝，眼前闪过死者的面孔，廖桦一个激灵，领悟到了自己置身此地的真正原因。

***

"你为什么那么不快乐？"

"我什么……？"廖桦在山路颠簸中昏昏欲睡，却被乌兰回头的这一问给惊醒了。

"我就没见你笑过，永远都是一脸别人欠你钱的表情。"

"因为我胖。"

乌兰和刀如海在前座放肆地大笑，都盖过了车载音响的声音。

"所以你还是有幽默感的。"

"尤其是挖苦人的时候。"

"知道我们为什么那么喜欢喝酒、唱歌、跳舞吗？"刀如海在后视镜里看着廖桦。

"为了之后的交配活动预热？"

乌兰翻了个白眼。

"我们这个民族就像滇金丝猴，繁衍后代是头等大事。"刀如海并不在意。"因为过去已经过去，未来尚未到来，你所拥有的只有现在。"

"这是你们大魔巴说的？"

"不，这是你们杂志上说的——情感专栏。"

乌兰和刀如海又是一顿乱笑，这回轮到廖桦翻白眼了。

"艺术家，给我们普及一下你的作品呗，比如半夜在别人房间里乱拍那种？"过了半晌，他终于找到了反击点。

"幼稚。"乌兰的脸微微一红。"我不习惯在作品完成之前跟别人讨论，都在我脑子里，说出来就像丢了魂儿。不过……可以给你们看看以前的。"

乌兰托雅七岁那年因为车祸失去了双亲，被某地产富商收养，接受了最好的私人教育。她年纪不大，作品却屡获国际大奖，并被不少藏家和艺术机构收藏，最著名的作品当属"幽灵前任（Haunting Ex）"系列。

一号作品"心碎声音（The Sound of Heart-breaking）"是一个声音装置艺术，素材采集自台湾花莲海滩，潮水涨落时会与鹅卵石堆叠的孔隙发生摩擦，发出独特而细密的破碎声。她用基于对象定位（Object-based）的数字音场技术，搭建了一个虚拟的立体声学环境，听者在其中移动时，就像身处真实的海滩，每颗石头与海水碰撞时都会发出不同的声音，而每个人所听到的混响也全然不同。

单单如此，还无法传递她的创作理念。

她在虚拟音场里增加了一个对象，一个立体人形的吸音与反射物，能够如影随形地跟着听者行走或停歇。而人耳又对空间音场有足够的灵敏度来感知这个"幽灵前任"的存在，那是一种无法用语言准确表达的感受，就像和一个鬼魂并肩漫步在午夜花莲的海边，既孤独浪漫，又毛骨悚然。乌兰说，那代表着一种对逝去爱情的追忆。

如果说"心碎声音"更多代表了私人化的情感动机，那么她的二号作品"奇观幻影（The Phantom of Spectacles）"则试图营造出一种对公共性的反思。

乌兰选取了几大情侣最爱的名胜景点，并向网友征集与前任男女友在景点中的合影，经过数字化处理批量抹去路人后，再由算法无缝拼合成全景式的虚拟实境。当观众在虚拟景点中行进时，会有低帧率的情侣合影闪现、消逝（出于保护隐私，脸部都经过处理），宛如幻影。在合影密集的"甜点"区（Sweet Spots），我们犹如穿越爱的密林，那些已经成为过去式的亲密姿势，交叠出现，你会惊讶于它们所具有的惊人的相似性，以至于能够因为视觉暂时拖出一道长长的光痕，从而像定格动画般活动起来。

这些存在于公共数字空间的爱的残留物，与历经千年不变的名胜遥相呼应，传递出人类某种无法言传的渺小与荒谬。

"听起来很绝望啊。"廖桦朝车窗外吐出一口长长的烟气。

"No——No——No，"乌兰托雅把头摇得像拨浪鼓，"我永远永远永远不会放弃追求真爱，对我来说，那是宇宙万物存在的意义。"

"也许这就是大魔巴找你来的目的，数字时代的爱神，乌兰托雅。"

"我终于明白你为什么不快乐了，廖桦，你不相信爱。"

"好吧，"廖桦把烟蒂用力弹出车窗外，"这点你算是说对了。"

"快到了。"刀如海打断了拌嘴的两人，指着不远处的山谷。

一片白色建筑像是被抛掷在绿野里的一堆乱骨，十几座白色风力发电机在山脊上同步旋转，如同没有表盘与刻度的时钟。

一座巨大的嗯神像站在门口，像是在等待着什么。

***

车子绕过神像，驶进了宽大的铁栅门，两旁有白衣守卫正行交叉礼。

"那是真枪吗？"乌兰瞪大了双眼。

"为什么嗨神的手势有的张开，有的并拢？"廖桦发现了新的疑点。

"张开的是明嗨，代表创生；并拢的是暗嗨，代表毁灭。"

"可他们却长着一样的脸？"

"这只有雕刻神像的匠人才能知道，他们会在梦里看到那张脸，但雕刻成之后必须用牛头骨遮挡，否则将会有灾祸降临。"

廖桦张了张嘴，似乎想起了什么。

这是一座带有后殖民地风格的庄园，融合了东南亚及地中海的建筑特点，看得出来建造之初是花了大价钱的，从设计到施工细节都极其考究。据刀如海说，地产商本来想把此处开发成高端私密度假村，不过在上一轮金融危机中资金链断裂，加上边境局势存在不稳定因素，不得已低价抛售，于是在大魔巴建议下由族里出资购入，作为族产。

工作人员似乎都非我族类，矮小黝黑，但能听懂中文，穿着亚麻色的制服，胸前绣有小小的标志，那是一个额头打着叉号的牛头骨。

他们将廖桦和乌兰带到五星级标准的房间，躬身退出，只留下一个小小的通话器。

"你们这里有没有能拨出去的……"廖桦在房间里转了一圈，又摆摆手，说，"没事了。"

他突然发现自己肘窝被虫咬的地方浮起了一片红斑，像是某种形状，这时传来了敲门声。

"谁？"廖桦突然警觉起来。

"还能有谁。是我——乌兰。"

廖桦让她进屋，她住在对面的房间。

"你又想偷拍什么？"

"我认真地问你,你觉得我们还有机会活着回去吗?"

廖桦看着乌兰托雅的双眼,意识到她真的害怕了,他思考着应该怎么回答。

"虽然到目前为止,所有发生的一切都毫无逻辑可言,但我确定,我们身上有他们想要的东西,在他们没拿到东西前,我们暂时还是安全的。"

"安全?看看那头牛!所以理性先生你的建议是⋯⋯?"

"洗个热水澡,穿得好看点,我们马上就要见到那个人了。"

***

这是一场无比尴尬的晚宴。

硕大的宴会厅里空荡荡的,摆着一张餐桌,舞台上轮流上演着艳俗的民族歌舞,却无人关注并喝彩。

刀如海的阿爸,族长刀丰年坐在主位,条件反射般地说着客套话,不停劝酒劝菜,却掩饰不住他内心的极度不安。

他的长子,刀如山,坐在他的左边,状若梦游,面无表情地瞪着台上闪烁着的彩光,拿起手机扭身自拍,然后夹起一根炸脆的竹虫,大声咀嚼。

最正常的也许就属刀如海了,他对阿爸和哥哥面露鄙夷,不时找话题和廖桦以及乌兰互动,避免冷场。

"大魔巴什么时候到?"廖桦有点坐不住了。

"很快,很快⋯⋯"

刀丰年回应着，突然腾地起身，又拽起刀如山，将双手交叉在胸前行礼，大儿子笨拙地模仿着，手机却还握在手里。

刀如海眼中流露出异样的神采，说："他来了。"

廖桦和乌兰顺着他们的目光望向舞台，所有的舞蹈演员摆好造型让出了一条通道，灯光暗下，只留下一束追光，罩在空空的背景板上。鼓点响起，活动地板忽然滑开，一个头戴牛头骨面具的白衣男子缓缓升起，出现在了舞台中央。

大魔巴走到前台，双手一抬，腕间的珠链铿锵作响，灯光随之大亮。他身形单薄瘦小，丝毫看不出有神异之处，他步下台阶，径直朝廖桦走来。

"我去，我去，我去。"乌兰低声紧张地念道。

"廖桦，好久不见啊。"大魔巴将面具一摘，竟露出一张白净斯文的书生面孔。

"是啊，好久不见了，刘磊。"廖桦似乎早有准备，伸出手与其相握。

这回，所有人都听见了乌兰嘴里突然冒出的那一句："我 × ！"

＊＊＊

廖桦印象最深刻的是和刘磊吃过的三次饭，前后相隔大概有五年之久，最后一次见面距今也有两年多了。

他们算是同一届校友，只不过一个学新闻，一个学计算机，在校时并不认识，毕业之后多年才在一次校友聚会上相识。

第一次饭局吃的是云南菜。

当时廖桦和他还不是很熟，只记得刘磊三杯酒下肚，在席间大吐苦水，大致是说自己与妻子的信仰不合导致的种种生活冲突，当时搞得气氛颇为尴尬。

刘磊和他老婆属于在校婚姻——未婚生子，放到那个时代也算是比较前卫了。刘磊是个唯物主义者，至少当时是，而他老婆是个教徒，矛盾主要集中在让不让孩子吃素，信不信教。

廖桦其时刚步入婚姻，正处于蜜月期，觉得这些问题离自己还天高地远，八竿子打不着。唯一留下印象的是刘磊在复述自己和妻子争辩究竟有没有神的问题时，逻辑缜密，思维敏捷，具有极强的思辨能力。当然，他最终也没能说服妻子放弃神创论。

第二次饭局大概是在两年后，后海边上的小酒馆。

廖桦当时状态不太好，妻子认为他过分沉迷于对负面新闻的报道，甚至有点走火入魔，严重影响了夫妻感情和家庭生活。廖桦自己心知肚明，但他也说不好到底是为什么，只觉得对世俗生活的兴趣在一点点消退，说得矫情一点，就是丧失了爱的能力，无论是感受还是给予。只有死亡，形形色色的死亡，才能让他觉得有那么点意思。

刘磊已经离婚了，孩子判给了女方，他变卖了所有家产跑到曼谷开了家公司，做国内游戏代理，捎带手也做点外贸业务。讲起曼谷的夜生活，刘磊两眼放光，他拍拍廖桦的肩膀，说："什么都要试一试，这样你就不会觉得生无可恋了。"

当时他们还瞎聊出一款以开光为噱头的 App，说可以由刘磊从泰国请来高僧加持。酒尽人散，那款 App 终究没有开发出来。

就是在那次酒局上，廖桦把自己的梦告诉了刘磊，刘磊若有所思，答应回曼谷后咨询一下大师。

第三次饭局又隔了两三年，廖桦正好在上海出差，接到刘磊的电话，问："你在哪儿？能不能马上见一面？"

第二天，刘磊在他外籍女友的陪同下直飞上海。这回他们吃的是潮州菜。

廖桦看到刘磊脸色发青以及身边女友忧虑的模样，忙问："怎么了？"刘磊说自己已经两天没有睡觉了，有一些事想告诉廖桦，想听听他的想法。

那时候廖桦正和老婆闹离婚，打得一塌糊涂，见到刘磊时惊觉自己正亦步亦趋地重复他走过的路，心情自然好不了，可还是耐着性子听他到底想说些什么。

事情发生在两个月前，刘磊乘坐航班从首都直飞曼谷，在三万英尺的高空，他扭头望向窗外，当时机翼航标灯闪烁，照亮了浓厚的云层。他突然觉得有什么东西在脑中炸响，仿佛一场脑内核爆移平过去三十多年间苦心建筑的顽固观念，并让它们全部瞬间烟消云散。刘磊握着空姐的手，泪流满面，如获新生，他能清晰历数自己所犯下的每一道罪过，并深深悔恨。他觉得那就是神。

飞机落地之后，他没有回家，而是驱车直奔寺庙，情绪激动的他在寺门口被拦住了，争执之下，一位僧人出门迎见。僧人见到刘磊后面露惊疑，双手合十不停念诵经文，而刘磊无法自控地双膝着地，头痛欲裂，各种淫邪残秽的念头如雪花般纷飞。

他终于明白，自己的肉身变成了神与魔的战场。

刘磊开始不吃、不喝、不睡，他觉得自己可以通过呼吸从宇宙汲取能量，同时他也能够感受到自己的每一道思绪在脑中不同部位流动，并微微发烫。

家人和女友强行把他绑到了当地医院，医生全面检查过后，说从生理指标上看他并无丝毫异常，这更让刘磊确信自己并非常人，他觉得自己是被选择去完成某种使命、传递某个信息的。

于是他就想到了廖桦。

廖桦听完了刘磊的讲述，不动声色地关掉录音笔，他曾经采访过不少类似的对象，按常理判断，刘磊脑中肯定发生了某种器质性病变。

廖桦非常诚恳地表示，自己需要咨询更多的专家，才能够帮到刘磊，并相约一周后在北京再聊。

刘磊的女友不会中文，她用蹩脚的英文请求廖桦帮忙，廖桦注意到她说了一个非常用词——"haunted"。

临分别时，刘磊笑笑对廖桦说："看着现在的你就像看着过去的我，祝你早日解脱。"

廖桦的情绪顿时跌到了谷底。

一周后他们并没有在北京再见，刘磊还联系了其他朋友，被连哄带骗送进了安定医院，并被确诊为了妄想型精神分裂症。

再后来，他们就彻底失去了联系。

直到这次相见。

***

"你现在还觉得我是神经病吗？"

刘磊领着两人参观灯火通明的庄园，在巨大山崖掩映下显得尤其不真实。族人将它称为"萨嗨拿"，意指嗨神祈福之地，又指狂舞之地。刀氏一家在后面不远不近地跟着，反倒像是仆人或侍卫。

廖桦一时语塞，竟不知道该如何作答，只能将话题引开。

"后来发生了什么？"

"后来……我意识到没有人能真正帮到我，而且更重要的是，我意识到先前那些愚蠢的想法只是一个测试，Phase 1，所以我不怪你。"

"Phase 1？"乌兰疑惑地问，"它代表什么？那你到了什么阶段？"

"接下来我要讲的故事，也许有些难以理解，请两位有点耐心。"

刘磊停下来看着乌兰，月光打在他侧脸上，睫毛如飞蛾触须般扑闪，显得幽深莫测。

"两年多前，我在飞机上遭遇了一场意外，说是意外，其实是命中注定。就像是经历了一次脑部放疗，备受折磨之余也多出了好些有趣的念头……"

"比方说……？"乌兰问道。

"比方说，时间也是一种玩具，从感知刺激，到最终形成意识，中间足足有 0.5 秒的时间差，足以玩出许多花样。"

刘磊大手一挥，众人顺着他手指的方向看去，那是山上顺时针旋转的风力发电机。刘磊手指向哪座风车，哪座风车的三片白色扇叶便会变为逆时针旋转，当他将手移开后，便可瞬间恢复正常。

廖桦看着乌兰的表情，知道她也和自己一样，看见了不可思议的景象。

"……我慢慢意识到，这些念头并非只是幻觉，它们是真实存在的，而且具有非凡的意义。就像是落满灰尘的镜子，突然被一只大手抹得干干净净，所有原先受限于人类意识形态与思维模式的障碍被清除一空，世界变得无比澄澈透明。我能看到万事万物之间存在的普遍联系，进而掌握了利用人类意识缺陷制造幻觉的秘密。"

"你们这些邪教头子，扯起淡来都一套一套的。"乌兰自从看到舞台上浮夸的一幕后，便抑制不住自己嘲讽的冲动。

"有点耐心，乌兰小姐，稍后我们会谈到那个梦的索引算法。"

乌兰托雅像是被摄了魂儿似的，整个身体都僵住了，刘磊和廖桦继续朝前走去。

刀如海拍拍她的肩，却发现她在颤抖。

"他是怎么知道的？我从没告诉过任何人……"

"我前面说过，他能预见未来，他还预言你们俩会帮我……"

突然前面传来一声非人的嘶吼，一名全身赤裸的男子从树丛中跃出，将刘磊扑倒在地。男子手中握着猎刀，嘴里不断重复着几个音节，朝刘磊胸前狠命刺去。刘磊双手死死架住男子的手腕，眼看着刀尖马上就要没入左胸肋部了。

一声清脆的枪声，男子脑袋一歪，顺着巨大作用力翻倒在地。正当众人惊魂未定时，刀如山上前又补了几枪，脸上依旧是那副似梦非醒的神情。刀丰年拍拍他的后背，将枪轻轻拿开。

乌兰双腿一软，瘫坐在地，她问刀如海："这个他也预见到了？"

刀如海一句话也不说，死死瞪着正在和尸体自拍的哥哥，眼中充满了妒火和怒意。

"他是谁？为什么要杀你？"廖桦将刘磊从地上拉起，问道。

"我在这里做的事情，不是所有人都能理解的，更不是所有人都会喜欢的。"刘磊倒是十分淡定，"三天前我们发现了这个奸细，估计是与最近的一笔交易有关。我们要把基于 CATNIP 算法改良的图像识别系统卖给缅甸政府，所以我猜他应该是反对派的战士。"

廖桦想了想，又问："他刚才喊的是什么？"

"缅甸语，杀了我。"

刘磊继续向前走着，若无其事地介绍起了园内的娱乐设施。

***

"说真的，我们该逃出去。"

乌兰托雅神经兮兮地在房间里转着，距离刘磊所说的"大日子"还有三天，可他们仍然对周遭所发生的一切毫无头绪。

"有几种办法：(1) 我们偷辆车，冒着迷路和掉下山崖的危险，能跑多远算多远；(2) 找到能拨外线的通信工具，发出求救信号，祈祷真的有人会来救咱们，虽然连我自己都不信；(3) 我们忍到祭礼那一天，看刘磊究竟想干什么，再随机应变。"

"还有一种可能，"乌兰开始翻开各种物件，查看花瓶底部和镜子背面。"我们的一举一动都在他们掌握之中，我们就是祭品。"

"拿少女当祭品那还有可能，可我，一个中年失业死胖子？没道理啊。"廖桦看见乌兰脸唰地白了，知道自己开错了玩笑。"那天晚上，刘磊提到了那个梦，什么梦？"

乌兰打开落地窗，走出阳台，眼前繁星漫天，寂静充斥着整个宇宙，压迫得人心里发慌。

"那就是我尚未成型的作品，我给它起名叫机器梦境。"

"可他是怎么知道的？"

"这就是他让我害怕的地方……你说得对，这地方太不对劲了。"

"记得你还说过，我也是你作品的一部分。"

"我不做梦，从小就是。医生告诉我，梦是大脑对现实信息的二次过滤和索引，不做梦是保护意识的缓冲机制。我不相信，我以为创作能够代替做梦。后来我发现根本就代替不了。"

乌兰将手机递给廖桦，廖桦滑看那些怪异的图片，眉头紧皱。

"这是什么？"

"用深度学习模拟卷积神经网络，让机器去处理一些日常图片，经过数据索引比对和特征强化，最后就变成这种噩梦般的景象了。这也是 CATNIP 研发团队的一个开源子项目，叫作'cTHUlhu'。你看那些眼睛、触手和颜色，人做梦只能处理个体有限的经验，而机器做起梦来，索引的是近乎无限的数据……"

"科学家疯起来确实比你们更没底线。可这跟我有什么关系？"

乌兰脸上的兴奋劲儿消失了，眼神躲开了廖桦。

"他们用牛引你上钩，而对我，他们用的饵是梦，你的梦。"

廖桦死死盯着乌兰，就好像她脸上也长出了那些疯狂的纹样和色彩。

"所以那天晚上，你在我房间里……"

"他们给了我一份关于你的详细资料，其中提到了你的梦。我在想，如果能够把你的梦境记录下来，再用 cTHUlhu 进行索引，说不定能发现那些照片的来历。你难道不好奇吗？"

"……这是他妈的窥私癖！"

"我知道，我道歉！可说不定这能让你永远摆脱那个噩梦……"

"你的好意我心领了，可我拒绝接受你的道歉！你考虑的只是你的狗屎艺术，玩个新概念，卖个好价钱，根本不去考虑别人的感受，难道不是吗？"

乌兰沉默了，脸消失在阴影里。

"车祸后，我失去了所有关于父母的记忆，照片上的面孔，在我看来完全是两个路人。医生说，这也是某种保护机制，嘁，这些骗子。我羡慕你，羡慕所有能做梦的人，不管是噩梦还是美梦，至少你们的世界是完整的……"

廖桦无语，望向星空，他这才意识到乌兰托雅作品中更深层的含义。在她的心里，永远有一个缺口、一个洞，像幽灵一样缠绕着她。所以她想设法记录下身边发生的一切，作为备份。

"我接受你的道歉。"

廖桦转身离开，星空下只剩下了孤零零的乌兰托雅。

他没有告诉乌兰的是，那些机器处理出来的噩梦图片，像极了蘑菇中毒后他所看到的世界。

***

很难想象在庄园背后竟然隐藏着这么一大片圆形空地，就像是在人工建筑与原始森林之间开辟出来的战场。

土质、地表并没有经过特殊处理，只是用碎石子在上面镶嵌出了环环相扣的复杂纹样，每逢雨季来临，总会被冲刷得一片狼藉。

中央挖了一个半米深坑，用铁架和柴木堆砌起一座边缘粗粝的圆锥体，等待着被火种点燃。

在空地边缘，立着十二座一人多高的姆神像，明姆与暗姆交错排列，按照时钟刻度围成圆圈。举行祭礼时，受邀族人会围绕着神像起舞，旋转，痛饮。

穿过神像边界，便被幽暗潮湿的原始森林包围了，一里开外，一棵巨大的望天树冲破层层叠叠的藤蔓和绞杀植物指向天空，宛如在林层顶上 30 米处撑开了一把大绿伞，形成第二道屏障。

那是族里的神树，刀如海行了个交叉礼。

廖桦和乌兰被眼前的景象震慑住了，甚至不敢用力喘息，生怕惊动了林间的神灵。

"所以……这才是举行祭礼的地方？我还以为是在剽牛场呢。"乌兰头顶悬浮的银球拍下了 360°全景画面。

"祭礼一共要办三天，剽牛场是为普通人准备的，这里，只在最后一天对少数尊贵的客人开放。"

"没有了牛，你打算怎么办？"廖桦装作不经意地提起。

刀如海往地上狠狠啐了一口唾沫，丝毫不顾忌这是在姆神的脚下。

"这就是你们在这里的原因，大魔巴说过，你们会帮我实现心愿。"

"你的心愿是……"

廖桦心里早已明白，只想听这个男孩亲口说出。这时他突然发现自己臂上的咬痕蔓延成了一个清晰的符号，一个红色的叉号，他连忙伸出手指去按压它。

"在祭礼上，阿爸会当着所有族人的面宣布他的继承者，这个人将在合适的时候接过他的圣鼓，成为新的头人。"刀如海的嗓音逐渐低沉下去。"我希望那个人是我，而不是那个无脑儿。"

当手指触及那个红叉时，廖桦眼前突然闪现出刀氏兄弟的面孔，带着死亡气息。他惊恐地松手，眼前恢复了现实。

"听起来你们兄弟俩感情可不太好。"乌兰故意逗刀如海。

"你们都看见了，他是怎么对待客人的，我可不敢保证，他不会以同样的方式对你们。"

廖桦和乌兰对视了一眼。

"可我们怎么才能帮你？"

"我阿爸只听大魔巴的话，你跟大魔巴关系就像藤绕树——好得很，你说话一定管用。"

"那你能保证让我们安全离开这儿吗？"乌兰急切地问。

"嘘。"刀如海脸上突然露出怪异的笑容，手指举向天空。

廖桦和乌兰侧耳聆听，除了密林间的虫鸣鸟叫，就没其他声音了。

"要不是我，那个姓阮的越南人，就得跟其他那些冤死鬼一样，埋在这林子里，也就不会有什么全东南亚最大的虚拟现实渲染农场了。"

两人突然感到一阵寒意，像是山间突然刮起的一阵黑色的风，无数鸟儿从树梢飞起，他们看见山脊边缘出现了一个银灰色的亮点，朝庄园快速移近，旋翼轰鸣声也紧随其后涌来。

"我们的贵宾到了。"

刀如海向两人做出了一个有些夸张的邀请姿势。

***

最后一餐——晚宴多了三位贵宾，分别是政客、投资人和科学家。

廖桦看着这几张无数次出现在媒体上的面孔，感觉有点眩晕。当然也有可能是刀如海灼热的目光让他浑身有些不自在。

"现在台上正在表演的是本族的创世神话。"刘磊手一挥，充当起了讲解员，"远古洪荒，宇宙一片混沌，嗨神一敲圣鼓，鼓声传出无限远，分开了明暗与天地；二敲圣鼓，鼓皮上圣尘飞扬，化为日月星辰、山川河流；三敲圣鼓，鼓皮裂开，飞禽走兽随着鼓内的原汤流出，抖干身上的毛发，各自觅食繁衍去了。可嗨神却听见鼓里还有动静，一看是一对孪生连休兄妹，背靠背粘在一起，双手交叉胸前，动弹不得。嗨神见其可怜，便用手将兄妹分开，成为单独的两个个体，他们便结为了夫妻，开枝散叶，兴盛自己的种族，与万事万物和谐共存。"

席间人人脸上露出各自暧昧不明的表情。

政客："也许不太礼貌，可我还是得说这是一个乱伦的故事。"

投资人："远古神话大部分都有乱伦情节，这倒没什么，我关心的是，那个鼓是从哪里来的？故事里没有交代，是嗨神创造的？还是噗的一声，它就在那儿？"

科学家："听起来跟某些理论倒有相合之处，也许我们可以用弦论来看待那个鼓？它是某种隐喻，某种对宇宙秩序的朴素解释？"

"神话……它就是神话，"刘磊面露不置可否的微笑，举起了酒杯，说道，"为神话干杯！"

　　晚宴漫长得让人无法忍受，似乎永远有下一道菜在等待着上桌。话题随着酒杯不停流转，从泰国政变局势到意识形态笑话，廖桦能感觉到这几个客人急于获知某种东西，却又不敢轻易试探，像是在一个房间里，绕着一头隐形的狮子在打转。大家都知道它就在那儿，但是谁也不愿意当第一个伸出手去摸它的人。

　　只有刀如山我行我素，不顾贵宾脸上的尴尬，不停地自拍合影留念。

　　瞅了个空当，廖桦微微倾身靠近刘磊，委婉表达了刀如海的心愿。

　　"你认为什么样的人更适合当头人？"刘磊似乎早有准备，反问道。

　　"至少是个心智健全的人。"

　　"你这是从理性视角考虑问题，但却未必科学。作为个体来讲，意识常会带来额外的认知成本，感知速度变慢，信息处理能力受限，同时需要持续的虚构来维持逻辑贯融性。就好像你来到这里之后，一直想找到能够解释一切的因果关系一样。"

　　"这难道有错吗？"

　　"我们之所以相信因果关系，并非因为它是自然的本质，而是因为我们所养成的心理习惯和人性所造成的。"

　　"休谟？"这个名字突然浮现在廖桦脑海中。

　　"你只是知道，却并不懂得，这就是你作为人类的局限性。就好像刀如海只把他哥哥看成是一个白痴，却没有看到，承载神灵意志，需要的正是这样一个完美的容器。"

　　"……你真的是疯了。"

　　"我给你看样东西。"刘磊淡然一笑，他喊来刀如山，拿过他的手机，滑出一张照片，递给了廖桦。

这是那天晚上刀如山击毙行刺男子后的自拍照，他那张呆滞的大脸和带着弹孔的死尸头颅挤在取景框里，显得格外滑稽。

"挠挠你手上的圣痕，是不是让你想起了什么？"

廖桦惊恐的双眼瞪得越来越大，像是窥探到了这个世界的真相，却又无法理解。

＊＊＊

鼓声从极遥远处传来，在身边炸响，穿戴隆重的族人们手擎火把，围在呣神像周围，火光随着鼓声跃动，在人与神像脸上投出变幻不定的阴影。

不知是谁发出一声长长的啸叫，火把投入火塘，火焰顺着圆锥体底部攀爬舔舐，不时发出清脆或沉闷的爆裂声，细小火星飞升，随即消失在夜风里。

廖桦、乌兰及三位贵宾在篝火前一字排开，少女为他们献上美酒，众人一饮而尽。

刘磊戴上了牛头骨面具，跳着古怪的舞步，嘴里还念念有词，他将手中缠绕着彩色珠链的牛骨法杖一挥，刀如海便上前递上写着各人名字的信封。

廖桦不敢直视刀如海的眼睛。他打开信封一看竟然是一个数字。

其他人也一样，大家面面相觑，不明所以。

火光像是被罩上了一层滤镜，没那么刺眼，颜色却像镀了膜般泛着虹彩，大魔巴的声音忽远忽近，像是跳过空气直接在五人脑中鸣响。

"……有一天，一组数字凭空出现在我的意识里，挥之不去。我花了一个礼拜，终于弄清楚那组数字代表着什么，那是一个坐标，勐靖。当时我不理解，为什么是勐靖，而不是波士顿、帕罗奥图、深圳或者其他看起来更为重要的地标城市。现在我明白了，这里，萨嗨拿，将成为未来的一个重要节点。"

廖桦看着炭火上迸射的火星在空中划出凝固的光线，像一场盛大的微型烟花表演，他抬起头，望见山谷边缘镶嵌着一块巨大的宝石，像是有了生命般，由中央向四周一圈圈地漾开复杂的波纹，那波纹边缘继续分裂成更小的波纹，相互干涉、融合，变幻出无穷无尽的分形图案。

低沉的号角声响起，宝石的纹理随着音律震颤然后由紫蓝变为萤绿，转瞬又变为亮橙色。

牛骨法杖从他们眼前划过，廖桦才惊觉自己迷醉其中的奇观竟是星空本身。

族人们开始唱歌、跳舞，以篝火为圆心顺时针旋转。

"慢慢地，数字越来越多。我建立了一套巨细靡遗的数字索引系统：身份证号、社保号、经纬度、邮政编码、条形码、股票代码、软件序列号、年度财政预算、民意调查结果、彩票中奖号码……一切的一切，只要你想得到的。有时候一个数字可以有多种解释，于是我不得不追踪在同一时间段内，究竟哪个参数发生了最为显著的变化。我开始明白了，这些数字来自未来，它在引导我采取行动。就像你们手中拿到的数字，它同样代表某种使命……

"现在，请你们告诉我，你们的使命是什么？"

政客、投资人和科学家显然被眼前的一幕震慑住了，他们双手颤抖，努力解读着纸上的数字所代表的含义。

刀如山从他阿爸手里接过枪，跨出一步，站在火堆前。刀如海双眼被火苗映得血红，他的手紧紧按住了插在腰间的梭镖。

政客第一个举手，说："我想这个数字代表的是刚刚通过第一轮审议的草案，出于国家安全考虑，我们将对特定领域的科研成果及技术转让进行严格限制。"

刘磊问："也包括合法采集到的用户数据？"

政客点点头。

刘磊："我希望你让它流产。"

政客："这不可能！我只有一票！"

刘磊："站在你身边的记者先生，他同样是被未来选中的人，他能在梦里看到一些关键人物的照片，其中就有你，也许是死的，也许还活着，这完全取决于你的选择。而且，别想着能蒙骗过关，到处都是我们的信徒，也许就在你身边。"

政客看了一眼廖桦，后者的表情告诉他，这一切都不是虚构的，他跌坐在地，一脸颓丧。

投资人急切地表明态度："这个数字是我们马上 Close 的一个项目的投资金额，但奇怪的是，这并不是最后敲定的金额，而是之前的某个版本。那个方向被我们否定了，用量子计算赋予纳米机器人类似生命体的认知决策能力，投入太高，回收周期太长。不过，我能把决策扳回来，请相信我，钱不是问题……"

刘磊满意地点点头，就像一个志在必得的盲棋手，每个棋子的进退都在他脑中留下了可追溯的轨迹。

科学家花了比其他人更长的时间，她半跪在地，低头用手指在地上演算着什么，似乎努力不让周围的幻觉影响自己的思考。

她突然抬起头，目光中充满了怀疑："你有没有想过，所有这一切的背后意味着什么？从未来发送这些信息的又是谁？目的何在？"

刘磊深吸了一口气，用一种优雅而清晰的口吻诉说着。

"我曾经借助药物整宿整宿地思考这些问题，因为我害怕一旦睡着，那些信息会趁着我意识薄弱之时，给我植入错误的观念，并让我深信不疑。我怀疑过自己只是缸中之脑，或者像'Roko 的蛇怪'所设想的，一个纯粹邪恶的超级人工智能将操控尽量多的人类，利用尽可能多的资源来创造自己，加速自己的诞生。而它一旦降生，它将知晓哪些人帮助过它，哪些人没有，它将会折磨所有没有帮助过它的人，无论是死还是活，因为它已无所不能，甚至能够无数次地模拟整个世界。所以，当这种'存在'的概念进入你的意识层面时，无论它是什么、想要什么，你都已经毫无选择地被卷入永劫回归的境地。我的意思表达清楚了吗？"

"你的意思是，一切都已经发生过了，我们只是在接受惩罚，不断重复自己的错误，直到永远？"科学家用颤音说道。

"我的意思是，也许有无数种理论去解释发生在我们身上的一切，但这不是科幻小说里的世界，没人能简单粗暴地给出正确答案。你来到萨姆拿，拿到一组数字，你接受命运，做出选择，你活下去，你死了，你又活了，都是这个世界运转的方式。所以我经常说刀如山是这个世上最富有智慧的人……"

刀如山似乎听懂了这句话，咧嘴一笑，挥舞着朝天鸣了两枪。四周发出一阵阵猿猴般的尖啸欢呼，族人的舞步愈发癫狂，歌声与鼓点、铓锣、号角交混一起，在空旷的山林间回荡。

廖桦和乌兰面如死灰，他们拿到的数字，含义如此明显，像是在冲他们大声咆哮。

数字的前一半是他们的生日，后一半是今天的日期。

世界在他们面前猛烈旋转，明姆与暗姆在跃动的火光中渐渐合二为一，交叉在胸前的双手如莲花盛放，收拢，再度绽开。

乌兰控制不住，两腿一软，跪倒在了地上。廖桦扶起了她，就在这时，他看到了刀如海绝望的眼神。

刘磊走到廖桦和乌兰面前，像是突然记起了他们两人的存在，向他们热情地伸出了双手。

"有一句话我一直忘了跟你们说——欢迎来到萨姆拿，姆神祈福之地。在这里，你们能看清世界的真相，圣鼓有两面，鼓皮也有两面，但当它被以克莱因瓶的方式展开之后，有且仅有一面。我把它称之为Hyperreality，超真实。在这里，未来与过去，真实与梦境，神话与科学，人与机器，你中有我，我中有你，这难道不比狗屎一般庸俗的现实主义有意思多了？就好像你，廖桦，不但能记得往事，还能记得下下周发生的事情，只能记起过去的记忆是一种可怜的记忆。难道不是吗？"

"《爱丽丝镜中奇遇记》？"

"看，在这里我们心灵相通，多么完美！"

"可你要杀了我们……"乌兰努力克制住恶心，有气无力地吐出这句话。

"亲爱的乌兰小姐，我知道对于大多数人来说，适应未来是很难的一件事。你玩过那个经典的游戏《生命线》吧，也许只是开错了门，也许只是选错了任何一个不起眼的选项，宇航员泰勒就得死。你做出你的选择，未来做出它的选择，就在你手里。我喜欢你的幽灵前任系列，作为回报，我决定让你成为第二个祭品。"

刘磊退后一步，手一挥，刀如山站到廖桦面前，右手举枪对准他的眉心。

"我一直好奇，那个通感圣痕是怎么工作的，类似于触发某种记忆索引机制吗？告诉我，廖桦，你能看见自己的尸体吗？"

廖桦此刻竟出乎意料的平静，仿佛在梦境中早已无数次预演过这一幕，只是像技巧熟练的演员再次登上了舞台。

他闭上眼睛，用手指轻触肘弯的叉形伤痕，等待着那一刻的到来。

一张照片向他迎面扑来，廖桦并没有看见自己的尸体，他看见一把梭镖深深插入刀如山的左胸腔，而那张浮肿木讷、没有丝毫智慧痕迹的面孔，正惊恐万状地望着他的弟弟刀如海。

枪响了，所有的音乐停了下来，周围安静得可怕。

廖桦睁开双眼，看到了他在三秒钟前已经预览过的场景。

而刀如海并没有像照片一般凝固不动，他夺过哥哥手中的枪，指向他曾无比崇拜的大魔巴。

***

祭品与叛徒绑架了巫师，穿过十二座唔神像站成的时钟，逃进了萨唔拿的原始森林。

影影绰绰的火光在他们背后渐行渐远，逐渐被黑暗吞没，廖桦和乌兰互相搀扶，跟随着刀如海发出的声音前进。

刀如海用枪顶着刘磊的后胸，逼迫大魔巴前进，巨大的委屈涌上他的喉头，化为泪水滴落。

"你们是逃不掉的。"刘磊的声音变得嘶哑怪异，仿佛还带着笑意，在黑暗中森森发冷。

"你答应过的，你答应过的。"刀如海用枪把狠狠砸在刘磊头上，发出空洞的回响。

乌兰突然停了下来。

"什么？"廖桦问。

"有人跟在我们后面。"乌兰声线发颤。

廖桦不知道哪个方向是后，只能凭着直觉看去，却只看见一片漆黑。

不知名的生物靠摩擦肢体或口器发出声响，各类植物在夜间散发着芳香或恶臭，藤蔓、枝叶与虫豸扫过逃亡者的身体，没有光，一点都没有，夜空像是被某种不透光的物料彻底笼罩。

刀如海强迫症般念念有词，他在凭着记忆和身体的感觉寻找神树的方向，找到神树，才能找到出路。

这次他却花了比平常多得多的时间，尽管从感官上判断，他们应该已经走出了好几里地。

乌兰紧紧掐着廖桦的胳膊，她浑身僵硬，艰难地行进着，不时发出绝望的哀鸣。

"没事的，有我在。"廖桦半拖半拽，努力不让她掉队，可刀如海的声音已渐行渐远。

乌兰又停下了。

"我看见了……它们——像鬼影一样，又来了！"

乌兰蹲下，紧闭双眼，捂住耳朵，瑟瑟发抖。

廖桦无奈地环视四周，并没有发现任何异样。

他们被落下了，在这荒蛮之地，这就是那个数字所代表的宿命。

他看见了一些东西。

事物的轮廓渐渐从黑暗中显现出来，如同飘浮在半空的极黯淡的彩虹，又像是凝视强光后残留的光痕，它们互相勾连、填充、成型，幻化出无数只眨动的眼睛，或是由昆虫躯体拼接成的脸。它们浮现又复隐没，真实世界如同脆弱幻影，而那些巨大的沉默之物，才是在篝火后投射一切的实在。

"机器梦境。"这个词从廖桦口中滑出，他突然明白了。

他蹲下，将乌兰的双手从耳朵上拿开，廖桦抱住她的肩膀，让她感觉到了安全。

"记得吗？这里是超真实。你所感受到的，只是你的作品，只不过它们被具象化了。"

"可……可我从来不知道，它们这么吓人。"

听着乌兰的哭诉，廖桦笑了。

"你正在穿越爱的密林啊，每一个甜点都见证了一段逝去的爱情。跟在你身后的，不是爱过你的就是你爱过的人，你这么一想，是不是就没那么吓人了？"

乌兰沉默了片刻。

问道："那我可以把它们想象成我的父母吗？这会让我好受些。"

"当然——你当然可以。"

廖桦感觉胸中淤积已久的什么东西一下子融化消散了，他已经太久没有被需要过。在这荒谬的绝境中他竟然心生快乐。

或许活下去也是不错的选择，廖桦心想。如果还有选择的话。

有什么东西在向他们身后逼近，但所有的声音和震动都表明这不是幻觉。

在微光中一个白色牛头骨向两人扑来。

乌兰发出一声尖叫。

头骨停下了，是刀如海。

"你们怎么会在我前面？"刀如海好像突然明白了什么，愤怒地将枪把砸向头骨。"都是你搞的鬼！快让我们出去！"

"我说过，你们是逃不掉的。"

"闭嘴，你再不闭嘴我一枪崩了你！我那么信任你，崇拜你，你就这么对我！"刀如海濒临崩溃。

"嘿嘿嘿，还记得那头牛吗？"

"你给我闭嘴！"

"那也是我干的。"

"闭嘴！"

刀如海举起枪，朝牛头骨连开三枪。枪声在密林里传远，惊飞了休憩的禽兽。

"嘿嘿嘿，那也是我……"

刀如海惊恐地摘下碎裂的牛头骨面具，藏在下面的却并非大魔巴刘磊。

"是我……是我……是我……"

刀如海看着带着三个弹孔的自己的脸，枪从手中滑落了，他反复念叨着那句话，撞开廖桦和乌兰，狂奔而去，消失在了晨光初露的密林深处。

"这里还有个正常人吗？"廖桦朝地上唾了一口。

"他一进这片森林就不太正常，一直跟面具自言自语。"乌兰叹了口气。

"带路的也没了，看来咱们是活不过今天了。"

"哎？那倒未必，你看。"乌兰指向廖桦背后的某样东西。

廖桦转身抬头，发现是在稀薄天光中露出伟岸身影的望天树，此刻如同巨塔般连接着混沌未开的天与地。

***

远远地，一辆中巴车沿着蜿蜒的山路出现在他们的视野中。

"所以，我们是真的逃出来了，对吧？"乌兰疲惫的声音中充满了怀疑。

"逃出来了。"

"现在已经是明天了，对吧？"

"现在已经是明天了。"廖桦露出笑脸。

"原来你会笑啊？"乌兰像是发现了什么天大的秘密。

廖桦笑了笑，不说话，起身走到路边，举手向来车示意。

两人都没有留意到，他肘弯上的圣痕已经开始痊愈了。

人和狗的三个故事

文／宝 树

第一个故事：解救

可可觉得自己陷入了一场无法醒来的噩梦之中。

周围是黑暗的空间，什么也看不见。这黑暗却非静夜的宁谧，而在不停的震荡中，早已让她晕头转向。周边粪便和呕吐物的恶臭不断传来，或许还有同类的尸臭，她觉得恶心欲呕。在她周围，同类的惊呼、悲嚎、哭叫、啜泣和呻吟连成一片，从各个方向灌进她的耳中，让她战栗不已。时不时地，她总会撞到某个同类身上，或者不知哪一个家伙撞到她身上——简直像是在地狱。

她不知道那些同类在叫什么，他们的语言和她并不相通，但她从心底明白那些叫声的含义：救命！救救我们！放过我们！求求你们了！

"救命，救命啊！"受着无边恐惧的驱使，可可也尖声叫了起来。她知道这没有用，周围没有同类能听得懂她的话。就算听得懂也没人能帮她，但不管怎么说，这样能稍稍安抚她的情绪。

"我说，你别费劲了！"一个雄性的声音忽然传来，就在离她不远的地方。

"你……你是谁？"可可疑惑地问。自从来到个这鬼地方之后，她还是第一次听到自己熟悉的方言，虽然口音和自己大不相同。

一个充满雄性气息的身体靠了过来，虽然在惊怕中，不知为什么，却仍然给了可可一种安全感。她不顾雌性的矜持，赶紧靠了上去："救救我……"

"我叫丁丁，你叫什么？"对方闻着她的体味，舔了舔她的脸颊，这动作并没有情欲的意味，大概只是想给她一点安慰。

"我叫可可，你怎么会讲我这种话？"可可问，自从被抓走之后，她还没有见过能讲自己语言的同类。

"这没什么奇怪的，我们那儿的族人都会说，但我离开同族已经很久了，你呢？"

"妈妈教我的。"可可说，她想起几年前去世的母亲，心里一阵悲伤。如果妈妈见到她现在这个样子，一定会伤心死的。

"那你妈妈一定也是我们族人，"丁丁蹭着可可的身体，在她脸上抚摸着，试图判断她的族属，"不过你的眼睛好大，鼻子太翘，身体又很软，不像我们一族的，倒有点像海外的……"

"我不是纯种，混血了好多代了，祖先有海外的也有本土的。"可可有点自卑地说。

"不，你肯定是位漂亮的小姐，你应该是家养的吧？"

"是的，我虽然是不值钱的小土狗，可是主人却对我很好，非常宠爱我。可是我自己贪玩跑了出来，不知被什么人抓到了这里，我……呜呜……"可可想起伤心的往事，哭了起来。

对方没有说话，只是轻轻地抚摸着她的背脊，让她感到了一丝温暖。

"不过至少你有幸福的过去，我流浪了很多年，风餐露宿的，比起我你幸运多了。"最后丁丁说。

"可我再也见不到主人一家了，"可可哽咽着说，"他们是狗贩子，要把我们卖到别人家里去，是不是？他们是不是要把我们当奴隶，卖到工厂，让我们干活？"

"奴隶，干活？哈！"丁丁奇怪地笑了一声，"他们要……算了，你还是不知道的好。"

"不，你告诉我！"

"小姐，你是不会想知道的。"丁丁叹了口气。

"最多他们杀了我们，是不是？我其实也想到了。"可可说，"听说人类为了保护自己的安全和环境，要把流浪的犬族抓去毁灭……"

"不，比那还要惨。"丁丁苦笑着说，"他们要……要吃了我们。"

"吃了……我们？"可可的身体剧烈地颤抖起来，她从来没想过这种可能性，这怎么可能？太可怕了，她的身体，那曾经在主人怀里，被人类爱抚和拥抱过的身体，被切碎了、煮熟了，放上餐桌，进入人类的口腹之中？她曾经眼馋地看着的，偶尔也能分享一点的人类餐桌上的美食，竟可能是——

"不——"她歇斯底里地叫了起来，"人类不会这样的，你骗我，你骗我！"

"我骗你？"丁丁冷冷地说，"清醒点儿，面对现实吧。当年我被人类抓进一个厨房，亲眼见到他们是怎么杀死我们同胞的：割断他们的喉咙，剥下他们的皮，挖出他们的内脏，然后乱刀切开——喂，你怎么了？"

可可已经晕过去了。

但她没有晕多久，很快又醒来了，仍然是在同一个震荡的黑暗空间中，身边仍然是同胞们不住的喊叫、呻吟，只是已经微弱了不少——或许已经有不少同胞死掉了。

"喂……丁丁，你还在吗？"可可怯怯地问。

"我在。"丁丁轻轻地拥着她，"对不起，吓着你了，我不应该给你讲这么悲惨的事情。"

"如果这是事实，你讲不讲又有什么区别？"可可伤心地说，"这些事我不是完全没听说过，小时候主人就对我说，这个世界上有一些丧心病狂的坏人，他们要吃我们，让我不要乱跑，可我以为，他只是吓唬我。人类不是一直说：犬族是人类最好的朋友吗？他们怎么会……"

"在有的国家，人类是不会吃我们的。可在这里不一样，"丁丁说，"我听说，很久以前，这个世界上曾经有过不许吃犬族的禁忌，但是在这个国家禁忌早已不存在了，他们——什么都吃。"

"可是犬族就跟人一样！我们那么聪明，我们帮他们做了那么多事，我们陪他们一起玩，甚至——"

"没有用的，人是人，狗是狗，这是不可弥合的物种之别，即使那些禁止吃我们的国度，在以前的战争和饥荒年代，对我们也是照吃不误的，不管人类多么喜欢我们，不管我们多么依恋人类，结果都是一样的，我们不是同类。"

"那么，为什么是人吃狗，而不是狗吃人！"可可愤愤地骂了起来，她以前从来没有那么离经叛道的思想，即使现在，当她说出这句话的时候，也禁不住打了一个寒噤，狗吃人？这种想法太可怕了。

"因为人是人，狗是狗。"丁丁说了句没什么意义的话。

"那是从什么时候开始的？既然我们是两个物种，为什么一个物种天生要给另一个物种当奴隶！"

"这不是天生的，"丁丁说，"我们的祖先本来是另一种野生动物，一种非常厉害的猛兽，不受任何其他种族的奴役……但大约在一万五千年之前，人类驯化了我们，将我们变成了犬族，为他们服务。不过，有一个古老传说，说事情本来并非如此——不，这太荒谬了，我想只是一些同胞编出来安慰自己的。"

"说吧，说给我听听！"可可急切地说。

"好吧，据说我们犬族本来——"外面有些嘈杂的声音传过来，好像是人类在说话，但她在兴奋中，没有留意。

忽然之间，整个空间猛烈颠簸了一下，可可受不住惯性，向前冲了过去，一头撞入了丁丁怀里，丁丁也跟跄着，撞到了笼子边缘。

空间停止了震荡，或者说，卡车停了下来。

"停车！停下来！"可可听到外面有人说，"我们是动物保护协会的！"

和大多数家养的犬族一样，可可听得懂一些人类的话，只是由于发音器官不同，不能发出同样的声音来，人类又不教犬族文化，所以大多数人根本没有意识到，犬族能听得懂他们的话。

"动物保护协会！"丁丁振奋了起来，"有人来救我们了，可可！我们有希望了！"

外面的声音不住传来。

"你们干什么，我们有合法的运送、检疫和消毒证明！"

"你们要运狗去屠宰，你们还有人性吗？"

"狗是人类最好的朋友，你们忍心这么做吗？"

"这些狗是不是偷来的？我家的狗上个月就丢了！"

"什么证明？多半是花钱买的假证，车上肯定有死狗、病狗，不信让我们检查！"动物保护协会的人七嘴八舌。

"你们再这样无理取闹，我报警了！"车主怒吼道。

"你报警？我们还想通知记者呢！明天上报，把你们这些无良狗贩的丑态昭告天下！"对方顶了回去。

"波比！布菲！"好些人已经挤到了笼子边上，口里乱叫着。

争吵继续着，丁丁带着可可，奋力推开几头病快快的同类，来到最边上，从笼子的缝隙向外看。

"你看，七八辆车，几十个人，还有好多人正在赶来，我们得救了，我们得救了！他们真是天使啊！"

可可喜极而泣，和丁丁紧紧相拥在了一起。

外面的交涉继续着，志愿者们在和狗贩子讨价还价，要把所有的狗买下来，虽然细节还没有谈拢，但是看来危险已经解除了。另一些人已经拥到了卡车后面，拿着水和食物给他们，嘴里还不停地说"太残忍了","好可怜啊","那些人太过分了"……

可可喝了些水，又吃了根香肠，恢复了体力。身边的丁丁也活跃起来了，人们用手电照着他们，可可看到了丁丁的模样，年纪不太大，一张沧桑的脸，高大但瘦骨嶙峋的身体，典型的流浪狗。

丁丁也看到了可可，眼睛一亮："可可，原来你真的……又年轻又漂亮。等到了收容所，我想一定会有很多人抢着收养你。"

渐渐地，恶臭和喧哗似乎都离他们远去，一股暧昧而温馨的气氛在两个年轻的犬族之间弥漫开来。

"喂，你还没跟我说那个传说呢。"可可说。

"那个传说？以后再说吧，可可，我……我现在想要你，可以吗？"

和绝大多数哺乳动物不同，一年四季，犬族随时都会发情，这是由深埋在他们体内的基因所决定的。

可可点了点头，羞怯地闭上了眼睛，虽然已经不是第一次了，但她在这方面仍然缺乏经验，有点手足无措。但她非常感激眼前这个善良而友好的同伴，她也想要他，而且是发自内心的。

他们拥抱在一起，相互亲吻，然后丁丁将她压在了身下……

但一切还没有发生，忽然他们眼前一亮，笼子被打开了，一双尖尖的爪子将丁丁拎了出去，然后是可可。

"这俩小家伙，还挺活泼的。"可可听到一个声音说，随后她被抱了起来，一个男性志愿者将她贴在胸口，那种毛茸茸的感觉让她回想起了温柔的主人。

"这只小狗狗真可爱呀。"志愿者抚摸着她光洁的肌肤，赞叹着。

第二个故事：新闻

"4月15日中午12时许，……一辆装有500多只狗，被动物保护组织的志愿者驾车拦截……"吃晚饭的时候，电视上一条新闻跳了出来，凄惨的画面吸引了全家人的注意：一辆庞大的货车，车上装满了铁笼子，笼子里是好多奄奄一息的小狗。镜头给了好几个特写，狗狗们无辜的眼神好像盯着电视机前的人们，在无声地悲鸣。看到这样的眼神，欣欣整颗心都为之一颤。

一旁的小狗贝贝好像看懂了新闻，义愤填膺地大声吠了起来。

"贝贝，别叫了，吃饭呢！"妈妈训了它两句，贝贝谄媚地靠过来，依偎在女主人的脚边，呜呜叫了两声，好像是在对同胞的不幸表示抗议。妈妈扔了块骨头给它，贝贝才不叫了。

"这些人太残忍了，怎么能干这种事！"妈妈愤愤地说。

"爸爸，他们抓那些狗狗干什么啊？"欣欣带着稚气问。

爸爸给她夹了块红烧肉。"他们要吃那些狗。"爸爸摇摇头说。

"吃狗？狗狗怎么可以吃呢？"欣欣吓了一跳。

"有些人为了吃什么都不顾，还说什么'狗肉滚三滚，神仙站不稳'呢！"爸爸说。

"你跟孩子说这些干什么，别吓着她了。"妈妈不满地说。

"孩子也大了，迟早得知道。"爸爸说，"前几天你出差的时候，卫方他们还叫我去吃呢……"

"你该不会去了吧？"妈妈一瞪眼。

"我当然没去，我当时就跟他们急了，说你们怎么能去吃狗肉？都是大学教授，人文思想、普世价值都白学了吗？可这帮人不听，最后我们差点吵了起来。"

"你那些好朋友都是这样，嘴上一套，做的又是另一套。后来呢？"

"后来为了让他们不去，又不翻脸，我自己掏钱请他们吃了顿火锅，花了五百多呢。"

"怎么花那么多钱？"妈妈有些不满，"不过算了，咱不能干这种造孽的事，老公我支持你。"

欣欣忽然哇的一声，哭了出来，把嘴里含着的半块红烧肉也吐了出来。

"呀，欣欣，我们说话，你哭什么呀，欣欣乖啊……"妈妈忙抚慰她。

"我不要吃狗肉……呜呜……"

"欣欣，这不是狗肉，是猪肉，完全不一样的。"妈妈说，又看了看电视，电视上还在播狗狗们的惨状。狗贩子拿出一张什么证明，口沫横飞地在和志愿者交涉。

"看看那些人，真没有良知，连一个孩子都不如。"妈妈骂道。

欣欣晚上一直在发呆，贝贝在她身边扑来扑去，想跟她玩，她也不理。爸爸发现了她的异常，走过来问她："欣欣，你怎么了？"

"他们为什么要吃狗狗呢？爸爸，你不是说，狗狗是人类最好的朋友吗？"欣欣呆呆地说。

"是啊，"爸爸叹了口气，"大概一万五千年前，在东亚，人类驯化了狗。从此以后，狗在人类生活中一直发挥着重要的作用，狩猎、牧羊、看家、拉雪橇、导盲、搜救……当然最重要的是陪伴人类，从狩猎社会到游牧社会，而后到农耕社会，再到工业社会，无论人类社会进步到什么阶段，都少不了狗。"

"既然狗狗帮了人类那么多忙，那人类为什么还要吃它们呢？"

"是啊，人就是一种忘恩负义的动物。其实狗是食肉动物，也就是说，它自己也是要吃肉的。它本来也不是作为猪啊、羊啊这样的肉食牲畜让我们养的。一般来说，狗肉不是人的主要食物，但是社会不一样，文化和习俗也就不一样，比如历史上经常发生灾荒、瘟疫，经常死人，所以有时不得不吃狗，百无禁忌，渐渐就形成了这样的风俗。"

"太忘恩负义了！"欣欣说，"这和吃人有什么区别？"

"这个……"爸爸皱起了眉头，他觉得女儿走得太远了，"欣欣，爸爸是反对食用狗肉的，但无论怎么说，狗也只是一种动物，不是和人平等的'朋友'，如果发生了灾难或者饥荒，不得不吃狗也是可以理解的。毕竟人的生命比狗要珍贵。"

"可是爸爸，都是生命，为什么人的生命就比狗要珍贵呢？"

"因为……因为人有智慧啊。欣欣，贝贝虽然聪明乖巧，但是归根结底，它永远学不会说话，也听不懂人话。它没有足够的智力。"

"说不定它听得懂人话呢？"欣欣说。

爸爸笑了笑，说："贝贝，去把我桌上的那本《时间简史》叼过来。"

贝贝疑惑地看着主人，站起来摇了摇尾巴表示顺从，却没有挪动脚步。

"你看，它没有智慧，听不懂我们在说什么。"

"那，爸爸，如果狗狗有了智慧，是不是人类就不会吃它们了？"

"那当然，如果狗和人一样有智慧，那么在某种意义上，它就是人了。

人怎么能吃人呢？"

"那，爸爸，怎么样才能让狗有智慧呢？"

"这……怎么可能？"爸爸苦笑着说。

"爸爸，你不是科学家吗？你什么都懂的，一定有办法的，是不是？"

"办法确实有。"爸爸想了想说，"动物的一切特征都是由它的基因所决定的，当然包括智力。从理论上来说，只要改变基因中决定智力的部分，就能提高其智力。"

"爸爸，基因是什么？"

"基因就是遗传物质，主要是 DNA，就是脱氧核糖核酸的……"爸爸挠了挠头，"欣欣，你还小，跟你说了你也不懂。总之，人和狗都是从一个很小很小的细胞变来的。这个细胞里就有让人变成人、狗变成狗的密码，就跟你玩的玩具的拼装说明一样，它们会指挥细胞吸收营养物质，把它们变成新的细胞，组建起动物的身体和头脑来。而且，人和狗的基因在很多方面都很相似，你记得我以前跟你说过的进化论吗？很久很久以前，在还有恐龙的时候，人和狗是同一个祖先产生出来的，分化也不过一亿多年，所以基因相似度较高。"

欣欣似懂非懂地点了点头。

爸爸渐渐沉入了自己的奇想之中："只要在狗的 DNA 中植入特定的人类基因片段，就能让狗长出类似人类的大脑，从而具有人类的智力！不过，智力涉及多种因素，不是单个基因所能表达的，要总体提升一个物种的智力过程肯定很复杂，不过并非不可行……只要……还是不对，还有脑颅呢？人的大脑不可能长在狗的脑壳里，头颅和身体的其他部位都要有相应的改变，至少要变大。嗯，小型犬肯定不行，现在已经有一些大型犬可以进行改造，让它们的头部适应类似人的大脑……如果真有人的智力，而又对人绝对服从的狗，那该是多么美好的社会啊。到时候人和狗将会是齐头并进的共生关系，一个物种和另一个物种的和谐社会……"

爸爸越想越兴奋，说得眉飞色舞，但是欣欣却听不懂他在说什么，于是就慢慢合上了眼皮，在他怀里睡着了。

爸爸把欣欣抱回自己的房间，把她放在床上，欣欣醒了片刻，含含糊糊地说："爸爸，将来我要让狗狗和人一样聪明，就再也不会有人吃狗狗了……"

"将来总有那么一天的，好孩子。"爸爸说，然后轻轻给她盖上了被子。

爸爸走出来，带上房门，坐在沙发上陷入了沉思。

"欣欣睡了？"妈妈从浴室里出来，一边擦着头发，一边问。

"嗯。"爸爸点了点头，看着只裹着浴巾的妻子，那雪白的肌肤和丰腴的少妇体态让他从父亲变回了男人，眼中放出了久违的光芒。

"老婆，今天晚上你真美。"他上前抱住娇妻，一双大手在她身上胡乱揉搓着。

"讨厌，当心给孩子看到，"妈妈娇嗔着说，"孩子都睡了……"爸爸含含糊糊地说，嘴巴在妻子湿答答的粉颈上亲吻着。

"我还没吹头发呢，哎呀……"浴巾掉在了地上，爸爸顾不了那么多，将妈妈压倒在沙发上，妈妈渐渐停止了挣扎，也用双臂搂住爸爸，献上了火辣辣的热吻。

"哎呀！"他们正在亲热的时候，妈妈忽然叫了起来，爸爸也感到身边多了一个毛茸茸的东西，回头一看，贝贝叼着浴巾，也跳上了沙发，讨好地把浴巾放在了妈妈脚边，摇着尾巴，指望得到主人的奖赏。

他们笑了起来，妈妈被贝贝看得有点不好意思了，说："你让它出去。"

爸爸把贝贝推下了沙发，驱逐道："去，贝贝，到外头去！"

贝贝不解地看着他，眼神纯洁而无辜，既逗人又可爱。不知怎么的，爸爸忽然又想起了刚才的设想：如果它有人类的智力的话……

爸爸打了个寒战，从心底涌起一股不舒服的感觉。他骤然想到问题的另一面：不管人类怎么喜爱狗，人是人，狗是狗。人类社会绝不允许有另一个物种和自己具有相同的智力。如果真的发现狗拥有了和人同等的智慧，那么绝不会有什么和平共处，唯一的选择只能是——让它彻底灭绝。

"老公，你怎么了？"身下的娇妻不满地打了他一下。

爸爸回过神来，说："没什么，老婆，看你老公的。"他抛下那些杂念，重振雄风，沉浸在两个人心灵和肉体的融合中。

第三个故事：起源

一片茫茫的白色雪原上，一个光球蓦然出现了。自然所不可能产生的诡异光芒闪烁着，映照出一个若隐若现的细长身影。

光球所散发的光渐渐微弱了下去，最后消失了。那身影却清晰起来，是个瘦削的女郎，她显然已经不年轻了，但岁月却没有夺走她动人的美丽，只增添了她眼中的成熟和睿智。她穿着一件紧身的奇怪衣服，从头到脚，闪闪发光，勾勒出一副傲人的身材。

她背上背着一个大背包，手中提着和她纤细体形不相称的一个巨大容器，像是一个玻璃罩，罩子里有毛茸茸的十只左右小动物，只有巴掌那么大，正惊惶地缩成一团。

一阵寒风吹来，女郎不禁哆嗦了起来。

"真冷啊，至少有零下二十度。"她喃喃自语道。在智能变温服上按了两下，顿时一股暖流贯穿了她的全身。

女郎站在一个诡异的白色圆柱体顶端，面积大概有四五平方米，半米左右高。圆柱体侧面有很多按钮和指示灯，正在诡异地闪烁着。

女郎没有半点犹豫，跳下了圆柱体，按下了一个醒目的黑色按钮，又接连按了边上几个按钮进行确认。一块液晶显示屏上出现了电子数字的倒计时："60，59，58……"

女郎拎着笼子，在雪地里拼命跑着，她身后留下了一串长长的脚印。她只觉得都要喘不过气来了，但仍然不敢停步，笼子里的小家伙们发出阵阵不安的叫声。

"忍一下，孩子们，再忍一下，很快你们就安全了。"女郎想着。

时间差不多了，女郎猛然扑出，趴在雪地里，将笼子罩在自己身下。捂住了耳朵，身后传来了惊天动地的一声巨响。过了片刻，纷纷扰扰的飞雪像冰雹一样从天而降，砸在她的背上。她感觉微微发痛，但还好，没有什么大碍。

女郎回过头去，圆柱体已经消失了，留下满地的破碎残骸，一股浓烟冉冉升起，如同一座孤直的方尖碑。

这是那个世界最后的纪念碑。一阵风吹来，一切都烟消云散了。

女郎松了一口气，她知道，自己和那个世界的联系已经彻底斩断了，即使那个世界再神通广大，也找不到她这个潜逃者和她偷出来的小家伙们了。再也没有人会威胁灭绝它们了。

她带着这个她一手创造出来的物种，进入了另一个世界，一个古老的陌生世界，一个将属于她自己的世界。在这个世界上，历史、进化、命运……一切都会从头开始。小家伙们也会找到一个新的家。

也是一个唯一能让两个物种和谐相处的世界。

女郎向周围望去，茫茫冰雪，稀疏的针叶林，蓝得令人不敢相信的天空，如同在西伯利亚的冰原，无法相信这是她熟悉的城市，那个将会有几千万人口生活的大都市。

"这就是冰河期啊……"女郎想。

女郎在树林边上走着，想寻找人类的踪迹，走了半公里左右，远处一串缓缓挪动的庞然大物吸引了她的目光，她不敢相信地盯着那个方向，闪亮的獠牙，长长的鼻子，浑身长满灰黑色的长毛——

华北平原上，一群猛犸象在迁徙中。这些史前巨怪丝毫没有察觉自己已经在灭绝的边缘，仍然不紧不慢地缓步而行。

女郎正在欣赏这史前奇景，忽然感到身后有些异样，玻璃器皿里的小家伙们激烈地狂吠了起来，她扭过头，倒抽了一口冷气。一只硕大无朋的白虎站在她背后，离她还不到十米远，弓着背，盯着她。

女郎浑身剧烈颤抖起来，作为动物学家，她见过不知多少次老虎，但不是在动物园，就是在保护区，他们之间也曾离得很近，甚至不到一米，但不是隔着铁笼，就是隔着钢化玻璃。

可如今，在那头白虎和她之间，除了空气就没有其他任何东西了。

老虎非常大，她从来没见过那么大的虎，比东北虎还要大，体长大概有四米，简直是另外一个亚种，二十一世纪所不知道的亚种。她想起了自己学过的一条动物学原理：同类动物，生活在越寒冷地区的，体形越大——所谓的伯格曼法则。

但现在却不是研究动物学的时候！怎么办？是撒腿就跑，还是躺着装死，还是和它对视？以前学过的野外生存术此刻都她被忘得一干二净了，她脑子里一片空白。巨虎已经长啸一声，猛扑了上来。

但它还没有落下，在空中就被一束强光穿透，落在地上，一动不动，彻彻底底死了。

女郎手中拿着微型激光枪，喘着粗气，作为坚定的动物保护主义者，她从来没有干过这种事，但为了自卫，也为了保护她手中那个新的物种，她别无选择。

女郎惊魂未定，走到虎的尸体边上，带着歉意说了一声："对不起。"

她忽然听到轻微的响动，是雪被踩在脚下的咯吱声。女郎抬起头来，才发现白虎的尸体后面，不远处的一棵松树旁，还有另一个动物。她又吓得退了一步。

不，不是动物，是她的同类，一个脏兮兮的两足而立的人，身上裹着兽皮，目瞪口呆地看着她。

女郎看着对方，那是一个相当丑陋的男人，头发乱蓬蓬的，脸上涂着和印第安人一样的油彩，看不出年纪，简直比叫花子还要恶心。她厌恶地撇撇嘴，又抑制住了心中的厌恶感：不能这么想，或许他是我的直系祖先。这是原始社会，你还指望什么呢？

再说她也需要那个家伙，她得尽快找到一个人群让她改造，能让她养大小家伙们，创造两个物种和谐生存的世界，这是她冒着生命危险逃到这个时代来的目的。

这也是她三十年前，从父亲那里受到的启发。

她冲那家伙笑了一下，招了招手说："你过来！"

那个男人吓得向后躲了一步，但似乎看出来女郎并无恶意，这才畏畏缩缩地走了过来。女郎注意到，他走路一瘸一拐，脚好像有些残疾。

男人走到离女郎还有两三米的地方，停下了脚步。女郎从背包里摸出一块饼干，扔给对方，脸上露出鼓励的笑容，说："吃吧！很好吃的。"她做了个咬的动作。

男人从雪地上捡起饼干，嗅了嗅，犹犹豫豫地放进嘴里舔了舔，然后咬了一小口，然后整个送进嘴巴，嚼了起来。

"对野蛮人就像对小孩子一样，几块饼干就能笼络。"女郎得意地想。当然，她手里还拿着激光枪，不敢稍有懈怠。

男人吃完了，意犹未尽，像猴子一样，又伸出手要，女郎皱了皱眉，说："等会儿再吃吧。你……叫什么名字？名字？"

男人呆呆地看着她，不知道她是什么意思。

"真笨。"女郎想，指了指自己的胸口，说："欣欣，欣欣。"她重复了好几遍。

男人犹豫地伸出手来，指着她，喊："欣欣？"

欣欣点了点头说："对，你呢？你？"她指了指对方。

男人明白了，毕竟是智人（学名：homo sapiens），这点智力还是有的，他指着自己的胸口，发出了两个古怪的音节，听起来好像是"我猜，我猜"。

"我猜？这哪里是个名字？"欣欣想，不过无所谓了，她灵机一动，决定管这家伙叫"旺财"。

"旺财，你带我去你们部落？我可以……帮你们……很多忙，教你们……种粮食……你们就不会挨饿。"她断断续续地说，好像这样能让对方多明白一点似的。

男人看着她，不知道她在说什么，一脸茫然。

欣欣无奈之下，结结巴巴地捡起了自己从来没学好过的古文："旺财，吾乃……仙人也。汝……尔引吾……至尔之家……族中，吾欲……教尔……稼穑之道，尔等果腹无忧矣……可乎？"

男人还是一脸茫然，这也难怪，欣欣想："即使他是自己的祖先，离孔子也有一万两千五百年，相比起来，孔子和她几乎是同时代的人了。"

但是旺财忽然指着她手中的玻璃罩，说出了一个很奇怪的音节："孔？孔？"

欣欣莫名其妙地看着对方，又看了看手中的玻璃罩，那里面的小家伙们正好奇地看着两个人，还发出了呜呜的叫声，她忽然明白了过来："孔！孔！"

欣欣知道，她以前所生活的世界，有许多语言，即使远如英语和汉语，都有一些同一来源的词，发音多少有些近似，标志出一些事物起源的踪迹。譬如汉语的咖啡，就和英语的 coffee 一样，当然那是因为"咖啡"这个东西，本来就是从西洋来的。还有一些更古老的例子，譬如汉语的"轮""轱辘"，和英语的 wheel，希腊语的 kyklos，都指向远古时代发明的一种大致叫作 kelo 的圆形物。

而旺财说的这个"孔"甚至比"轮子"更为古老。语言学上的证据是很显著的：英语的 hound、拉丁语的 can-is、希腊语的 kuon、古爱尔兰语的 cu、吐火罗语的 Ku、印地语的 kutta，都或隐或现地指向同一个来源。而令人震惊的是，古汉语的"犬（k^{hw}een）"以及"狗（koo）"的发音也与之高度近似，这绝不会是巧合。

虽然欣欣并非语言学家，但她穿越之前，对小家伙们的起源做了多方面的研究，语言学方面的资料当然也是必须掌握的。她推测出，最早驯化小家伙的祖先的人们会叫小家伙们"宽"或者"阔"，当然也包括旺财所说的"孔"。

毫无疑问，她来到了小家伙们祖先的起源之处，那一万五千年前的故乡。即使并非最初的驯化地，也不会相差太远。在这个时代，这一种群必定尚未分化，仍然保持着近似原初的形态。

在这里，拥有人类智商的小家伙们将会和祖先融为一体，繁衍下去，永久改变两个物种的历史。

小家伙们的学名是 Canis lupus sapiens，或者"智犬"，从定义上看是一个新的物种，但仍然可以和狗或者狼杂交，且后代具有生殖能力。经过基因改造后，小家伙们的智力是显性遗传，不管是父系还是母系，子女大部分会继承高智力的优良品种，当然在配种过程中也可能会出现一些复杂的情况导致退化或者其他畸变。但只要由她这个遗传学家主持这项工程，那么在一二十年的时间里，她就有把握培养出几百只智犬来，传统的家犬——Canis lupus familiaris，将在分化之初就融入它自身所带来的这个直系后裔中，从而不再以原来的形态存在。狗，这个人类驯化的物种以一种新的方式开始和人类共存的历史，那将是……

欣欣沉浸在美好的想象中，一时没有留心对面的旺财已经大着胆子走了过来，查看玻璃罩里生龙活虎的"孔"们，他好像不知道玻璃的存在，伸出了手，想要去抚摸它们。

"不要！"欣欣想要阻止他，但已经来不及了。那个玻璃罩看上去很普通，但有着智能电场防护，能够辨别人体生物电的微妙差异，不允许陌生人接触，毫不留情地将两百多伏的电压打在了旺财的手上。

旺财大叫一声，疼痛刺骨。他的脸扭曲了，他觉得他受到了攻击，兽性本能地发作了，一挥拳打在欣欣的脸上，这一拳力度极大，欣欣猝不及防，还来不及举起激光枪，就被他一拳打晕了过去。

旺财难以置信地盯着昏迷的欣欣，似乎没有想到自己那么容易就把这个奇怪的、用一道光线轻易杀死一头猛虎的家伙给打倒了。欣欣手边的激光枪引起了他的注意，他记得刚才光线就是从这个怪东西上面射出来的。他把激光枪捡了起来，好奇地摆弄着。不知道忽然按了什么地方，一道强光射了出来，那光芒白得耀眼，几乎让他眼睛都睁不开。

旺财吓了一跳，赶紧把那怪东西远远地扔了出去，那东西落进远处的雪里，不见了。这时候旺财才发现，那道光射中了那个背包，高热让它差不多已经变成了焦炭，而强光又从玻璃罩中穿过，打出了一个圆孔，从那里，一只小小的"孔"好奇地探出头来。

"孔"们都跑出来了，勇敢地围在昏迷的主人身边，冲着他叫，那叫声是一种吠叫，但和族里养的那些"孔"不太一样，似乎更复杂，变化更多，好像是说话一样。

旺财当然没有把这些老鼠一样的小家伙当回事，他只是把它们赶开，继续检视着眼前的怪人。她的头发、装饰、身材无一不奇怪，她身上还披着一张薄薄的毛皮，不知道是什么动物的。他好奇地抚摸着那张毛皮，只觉得光滑得不可思议，他忽然觉得有些异样，轻轻向下按了按，才发现是胸前一块异常柔软的地方。旺财愣了一下，终于明白了对方至少一种身份——一个女人。

旺财二十年前已经"结婚"了，和另外二十多个族人一起迎娶了附近氏族的二十多个女人。从理论上说他们都是彼此的丈夫和妻子。但人总有亲疏，旺财不是一个好猎人，一年到头打到的猎物屈指可数，脚还有些残疾，如果不献上合适的猎物，妻子们碰都不愿意让他碰一下。那件他活在这个世界上唯一觉得快乐的事，他做过的次数比他打到的大猎物还要少。

旺财盯着眼前的女人，吞了口口水，如果把对方当作女人，那么她真是难看极了，体毛太少，又瘦得像树枝，白的像恶鬼。不过不管怎么说，总是一个女人，而且这么丑，别人肯定不会和自己抢的。旺财想了想，将乱叫的小家伙们赶开，一把拎起女人的脚，把昏迷的女人扛在肩膀上，向远处的山洞走去。那只老虎他扛不动，得叫同伴们一起来。

"孔"们呜呜地叫着，跟了上去。在雪地上留下一串长长的脚印，延伸向这个新世界时间和空间上无尽的深处。

欣欣觉得自己进入了一场无法醒来的噩梦之中。

周围是一片黑暗的空间，什么也看不见。这黑暗却非静夜的宁谧，而在不停地震荡之中，粪便和呕吐物的恶臭不住传来，让她晕头转向，恶心欲呕。身边到处都是同类的声音，喘息、呻吟、吵架、叫喊……

简直像是地狱。

但欣欣知道，这不是地狱，而是一个温暖的"家庭"。这个空间是一个巨大的山洞，里面住着整个原始氏族，过着典型的穴居人生活。吃饭、睡觉、排泄、性交都在一起……

欣欣快死了，但她知道，不是那些原始人的错。她在发烧，烧了好几天。无疑是被什么古病菌感染了，她体内肯定没有抗体，背包里的那些药品也都被烧掉了。她甚至都怀疑自己能不能活到第二天，当然，那些原始人对此却并不在乎。他们已经厌烦了养她这样一个不能干活的废物。

除了旺财，这家伙简直就是一条发情的疯狗。这个念头把她吓了一跳，她怎么能把旺财那种野蛮的家伙比作可爱的狗狗呢？

震荡终于停止了，旺财从她身上心满意足地下来，扔给她一块肉，这回总算是烤熟了的。

"凯！"

欣欣现在才明白，"凯"就是"吃"的意思。她不敢违逆，吃了一口，但味道有些奇怪。

"霍固？"欣欣问，意思是"何物"，她逐渐明白了，这种语言确实是汉语的渊源之一，许多词都依稀相识。

"不孔其阙。"——"死狗的肉。"

欣欣一呆，她知道这是什么了。那天下午，她带来的十只小狗，死了一只。被男人们拿走了，她病得稀里糊涂，也没有在意，想不到……

"啊——"欣欣歇斯底里地大叫了一声，将嘴里的肉吐了出来，干呕了起来。

这当然只能换来对方一顿暴打。几记拳脚，就把她打入了无边的黑暗之中。

旺财打累了，倒在草堆上睡着了，鼾声四起。欣欣默默地流着眼泪。她想起以前看过被卖到山里的那些知识女性的报道，她现在知道那是怎么回事了——生不如死。

可是那些女人还有被解救的希望，她呢？为了一个童年起就执着的梦想，被困在一万五千年前的冰河期，又有谁会来救她呢？

如果那些警察能来到这里，就算把她带回二十一世纪，判她无期徒刑甚至是死刑，她也甘之如饴。但他们根本不可能来，即使乘坐时间机器也不可能。从毁掉时间机器的那一刻起，她已经进入了一个平行历史中，她不可能回到原来的时空，她的同胞们，也绝对无法穿越宇宙之间的虚无之壁来拯救她。

还想那么多干什么？反正她也活不了几天甚至几个小时了。

欣欣从草堆上爬了下来，旺财不担心她会逃走，她那病恹恹的身体几乎已经站不起来了，山洞内外都是人，跑不了几步就会被抓回来，再说就算她能逃走，又能逃到哪里去呢？她只是借着一点微光，挣扎着爬到了洞口。七八只小狗狗们见到主人，纷纷跑了过来，激动地摇着尾巴。这些穴居人收留了它们，但是没给它们什么好吃的，只能啃些骨头——他们没直接吃掉它们已经算不错了，大概是指望把它们养大以后为自己打猎。

这几天下来，它们已经饿成了皮包骨头。

"孩子们，你们还好吗？"欣欣将它们揽在怀里。

狗狗们委屈地呜呜叫着，摇了摇头，眼中似乎噙着泪水。

"孩子们，再忍耐几个月，或者一年半年……你们很快就会变强大，他们做梦也想不到你们会有多么强大，你们将长得和人一样大，并且每年都可以生三四胎，每胎生五六个……你们有尖牙、利爪，你们的身体要比人强壮得多，并且和他们一样聪明。不，你们甚至要比这些没有知识的穴居人更聪明。"

"你们的种族必将繁荣昌盛，成为这个世界的主人，和人类一起。可是我看不到那一天了……"欣欣说，忽然她想到一种可怕的可能性，身子颤动了一下，"我要死了，可是答应我，不要仇恨其他人，那些人……他们只是太蒙昧，不知道自己在做些什么。孩子们，不要伤害人类，他们永远是你们最好的朋友。你们要爱他们。我知道你们听得懂我的话，我知道你们也有自己的语言，将这句话传下去，让人类世世代代和你们和谐相处，好吗？"

狗狗们郑重地点了点头。

"我爱你们，孩子们。"欣欣最后说了一句话，她的意识渐渐模糊了，她想起了爸爸、妈妈、童年的玩伴，当然还有贝贝……

"我们也爱你，主人。"

科幻如何激发创新精神

（2017 中国科幻大会演讲）

文／陈楸帆

当我们讨论创新的时候，往往会把两个概念混淆在一起：一个是创造力 Creativity；一个是创新 Innovation。创新固然离不开创造力，但却比创造力的含义更为广泛，我们通常将创新理解为三个范畴的合集：一个是对用户需求的满足，一个是技术革新所带来的价值，一个是在市场上所形成的区隔性；当这三个圆圈重叠在一起时，中间的部分我们便称之为"创新"，因为它运用了技术革新在市场上去有区隔性地满足客户的需求，无论这个需求是既有的还是新出现的。

那么，为什么我们认为科幻能够激发科技创新精神呢？

科幻是一种变革的文学，它其实是西方文明对工业革命以及科学革命在文化上的反映。在"五四"时期，鲁迅先生曾经把科幻小说以科学小说的名义带进国内，希望能改造国人的国民性以及精神结构。在中国传统的文化文学中，他们处理的是什么样的问题？因为城市化的进程比较短，所以更多的是乡土中国所带来的一些元素，比如说人跟人、人跟社会、人跟动物以及人跟自然的一些关系。

但是到了蒸汽时代、电气时代、数字时代、AI 时代，我们整个的生活都是与科技密切相关的，人工智能、虚拟现实、基因句子包括量子物理学，等等，非常紧密地每天充斥着我们的耳目。传统的中国主流文学，对人与科技之间的关系，是无力的或者说不够敏锐的。这个时候科幻便应运而生，它是想提供给读者对科技现实的一种想象和理解。

纵观科幻历史与科技历史两条线索，我们会惊奇地发现，有许多科技史上的重大发明与科幻小说密不可分，甚至连许多科学家都直言正是由于受到了科幻小说的启发，才走上了科研道路。比如 1870 年凡尔纳的经典小说《海底两万里》中对"鹦鹉螺号"的描绘便给童年时的西蒙·莱克（Simon Lake）极大的刺激，促使他成了"现代潜水艇之父"。20 世纪 60 年代的科幻剧集《星际迷航》中柯克（Kirk）船长所使用的"随时随地保持联络"的移动通信装置也启发了一位叫马丁·库帕（Martin Cooper）的年轻工程师，他后来在 70 年代加入了摩托罗拉，成为"手机之父"。这样的例子不胜枚举，包括布雷德伯里的《华氏 451 度》对无线耳机的描写，《美丽新世界》中对沉浸式虚拟现实技术的想象，乃至于威尔斯的《被解放的世界》中幻想的对核能的武器化应用，都直接地刺激或者促进了现实世界里的科技创新与发明。著名华人科学家、基因编辑技术 CRISPR（Clustered regularly interspaced short palindromic repeats 的缩写）的发明人张锋就不止一次对媒体说过，在童年时看过的科幻电影《侏罗纪公园》促使他走上了生物学的科研之路，并激励他进行这一伟大的发明。

那么，科幻如何才能激发创新精神呢？

伟大的科幻作家也是地球同步通信卫星理论的提出者亚瑟·C. 克拉克曾经说过"任何足够先进的技术最初都与魔法无异"，他还说过"发现可能性边界的唯一途径便是越过它们，向着不可能一点点冒险前进"。科幻无疑能够极大地拓展想象力，悬置怀疑，探索不可能。在比较创新路径与科幻小说创作过程中，我发现两者之间存在着惊人的重合，或许正是这种认知上的高度一致性，才让科幻成为国内外科技创新的重要源泉和触发点。

如果我们把这个过程概括为五个环节，那便是：联结—发问—观察—试错—整合。

首先是联结。乔布斯说过"创新便是把毫不相关的点联系起来"。任何科幻小说的幻想首先都是在看起来毫无关系的事物之间通过想象力建立关联。比如 1818 年的《科学怪人》便是将生物学与电磁学结合在一起，想象人类可以借助科学的力量创造出一个不属于这个地球的怪物。甚至还进一步想，人类会因为变成了造物主而被自己的创造物所毁灭。而创新毫无疑问也是通过联想来实现新的功能与服务。

接下来是发问。在科幻小说创作里表现为经典的"What If"问题框架（如果……那么……）。如果我们能够预测犯罪，那么世界会变成什么样（《少数派报告》）；如果机器人想要毁灭人类，人类应该如何反击（《机器人启示录》）。同样表现在科技创新中，当我们研发出了一种新产品、一项新技术，它能够满足人们的哪一种需求，能够给人们带来一种怎样全新的体验，这同样需要通过发问的形式去推演创新的市场前景。

那么当有了问题之后，我们接下来就应该观察。在科幻小说中表现为设置一个极端场景或情景，把人物放进去，观察其在世界观设定下的反应，如《霜与火》便是测试人在一个生命极其短暂且环境严苛的世界里如何存活下去。同样地，科技创新需要为人服务，这就要求创新者具备对人性及情感的深入敏锐的洞察，这种洞察力往往是由观察得来的。而美国一些科技公司甚至会雇用科幻作家，就他们开发的某项技术进行创作，以获得更多典型场景下用户反应模式的素材。

试错，是每项创新所无法逾越的阶段，就好像科幻小说里一项新技术的应用总是会无法避免地导致灾难或者悲剧的发生，如《侏罗纪公园》里人们试图驾驭自然却被骄傲反噬，如《领悟》中人类得到了超级智慧却也被其重负压垮。所有的新技术都必将面临旧伦理与旧思想的挑战，这也是为什么我们需要通过不断试错，来寻找技术创新的边界与平衡性，比如无人驾驶的法律问题，当事故发生时应该如何判断责任，这些都是确保我们能够顺利推广创新技术的必备过程。

最后的最后，我们需要将前面几个环节的思考结果，以一种完整的、有机的、系统的方式整合起来，让你的美妙创意变成一篇有血有肉、跌宕起伏的小说，或者是一个可以放到市场上去售卖，对其整个生态体系、服务流程及上下游合作伙伴都有充分考虑的成熟产品。至此，我们才算完成了一个完整的创作或者说创新流程。

近几年，我一直在观察国际上关于将科幻与科技创新进行结合的实践，其中有几家机构的做法值得我们借鉴学习。

一家是 XPrize 基金会，它是一个为乌托邦式科学幻想提供资金支持的组织，旨在激励和奖励那些对科技创新和人类进步做出非凡贡献的项目。它的信条是——用激进的突破创新造福人类。今年，XPrize 基金会召集了一个全明星阵容的科幻顾问委员会，由全球知名的科幻作家和编剧组成。我也有幸作为中国的代表加入其中，与科技创新者们一起探讨技术革命如何改变人类未来。

另一家则是亚利桑那州立大学所成立的科学与想象中心（CSI, Center for Science and Imagination)，他们更多的是从教育的角度探索科学与想象、未来学习、可感知未来、想象力社群。他们每年都会举办数量众多、形式丰富的活动来吸引学生们从科幻中汲取灵感，并与实践相结合，全方位地提升年轻人的创新精神与创造力。比如与美国军方合作的人工智能防卫工作坊，探讨一旦人工智能向人类发起进攻应当如何防御；比如说针对《科学怪人》出版 200 周年的一系列怪物艺术展，科学探讨以及大型线下虚拟互动游戏，等等。

期待中国有更多的力量参与科普科幻事业，博采众长，吸收国际先进经验，真正让科幻成为激发、启迪年轻一代想象力与创新精神的有力武器，让鲁迅先生未竟的事业得以继续前行。